KiWi
PAPERBACK
910

**Über das Buch:**

Die Fußballtabelle ist die Mutter aller Listen. In der Kindheit liefert sie ein erstes Ordnungssystem, und danach wollen wir immer noch mehr davon: Torjägerlisten, Spielerstatistiken und all das andere wunderbar überflüssige Fußballwissen, das seine Schönheit weitgehend aus sich selbst schöpft. »Fast alles über Fußball« ist ein Fest dieser Schönheit.

Niemand muss die Trainer mit den meisten Länderspielen kennen oder die Namen der WM-Bälle. Im Gegenteil, der Zauber ergibt sich erst aus der Zwecklosigkeit. Schnellste Tore, Platzverweise und Hattricks, längste Siegesserien und meiste Tore von Defensivspielern findet man hier neben einer Fülle von Rekorden und historischen Fehlleistungen. Schön, dass man auch wissen darf, welche Fußballvereine nach Personen benannt sind und welche Tiere im Wappen haben. Man erfährt von den am höchsten gelegenen Stadien und solchen am Fluss. Von Luxemburgs langen Leiden wird erzählt und von den Erfolgen der baskischen Nationalmannschaft in Mexikos Fußballliga. Endlich werden die Rekordmeister aus Aruba und Bangladesh genannt und alle Nationalspieler aus Gelsenkirchen. Seltsame Elfmeterschießen und eigenwillige Fußballlieder sind genauso dokumentiert wie die legendäre Rede von Giovanni Trapattoni. Man kann es weit treiben mit solchen Erforschungen. Hier wird es sehr weit getrieben, und das liefert den Stoff für lange Fußballabende unter Freunden.

**Der Autor:**

Christoph Biermann, geboren 1960, lebt in Köln als Sportkorrespondent der *Süddeutschen Zeitung* und freier Autor u.a. für *taz, Die Zeit* und *11 Freunde*. Dass dieses Buch »Drei wichtige Informationen über den VfL Bochum« beinhaltet, ist kein Zufall.

**Weitere Titel:**

»Wenn du am Spieltag beerdigt wirst, kann ich leider nicht kommen«, 1995, KiWi 383. »Der Ball ist rund, damit das Spiel die Richtung ändern kann« (mit Ulrich Fuchs), KiWi 702, 2002. »Meine Tage als Spitzenreiter«, 2004. »Aus spitzem Winkel« (mit Marcel Reif), 2004.

CHRISTOPH BIERMANN

# FAST ALLES ÜBER FUSSBALL

Kiepenheuer & Witsch

2. Auflage 2005

Umschlaggestaltung: Barbara Thoben, Köln
Layout und Satz: Barbara Thoben, Ute Lübbeke und Stefanie Naumann, Köln
Illustrationen: Stefanie Naumann, Köln, und Andrea Naumann, Aachen
Gesetzt aus der Eurostile und der Corporate A
Druck und Bindearbeiten: Clausen und Bosse, Leck
ISBN 3-462-03639-4

»Es ist ein großer Irrtum, dass es beim Fußball ums Gewinnen geht. Im Gegenteil: Es geht um Ruhm und darum, die Dinge mit Stil und Schwung zu erledigen. Also rauszugehen, um den anderen Haufen zu schlagen, und nicht zu warten, bis sie vor Langeweile sterben.«

Danny Blanchflower, nordirischer Nationalspieler

# WARNUNG VOR NEBENWIRKUNGEN

Schön war es, an jedem Wochenende die Ergebnisse einzutragen und die Tabelle auf den neusten Stand zu bringen. Meistens hatte Westfalia nämlich gewonnen, und das nicht zu knapp. Holzwickede wurde mit 6:0, Haspe mit 7:1 und TuS Eving-Lindenhorst sogar mit 9:1 weggehauen. Mein Lieblingsspieler Jochen Abel erzielte mehr Tore, als er Spiele absolviert hatte, und ich trug alles ein. Die Triumphe in der Verbandsliga Westfalen Gruppe 2, den Gewinn der Westfalenmeisterschaft 1975 und den Aufstieg von Westfalia Herne in die zweite Bundesliga notierte ich in einer schwarzen Mappe. Westfalia wurde vom Rest farblich abgesetzt - Blau auf Weiß, wie die Vereinsfarben.

Klaus Theweleit hat in seinem Buch »Tor zur Welt« beschrieben, wie ihm die Namen der alten Oberligaklubs eine erste Ordnung der Welt gaben. Ich glaube, ich habe sofort verstanden, was er damit meint, denn auch ich habe als Kind die Städte mit Bundesligisten auf der Karte gesucht. (Die anderen Städte interessierten mich nicht.) Ich habe gerätselt, warum ein Klub in London Crystal Palace heißt und was es mit Xamax Neuchâtel auf sich hat. Seit damals kann ich ausdauernd Tabellen beschauen, ob aus der Landesliga oder aus Armenien. Vielleicht hat das mit der Erinnerung an den kindlichen Frieden zu tun, der einen erfüllt, wenn man einmal Tabellen aufgelistet hat, in denen der eigene Klub immer vorne steht.

Insofern ist dieses Buch für mich eine Rückkehr in die Zeiten, in denen es für den Klub aus meiner Heimatstadt noch so richtig nach oben ging. Aber es klärt auch eine Menge der Fragen, die seitdem aufgelaufen sind. Etwa die, warum Crystal Palace nun eigentlich so heißt oder Dukla Prag, warum man vom Kantersieg spricht oder vom Derby. Und was passiert, wenn das Kreuzband reißt? Dieses Buch feiert zugleich den mir immer noch unerklärlichen Zauber, den Torjägerlisten, Mannschaftsaufstellungen oder Rekorde des Fußballs auf mich ausüben. Eine nicht unwichtige Rolle spielt dabei, dass es zu den Freuden des Spiels gehört, mehr zu wissen als der Nebenmann im Stadion oder der Schlaumeier an der Theke. Weshalb ich unbedingt parat haben wollte, wie man ein Muster in den Stadionrasen mäht und welches die zehn am schlechtesten besuchten Bundesligaspiele waren.

Nach und nach geriet die Recherche zu einem seltsamen Trip immer weiter hinaus. Auf einmal wollte ich auch noch wissen, welche Stadien am Fluss liegen, und verlor mich bis in die Nacht über Stadionbüchern und im Internet. Dann stieß ich darauf, dass es eine Nationalmannschaft gab, die anderthalb Jahrzehnte lang kein Spiel gewonnen hat. Wer eigentlich trug freiwillig die Rückennummer 13, und welche Fußballspieler starben bei Autounfällen? Ich fand immer neue Seltsamkeiten und war permanent aufs Neue verblüfft. Denn ich landete an den exotischsten Gestaden des endlos großen Ozeans des Fußballwissens und weiß nicht einmal mehr zu sagen, worüber ich am meisten gestaunt habe.

»Fast alles über Fußball« kann nicht annähernd alles über Fußball sein, aber es versammelt die schönsten Mitbringsel von meiner Reise an die Ränder dessen, was man noch wissen möchte. Ein vorsichtiger Umgang damit sei jedoch angeraten: Dieses Zeug kann süchtig machen.

Alle Informationen in diesem Buch wurden nach bestem Wissen und Gewissen geprüft, doch es ist nicht ausgeschlossen, dass sich hier oder da ein Fehler eingeschlichen hat. Tabellen, die den Zeitraum von Zwei- und Drei-Punkte-Regel umfassen, sind umgerechnet auf die heutige Zählweise. Stand aller Angaben ist der 15. Juni 2005.

*Köln, August 2005*

Christoph Biermann

## DER BALL

Der Ball ist regelgerecht, wenn er

- kugelförmig ist,
- aus Leder oder einem anderen geeigneten Material gefertigt ist,
- einen Umfang zwischen mindestens 68 und höchstens 70 cm hat,
- zu Spielbeginn mindestens 410 und höchstens 450 Gramm wiegt und
- wenn sein Druck 0,6-1,1 Atmosphären beträgt, was 600-1100 g/qcm auf Meereshöhe entspricht.

Aus: Offizielle Fußball-Regeln, Regel 2 - Der Ball

## WELTSPRACHE FUSSBALL

Amerikanisch - SOCCER
Bretonisch - FOBALL
Dänisch - FODBOLD
Estnisch - JALGPALL
Französisch - FOOTBALL
Gälisch - BALL-COISE
Isländisch - KNATTSPYRNA
Japanisch - SOCCER
Kroatisch - NOGOMET
Litauisch - FUTBOLAS
Norwegisch - FOTBOLL
Polnisch - PILKANOZNA/FUTBO
Rumänisch - FOTBAL
Serbisch - FUDBAL
Spanisch - FÚTBOL
Türkisch - FUTBOL
Baskisch - FUTBOLA
Englisch - FOOTBALL
Esperanto - PIEDPILKO
Finnisch - JALKAPALLO
Friesisch - FUOTBALL
Indonesisch - SEPAKBOLA
Italienisch - CALCIO
Katalanisch - FUTBOL
Kikuyu - MŨBIRA WA KŨHŨRŨO NA
Niederländisch - VOETBAL
Obersorbisch - KAPAŃCA
Portugiesisch - FUTEBOL
Schwedisch - FOTBOLL
Slowakisch - FUTBAL
Tschechisch - FOTBAL
Zulu - IBHOLA
Ungarisch - LABDARÚGÁS/FOCI

## DER HATTRICK

Heute spricht man dann von einem Hattrick, wenn ein Spieler drei Mal im Spiel getroffen hat. Einer Theorie nach stammt der Begriff aus dem Cricket, wo ein Spieler den Hattrick geschafft hat, wenn ihm drei so genannte »Wickets« bei drei aufeinander folgenden »Balls« gelingen. Wer dadurch drei »Batsmen« hintereinander aus dem Spiel geworfen hatte, bekam im 19. Jahrhundert zu Erinnerung an diese außergewöhnliche Leistung einen »Hat«. Zu jener Zeit galt Cricket als ein Spiel der Gentlemen und wurde mit Hüten gespielt. Es gibt auch Forschungen, nach denen der neue Hut herumging und die eigenen Mannschaftskameraden dem Mitspieler für die außergewöhnliche Leistung Geld gaben.

## REAL GEGEN BARCA

230 Spiele · 94 Siege BARCELONA · 50 Remis · 86 Siege REAL · 378:397 Tore

*Torreichste Spiele:* FC Barcelona – Real Madrid · 6:6 · Pokal 1916
Real Madrid – FC Barcelona · 11:1 · Pokal 1942/43

*Höchster Sieg Barcelona:* 7:0 · Freundschaftsspiel 1913
*Höchster Sieg Real:* 11:1 · Pokalspiel 1942/43

*Höchster Sieg von Barcelona in Madrid:* 5:0 · Ligaspiel 1973/74
*Höchster Sieg von Real in Barcelona:* 5:1 · Ligaspiel 1962/63

## ALS DER FC BAYERN MAL NICHT DEUTSCHER MEISTER WAR

| | | | |
|---|---|---|---|
| 2005 | **2004** | 2003 | **2002** |
| 2001 | 2000 | 1999 | **1998** |
| 1997 | **1996** | **1995** | 1994 |
| **1993** | **1992** | **1991** | 1990 |
| 1989 | 1988 | 1987 | 1986 |
| 1985 | **1984** | **1983** | **1982** |
| 1981 | 1980 | **1979** | **1978** |

## DIE KÜRZESTEN KARRIEREN IN DER DEUTSCHEN NATIONALMANNSCHAFT

| | | |
|---|---|---|
| Bernd Martin | VfB Stuttgart | 2 Minuten |
| Thomas Ritter | 1. FC Kaiserslautern | 3 Minuten |
| Martin Max | TSV München 1860 | 7 Minuten |
| Frank Neubarth | Werder Bremen | 9 Minuten |
| Wilhelm Sturm | Borussia Dortmund | 12 Minuten |
| Bernd Hobsch | Werder Bremen | 13 Minuten |
| Christian Schreier | Bayer Leverkusen | 17 Minuten |
| Georg Schumann | Vorwärts Berlin | 18 Minuten |
| Ferdinand Keller | TSV München 1860 | 20 Minuten |
| Karlheinz Pflipsen | Borussia Mönchengladbach | 20 Minuten |
| Arno Steffenhagen | Hertha BSC Berlin | 26 Minuten |
| Erwin Stein* | Grießheim 02 | 27 Minuten |
| Karl Ringel | Borussia Neunkirchen | 28 Minuten |
| Andreas Breynk | Preußen Duisburg | 35 Minuten |
| Richard Gottinger | SpVgg Fürth | 38 Minuten |
| Hanno Balitsch** | Bayer Leverkusen | 39 Minuten |
| Willi Lindner | Eintracht Frankfurt | 40 Minuten |

* 1 Tor   **Karriere noch nicht beendet

## ANGST BEIM ELFMETERSCHIESSEN 1

Zumindest schoss niemand neben das Tor, was aber schon das Beste war, was man über die Schützen im Europapokalfinale der Landesmeister 1985 zwischen dem FC Barcelona und Steaua Bukarest sagen konnte. Denn schlechter war die Quote verwandelter Elfmeter auf vergleichbarem Niveau nie. Man kann auch die Torhüter Ducadam (Bukarest) und Urutti (Barcelona) loben, der Titel wurde nach 120 torlosen Minuten jedenfalls so vergeben:

| Steaua Bukarest | | FC Barcelona | |
|---|---|---|---|
| Majaru (gehalten) | 0:0 | Alesanco (gehalten) | 0:0 |
| Bölöni (gehalten) | 0:0 | Pedraza (gehalten) | 0:0 |
| Lacatus | 1:0 | Pichi Alonso (gehalten) | 1:0 |
| Balint | 2:0 | Marcos (gehalten) | 2:0 |

ERSTER FINALIST der Champions League, der zuvor nie Meister im eigenen Land war: Bayer Leverkusen, 2002 gegen Real Madrid, 1:2.

ERSTER HATTRICK in einem Länderspiel: der Ungar Charles Stansfield erzielt am 9. Oktober 1904 in Wien beim 5:4-Sieg über Österreich drei Tore.

ERSTE AFRIKANISCHE MANNSCHAFT, die ein WM-Endrundenspiel austrägt: Ägypten, am 27. Mai 1934 in Neapel. Die 2:4-Niederlage gegen Ungarn bedeutet das direkte Ausscheiden.

ERSTES SPIEL VON CELTIC GLASGOW: 28. Mai 1888. Es endet mit einem 5:2-Sieg über die schon zwölf Jahre früher gegründeten Glasgow Rangers.

ERSTES KOPFBALLTOR in einem Länderspiel aus 40 Metern: Luigi Burlando, Italien, am 21. Mai 1922 beim 4:2-Sieg über Belgien. Es bleibt das einzige Tor im Nationalteam für Burlando, der zuvor schon in der italienischen Wasserball-Nationalmannschaft gespielt hatte.

ERSTER ASIENMEISTER: Südkorea, am 8. September 1956 in Hongkong, durch einen 2:1-Sieg im Finale über Israel.

ERSTES SPIEL von Nigeria in Grün: 1. Januar 1960. Gegen Ägypten darf Nigerias Nationalmannschaft nicht in den angestammten scharlachroten Trikots antreten. Trotz einer 0:3-Niederlage werden aus den »Red Devils« die »Green Eagles« (später: »Super Eagles«).

ERSTE FRAU, die ein Länderspiel der Männer leitet: Linda Black, 36, Neuseeländerin. Am 23. Januar 1995 unterliegt Neuseeland gegen Dänemark mit 1:2.

ERSTE NIEDERLAGE von England gegen eine nicht-britische Mannschaft: 3:4 gegen Spanien am 15. Mai 1929 in Madrid.

ERSTE UND BIS HEUTE EINZIGE MANNSCHAFT, die mehr Europapokale der Landesmeister gewonnen hat als Meisterschaften im eigenen Land: 1980 Nottingham Forest. Nach der englischen Meisterschaft 1978 hatte Nottingham 1979 den Europacup der Landesmeister gewonnen und den Titel im folgenden Jahr verteidigt.

ERSTER SÜDAMERIKAMEISTER: Argentinien. Am 12. Juni 1910 besiegen die Argentinier den Nachbarn Uruguay mit 4:0 und werden zugleich erster Kontinentalmeister überhaupt.

## VERTEILUNG DER DEUTSCHEN MEISTERSCHAFTEN NACH BUNDESLÄNDERN

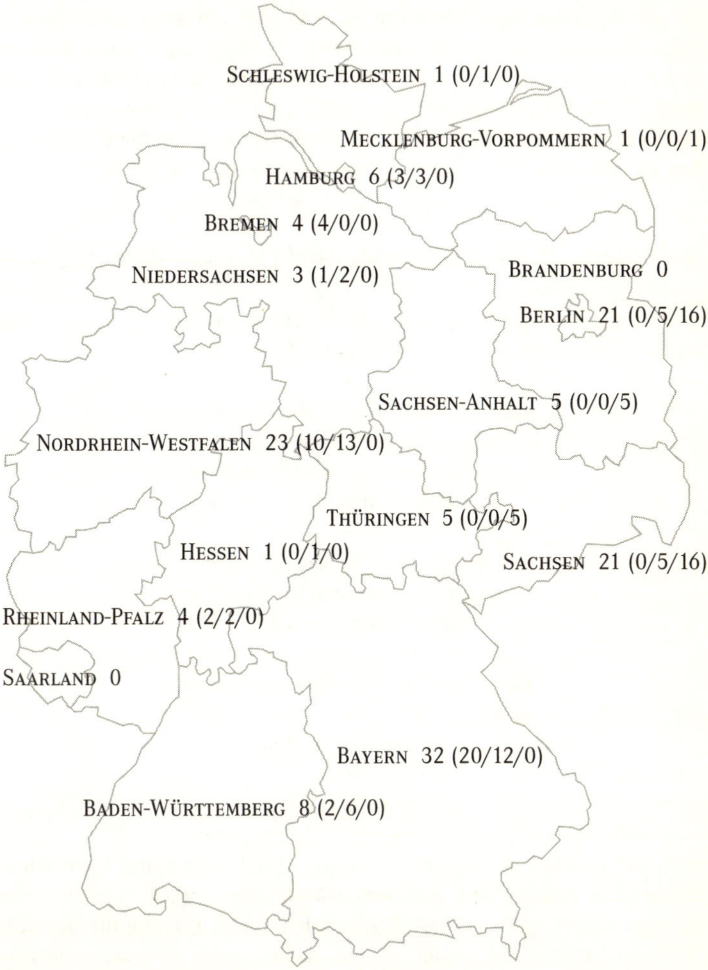


Gesamtzahl (Bundesligameisterschaft/Vor-Bundesliga/DDR-Meisterschaft)
Den Meistertitel 1941 gewann Rapid Wien

## SERGEANT PEPPER'S LONELY HEARTS CLUB BAND

Auf dem legendären Cover des Beatles-Albums, das vom Pop-Art-Künstler Peter Blake gestaltet wurde, sind über 50 Personen zu sehen, die die Kultur der sechziger Jahre beeinflussten. Nur zwei von ihnen sind Sportler. Neben dem Boxer Sonny Liston ist noch der Fußballspieler Albert Stubbins abgebildet, der zwischen 1946 und 1952 für den FC Liverpool gestürmt hatte. Da die Beatles sich nicht sonderlich für Fußball interessierten, kam Stubbins angeblich deshalb aufs Cover, weil der Vater von John Lennon ein Fan von ihm war.

## SELTSAME SPIELE 1

DEUTSCHLAND – ÖSTERREICH 1:0 (1:0)
GIJON, 25.6.1982

•

DEUTSCHLAND: Schumacher - Kaltz, Stielike, Kh. Förster, Briegel - Dremmler, Breitner, Magath, Kh. Rummenigge (67. Matthäus) - Littbarski, Hrubesch (69. Fischer)

•

ÖSTERREICH: Koncilia - Krause, Obermayer, Pezzey, Degregori - Prohaska, Hattenberger, Hintermaier, Weber - Schachner, Krankl

•

Schiedsrichter: Valentine (Schottland)

•

Zuschauer: 41.000

•

1:0 Hrubesch, 11. Minute

Weil die Fifa bei der Weltmeisterschaft 1982 die letzten Vorrundenspiele nicht parallel austragen ließ, wussten die deutsche und österreichische Mannschaft, dass sie Algerien bei einem 1:0-Sieg für Deutschland beide hinter sich lassen würden. Nachdem der zum Wunschergebnis notwendige Treffer schon in der elften Minute gefallen war, schoben sich beide Teams in der endlos langen verbleibenden Spielzeit den Ball nur noch zu.

## BERÜHMTE FANS

Nicht immer ist die Loyalität dieser Anhänger so groß wie die von normalen Fans, aber auch in vielen prominenten Leben hat Fußball eine besondere Rolle gespielt. Rod Stewart begann beim FC Brentford in London sogar eine Ausbildung zum Fußballprofi.

| | |
|---|---|
| Omar Sharif, *Schauspieler* | Juventus Turin |
| Michael Schumacher, *Rennfahrer* | 1. FC Köln |
| Sir Richard Attenborough, *Schauspieler* | FC Chelsea London |
| José Carreras, *Tenor* | FC Barcelona |
| Placido Domingo, *Tenor* | Real Madrid |
| Eagle-Eye Cherry, *Sänger* | Hammarby IF |
| Kevin Costner, *Schauspieler* | Arsenal London |
| Javier Marías, *Schriftsteller* | Real Madrid |
| Che Guevara, *Revolutionär* | Rosario Central |
| Halle Berry, *Schauspielerin* | FC Everton |
| Robert Duvall, *Schauspieler* | Boca Juniors |
| Göran Persson, *Premierminister* | Malmö FF |
| Robbie Williams, *Sänger* | Port Vale FC |
| Jamie Oliver, *Koch* | Cambridge United |
| Günter Grass, *Schriftsteller* | SC Freiburg |
| Rod Stewart, *Sänger* | Celtic Glasgow |
| Norman Cook, *DJ* | Brighton & Hove Albion |
| John Cleese, *Schauspieler* | West Ham United |
| Nigel Kennedy, *Violinist* | Aston Villa |
| Eric Clapton, *Musiker* | West Bromwich Albion |
| Herbert Grönemeyer, *Musiker* | VfL Bochum |
| Joachim Król, *Schauspieler* | Borussia Dortmund |
| Boris Becker, *Prominenter* | FC Bayern München |

## DIE TORREICHSTEN WELTMEISTERSCHAFTSSPIELE

| | | | | |
|---|---|---|---|---|
| 12 Tore | Österreich - Schweiz | 7:5 | 26.6.1954 |
| 11 Tore | Brasilien - Polen | 6:5 | 5.6.1938 |
| 11 Tore | Ungarn - Deutschland | 8:3 | 20.6.1954 |
| 11 Tore | Ungarn - El Salvador | 10:1 | 15.6.1982 |
| 10 Tore | Frankreich - Paraguay | 7:3 | 8.6.1958 |

## NACH PERSONEN BENANNTE FUSSBALLVEREINE

CHURCHILL BROTHERS SC (GOA, INDIEN)
Der indische Spitzenklub und sechsfache Titelgewinner von Goa wurde 1988 von Alemão Churchill gegründet. Der Fischer, Schmuggler, Politiker und Fußballfan ehrte damit sich selbst und seine Brüder. Sein Bruder Alvernaz wurde von der Zollpolizei getötet, als er angeblich gerade Gold an den Strand schmuggeln wollte. Ein weiterer Bruder verlor ebenfalls im Zusammenhang mit Goldschmuggel sein Leben.

JOMO COSMOS (JOHANNESBURG, SÜDAFRIKA)
Der Südafrikaner Jomo Sono spielte bei Cosmos New York zusammen mit Pelé und Franz Beckenbauer. Er kaufte nach seiner Rückkehr 1982 den Fußballklub Highland Park und benannte ihn in Jomo Cosmos um, seit 1994 ist er auch Chefcoach seines Klubs und war bei der Weltmeisterschaft 2002 zudem Nationaltrainer Südafrikas.

CLUB ATLÉTICO BOLÍVAR (LA PAZ, BOLIVIEN)
Das Jahr der Vereinsgründung, 1925, war zugleich das des hundertsten Jubiläums der Unabhängigkeit Boliviens. An den Befreier von der spanischen Vorherrschaft in Südamerika, Simón Bolívar, sollte der Vereinsname erinnern.

CLUBE DE REGATAS VASCO DA GAMA (RIO DE JANEIRO, BRASILIEN)
Die portugiesische Community von Rio benannte den Klub nach dem berühmten Entdecker, der den Seeweg nach Indien fand und so das portugiesische Weltreich mitbegründete.

CLUB SOCIAL DEPORTIVO COLO COLO (SANTIAGO, CHILE)
Der 1560 gestorbene Colo Colo war ein Mapuche-Häuptling, der erfolgreich gegen die spanischen Eroberer kämpfte und für seinen Mut, Scharfsinn und seine Weisheit verehrt wird.

JULIUS BERGER FC (LAGOS, NIGERIA)
Der deutsche Ingenieur Julius Berger gründete 1890 eine Baufirma, die hierzulande in der Bilfinger Berger AG aufgegangen ist. Von 1965 an machte das Unternehmen in Nigeria Geschäfte und wurde dort vor 20 Jahren zu einer eigenständigen Firma. Die gleichnamige Fußballmannschaft wurde 1976 gegründet und ist eine Art Konzernklub. Sie gewann etliche nationale Titel, das Unternehmen stellt die Förderung aber bis 2008 ein.

KAIZER CHIEFS (JOHANNESBURG, SÜDAFRIKA)

1969 von Kaizer Moutang gegründet, der zuvor bei den Atlanta Chiefs in der amerikanischen Profiliga NASL gespielt hatte. Das Team absolvierte zunächst als Kaizer XI nur Einladungsspiele, ist inzwischen aber neben dem Lokalrivalen Orlando Pirates populärster Klub Südafrikas und wird nach wie vor von Kaizer Moutang geführt.

JORGE WILSTERMANN (COCHABAMBA, BOLIVIEN)

Der 1949 von Arbeitern der bolivianischen Fluggesellschaft Lloyd Aéreo Boliviano gegründete Klub hieß zunächst San José de la Banda. Seinen heutigen Namen bekam der neunfache bolivianische Meister 1953, er soll an Boliviens ersten Berufspiloten erinnern, der Jorge Wilstermann hieß.

VÉLEZ SARSFIELD (BUENOS AIRES, ARGENTINIEN)

Dalmacio Vélez Sarsfield (1800 - 1875) war Politiker und Jurist. Er schrieb die Verfassung von Buenos Aires und arbeitete an Argentiniens erstem bürgerlichen Gesetzbuch mit.

WILLEM II (TILBURG, HOLLAND)

Der 1896 gegründete Klub hieß zunächst Tilburgia, wurde aber im Januar 1898 in Willem II umbenannt, der zunächst Prinz von Oranje und von 1840 bis 1849 holländischer König gewesen war. Der Monarch hatte während eines Aufstands der Belgier sein Hauptquartier in Tilburg bezogen und seitdem eine besondere Verbindung zu dieser Stadt.

NEWELL'S OLD BOYS (ROSARIO, ARGENTINIEN)

Der Engländer Isaac Newell wanderte 1869 mit 16 Jahren aus Kent in Argentinien ein. Er gründete in Rosario ein argentinisch-englisches Kolleg und beeindruckte seine Schüler so, dass sie den Klub 1903 nach ihrem Lehrer benannten.

XAMAX NEUCHÂTEL (SCHWEIZ)

Die Namensgebung erklärt sich hier aus einem Spiel mit dem Namen eines der Mitgründer: Max Abegglen. Der Stürmer war einer der erfolgreichsten Torjäger in den frühen Jahren des Schweizer Fußballs. Bei der Vereinsgründung 1912 entschied man sich für ein Palindrom, der Vorname von Abegglen wurde dazu einmal von hinten und einmal von vorne geschrieben.

## FUSSBALLKLUBS IN BUENOS AIRES

Keine Stadt auf der Welt verfügt über so viele professionelle Fußballklubs wie die argentinische Hauptstadt und die sie umgebende Agglomeration. Auf einer Fläche von 250 Quadratkilometern leben ungefähr fünf Millionen Einwohner, die derzeit zwischen 37 Vereinen in den drei Profiligen wählen können. In der ersten Liga stellen die Vereine aus Buenos Aires 13 von 20 Klubs, in der Nacional B sind es sieben von 20, und in der Primera B 17 von 21 Teams.

### Erstligisten

Club Almagro • Argentinos Juniors • Arsenal FC
Banfield • Boca Juniors • Independiente • Lanús • Quilmes
Racing Club • River Plate San Lorenzo • Vélez Sarsfield • Club Olimpo

### Zweitligisten

Chacarita Juniors • Defensa y Justicia
Defensors de Belgrano • Club El Porvenir
Club Ferro Carril Oeste • Huracán • Nueva Chicago

### Drittligisten

All Boys • Almirante Brown • Armenio • Atlanta Brown
Defensores de Cambaceres • Laferrere • Los Andes
CD Morón • Estudiantes • Flandria • Platense • San Telmo
Social Espanol • CS Italiano • Temperley • Tigre • Tristán Suárez

## DIE OFFIZIELLEN WM-BÄLLE

Bei der Weltmeisterschaft 1970 in Mexiko gab es erstmals einen offiziellen Spielball. Dazu wurde ein Vermarktungsvertrag zwischen dem Weltfußballverband Fifa und dem Sportartikler Adidas geschlossen, der bis heute gültig ist.

Telstar 1970
Telstar Duralast 1974
Tango Riverplate 1978
Tango Espanha 1982

1986 Azteca
1990 Etrusco
1994 Questra
1998 Tricolore

2002 Fevernova

## DAS MÜLLER-ALL-STAR-TEAM

Christian Müller
*1. FC Köln**

Gerd Müller
*Bayern München*

Dieter Müller
*1. FC Köln*

Jochen Müller
*Waldhof Mannheim*

Hansi Müller
*VfB Stuttgart*

Sven Müller
*VfL Wolfsburg*

Andi Müller
*Schalke 04*

Luggi Müller
*1. FC Nürnberg*

Stefan Müller
*SC Freiburg*

Helmut Müller
*Eintracht Frankfurt*

René Müller
*Dynamo Dresden*

Ersatzbank: Manfred Müller *Wuppertaler SV*, Tor; Eckhardt Müller *VfB Stuttgart*, Heinrich Müller *1. FC Nürnberg*, Heinz Müller *1. FC Nürnberg*, Klaus Müller *FC Homburg*, Klaus Müller *Werder Bremen*, Kurt Müller *Hertha BSC*, Manfred Müller *MSV Duisburg*, Peter Müller *1. FC Köln*, René Müller *VfL Bochum*, Uwe Müller *Eintracht Frankfurt*, Walter Müller *1. FC Saarbrücken*

Trainerbank: Walter Müller *1. FC Saarbrücken*

*Genannt ist jeweils der Klub, für den der jeweilige Müller die meisten Bundesligaspiele absolvierte.

## NATIONALSPIELER AUS GELSENKIRCHEN*

Rüdiger Abramczik · Halil Altintop** · Hamit Altintop**
Herbert Burdenski · Rudi Gellesch · Matthias Herget
Berni Klodt · Hans Klodt · Willi Koslowski
Ernst Kuzorra · Reinhard Libuda · Norbert Nigbur
Hans Nowak · Fritz Szepan · Olaf Thon · Hennes Tibulsky
Otto Tibulsky · Adolf Urban

*Aufgeführt sind nur gebürtige Gelsenkirchener.

**spielen für die Türkei

## KURZE GESCHICHTE DES FRAUENFUSSBALLS

1894 gründet Nettie Honeyball in London die erste Frauenfußballmannschaft, die British Ladies.

1895 erstes »Ladies Football Match«, zehntausend Zuschauer.

1902 verbietet der englische Fußballverband seinen Klubs, Spiele gegen Frauenmannschaften auszutragen.

1917 Im Ersten Weltkrieg werden in England viele Frauenfußballteams im Umfeld der großen Industriebetriebe gegründet. Die berühmteste Mannschaft werden die »Dick Kerr's Ladies«, ein Team von Arbeiterinnen einer Munitionsfabrik in Preston, das auch nach dem Krieg bestehen bleibt.

1921 wird die English Ladies' Football Association mit 150 Klubs gegründet. Die »Dick Kerr's Ladies« bestreiten in Preston das erste Frauenfußball-Länderspiel gegen Femina Paris. Ende des Jahres erklärt der englische Fußballverband das Spiel als für Frauen ungeeignet. Der Beschluss kommt einem Verbot gleich, weil die Frauen zumeist auf die Plätze und Stadien der Männer angewiesen sind.

1955 verbietet der DFB Frauenfußball, die Spielerinnen sollen damit vor der Teilnahme an dubiosen Schau-Wettkämpfen geschützt werden.

1970 organisiert der italienische Getränkehersteller Martini & Rossi eine inoffizielle Frauenfußball-Weltmeisterschaft. Im Oktober des Jahres hebt der DFB das Verbot des Frauenfußballs auf.

1974 wird erstmals eine deutsche Meisterschaft im »Damenfußball«, wie es damals noch heißt, ausgetragen, den Titel gewinnt TuS Wörrstadt.

1981 wird der erste DFB-Pokalsieger gekürt. Die SSG Bergisch-Gladbach gewinnt den Titel und fährt als Vertreter Deutschlands zur inoffiziellen Fußball-WM der Frauen nach Taiwan – und gewinnt dort ebenfalls.

1982 tritt erstmals eine deutsche Frauennationalmannschaft in einem offiziellen Länderspiel an und schlägt die Schweiz mit 5:1.

1989 wird die deutsche Frauennationalmannschaft zum ersten Mal Europameister.

1990 wird in Deutschland die zweigeteilte Bundesliga eingeführt. Sie startet im Süden und im Norden mit jeweils zehn Mannschaften.

1997 Deutschland gewinnt die Europameisterschaft zum zweiten Mal. Im gleichen Jahr wird die Bundesliga der Frauen eingleisig. Um das sportliche Niveau zu heben, treten nun zwölf Mannschaft in bundesweiter Konkurrenz an.

2001 dritter EM-Titel. In den USA startet mit der Women's United Soccer Association (WUSA) die erste professionelle Frauenfußball-Liga.

2002 gewinnt der 1. FFC Frankfurt den Uefa-Frauen-Pokal.

2003 wird die deutsche Frauennationalmannschaft zum ersten Mal Weltmeister. Die WUSA wird aufgrund finanzieller Probleme aufgelöst.

## DIE TORREICHSTEN WELTMEISTERSCHAFTEN

| | | | | | |
|---|---|---|---|---|---|
| 1954 | Schweiz | 5,38 Tore/Spiel | 16 Teams | 26 Spiele | 140 Tore |
| 1938 | Frankreich | 4,67 Tore/Spiel | 15 Teams | 18 Spiele | 84 Tore |
| 1934 | Italien | 4,12 Tore/Spiel | 16 Teams | 17 Spiele | 70 Tore |
| 1950 | Brasilien | 4,00 Tore/Spiel | 13 Teams | 22 Spiele | 88 Tore |

## DIE BESTEN BUNDESLIGAAUFSTEIGER

| | | | | |
|---|---|---|---|---|
| Meister | 1. FC Kaiserslautern | 1997/98 | 63:39 Tore | 68 Punkte |
| 3. | FC Bayern München | 1965/66 | 71:38 Tore | 67 Punkte |
| 4. | VfB Stuttgart | 1977/78 | 58:40 Tore | 56 Punkte |
| 4. | Wuppertaler SV | 1972/73 | 62:49 Tore | 55 Punkte |
| 5. | Werder Bremen | 1981/82 | 61:52 Tore | 59 Punkte |
| 5. | VfL Bochum | 1996/97 | 54:51 Tore | 53 Punkte |
| 5. | Hannover 96 | 1964/65 | 48:42 Tore | 46 Punkte |
| 6 | Hansa Rostock | 1995/96 | 47:43 Tore | 43 Punkte |
| 7 | Kickers Offenbach | 1972/73 | 61:60 Tore | 49 Punkte |

## HAUPTSPONSOREN DER WM 2006

| | |
|---|---|
| ADIDAS | Sportartikelhersteller |
| AVAYA | Technologieproduzent |
| BUDWEISER | Brauerei |
| COCA-COLA | Getränkeproduzent |
| CONTINENTAL | Automobilzulieferer |
| DEUTSCHE TELEKOM | Telekomdienstleister |
| EMIRATE AIRLINES | Fluggesellschaft |
| FUJI FILM | Fotoindustrie |
| GILLETTE | Kosmetikgüterproduzent |
| HYUNDAI | Automobilhersteller |
| MASTERCARD | Kreditkartendienstleister |
| MCDONALD'S | Restaurant und Foodvertrieb |
| PHILIPS | Elektrotechnologie |
| TOSHIBA | Computer-Hersteller |
| YAHOO | Internetservice |

Dazu gibt es in Deutschland noch sechs »Nationale Förderer«:
Energie Baden-Württemberg EnBW, OBI (Baumärkte), Hamburg-Mannheimer Versicherungs-AG, Postbank, Bahn AG und Oddset (Sportwetten).

## TOREBBE

Der 20. Spieltag der Saison 1998/99 am 26.–28. Februar 1999:

| | |
|---|---|
| Werder Bremen – VfL Bochum | 1:1 (0:1) |
| 1. FC Kaiserslautern – VfB Stuttgart | 1:1 (0:0) |
| SC Freiburg – VfL Wolfsburg | 0:0 (0:0) |
| Hamburger SV – Bayer Leverkusen | 0:0 (0:0) |
| Borussia Dortmund – 1. FC Nürnberg | 3:0 (1:0) |
| Eintracht Frankfurt – Borussia Mönchengladbach | 0:0 (0:0) |
| Hansa Rostock – Bayern München | 0:4 (0:0) |
| TSV 1860 München – MSV Duisburg | 0:0 (0:0) |
| Schalke 04 – Hertha BSC Berlin | 0:0 (0:0) |

Nie wurden an einem Spieltag der Bundesliga weniger Tore (11) geschossen.

## DIE ERFOLGREICHSTEN VEREINSTRAINER DER WELT

1. Sir Alex Ferguson....32 Titel....mit FC Aberdeen und Manchester United
2. Jock Stein..................26 Titel....mit Celtic Glasgow
3. Ottmar Hitzfeld........20 Titel....mit FC Aarau, Grasshoppers Zürich, Borussia Dortmund, Bayern München

## FINALE PHILOSOPHIE

*1973 realisierte Monty Python's Flying Circus einige Filme speziell für das deutsche Fernsehen. Dazu gehörte auch dieses Duell der großen Philosophen. Im Münchner Olympiastadion siegte Griechenland mit 1:0 (0:0).*

**Deutschland**

1 Leibniz

2 Kant · 3 Hegel (Kapitän) · 4 Schopenhauer · 5 Schelling

6 Beckenbauer · 7 Jaspers

8 Schlegel · 9 Wittgenstein · 10 Nietzsche · 11 Heidegger

**Griechenland**

1 Plato

3 Aristoteles

2 Epiktet · 4 Sophokles · 5 Empedokles von Akraga · 6 Plotin

7 Epikur · 8 Heraklit (Kapitän) · 9 Demokrit

10 Sokrates · 11 Archimedes

Schiedsrichter: Konfuzius · Linienrichter: Augustinus, Thomas von Aquin
Torschütze: Sokrates

## DEUTSCHLANDS FUSSBALLPYRAMIDE

Es ist ein langer Weg vom Fuß bis an die Spitze der Pyramide, aber prinzipiell steht er jedem Klub offen. Von der untersten Spielklasse kann man Jahr für Jahr bis in die Bundesliga aufsteigen, ist man nur erfolgreich genug. Allerdings tragen die Ligen in den fünf Regionalverbänden bzw. 21 Landesverbänden nicht überall den gleichen Namen.

| | |
|---|---|
| 1. Klasse | BUNDESLIGA |
| 2. Klasse | ZWEITE BUNDESLIGA |
| 3. Klasse | REGIONALLIGA NORD/ REGIONALLIGA SÜD |
| 4. Klasse | OBERLIGA (Baden-Württemberg, Bayern, Hessen, NOFV Nord, NOFV Süd, Nord, Nordrhein, Südwest, Westfalen) |
| 5. Klasse | VERBANDSLIGA (überall, außer in Bayern - **Bayernliga**, Niedersachsen - **Niedersachsenliga**, Thüringen - **Thüringenliga** und Sachsen - **Landesliga**) |
| 6. Klasse | LANDESLIGA (überall, außer in Thüringen - **Landesklasse**, Sachsen und Rheinland - **Bezirksliga**, Bayern, Hessen und Schleswig-Holstein - **Bezirksoberliga**) |
| 7. Klasse | BEZIRKSLIGA (überall, außer in Brandenburg - **Bezirksklasse**, Sachsen-Anhalt - **Landesklasse**, Baden und Rheinland - **Kreisliga A**) |
| 8. Klasse | KREISLIGA A in Berlin, Hessen, Saar, Sachsen, Südbaden, Württemberg, **Kreisklasse A** in Mittelrhein, Niederrhein, Westfalen, **Kreisliga** in Brandenburg, Hamburg, **Bezirksklasse** in Niedersachsen, Südwest, **Kreisoberliga** in Sachsen Anhalt (nur Jena), Thüringen, **Kreisliga B** in Rheinland, **1. Kreisliga** in Bremen, **Bezirkskreisliga** in Mecklenburg-Vorpommern |
| 9.-12. Klasse | Je nach Fußballkreis gibt es neunte bis teilweise sogar zwölfte Spielklassen. |

## DER KOSMOS IST EIN FUSSBALL

Französische Forscher haben nach Auswertung der Daten einer NASA-Mission die These aufgestellt, dass der Kosmos die Form eines Fußballs hat. Im Wissenschaftsmagazin *Nature* veröffentlichten sie im Oktober 2003 ihre Auswertungen der kosmischen Hintergrundstrahlung. Diese ist ein Echo des Urknalls und liefert Hinweise nicht nur auf die Geschichte des Weltraums, sondern auch auf seine Struktur und Gestalt. Das Forscherteam kam zu dem Schluss, dass unser Kosmos ein endliches Universum in Form eines einfachen geometrischen Modells ist. Sie sind überzeugt, dass unser Weltall demnach wie ein Fußball dargestellt werden kann, der aus zwölf gewölbten Fünfecken besteht, die sich zu einer Kugel zusammensetzen.

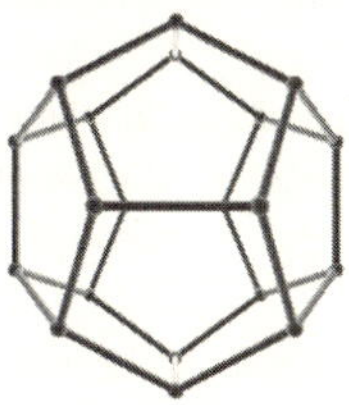

## NANDROLON

Das anabole Steroid Nandrolon steht auf der Dopingliste, denn es dient dem Muskelaufbau – offenbar besonders gerne in Italien.

| NAME | KLUB | VERSTOSS | STRAFE |
|---|---|---|---|
| Christophe Dugarry (Frankreich) | Olympique Marseille | Juni 1999 | keine* |
| Fernando Couto (Portugal) | Lazio Rom | Januar 2001 | 4 Monate |
| Frank de Boer (Holland) | FC Barcelona | März 2001 | 3 Monate |
| Edgar Davids (Holland) | Juventus Turin | Mai 2001 | 5 Monate |
| Theo Zagorakis (Griechenland) | AEK Athen | Juni 2001 | keine** |
| Jaap Stam (Holland) | Lazio Rom | Oktober 2001 | 5 Monate |
| Josep Guardiola (Spanien) | AS Brescia | November 2001 | 4 Monate |
| Mohamed Kallon (Sierra Leone) | Inter Mailand | Januar 2004 | 8 Monate |
| Egor Titov (Russland) | Spartak Moskau | Januar 2004 | 12 Monate |

*wg. eines Verfahrensfehlers

**Seine Erklärung, dass er zu viel Sex hatte, wurde akzeptiert.

## BÜCHER, DIE ZUM 50. JUBILÄUM DES WM-ENDSPIELS 1954 ERSCHIENEN SIND

| | |
|---|---|
| Andreas Bauer: | *Das Wunder von Bern* |
| Jürgen Bertram: | *Die Helden von Bern* |
| Sebastian Dehnhardt, Guido Knopp: | *Das Wunder von Bern* |
| Erik Eggers: | *Die Stimme von Bern* |
| Michael Garthe, Hans-Peter Schössler: | *Der Mythos von Bern und seine Pfälzer Fußballweltmeister* |
| Peter Kasza: | *Das Wunder von Bern 1954* |
| Eva Ludwig, Melanie Kabus: | *Sepp Herberger und das Wunder von Bern* |
| o.A.: | *Der Triumph von Bern* |
| Joachim Scheer, Mihaly Kozak: | *Der Sieg von Bern* |
| Lothar Schirmer: | *Das Wunder in Bildern, Bern 1954* |
| Karl-Heinz Schwarz-Pich: | *Sepp Herberger, der zwölfte Held von Bern* |
| Christof Siemes: | *Das Wunder von Bern* |

## EWIGE TABELLE DER WELTMEISTERSCHAFTEN

| | Turniere | Spiele | Siege | Remis | Niederl. | Tore | Punkte |
|---|---|---|---|---|---|---|---|
| 1. Brasilien | 17 | 87 | 60 | 14 | 13 | 191:82 | 194 |
| 2. Deutschland | 15 | 85 | 50 | 18 | 17 | 176:106 | 168 |
| 3. Italien | 15 | 70 | 39 | 17 | 14 | 110:67 | 134 |
| 4. Argentinien | 13 | 60 | 30 | 11 | 19 | 102:71 | 101 |
| 5. England | 11 | 50 | 22 | 15 | 13 | 68:45 | 81 |
| 6. Frankreich | 11 | 44 | 21 | 7 | 16 | 86:61 | 70 |
| 7. Spanien | 11 | 45 | 19 | 12 | 14 | 71:53 | 69 |
| 8. Russland | 9 | 37 | 17 | 6 | 14 | 64:44 | 57 |
| 9. Jugoslawien | 9 | 37 | 16 | 8 | 13 | 60:46 | 56 |
| 10. Schweden | 10 | 42 | 15 | 11 | 16 | 71:65 | 56 |
| 11. Uruguay | 10 | 40 | 15 | 10 | 15 | 65:57 | 55 |
| 12. Holland | 7 | 32 | 14 | 9 | 9 | 56:36 | 51 |
| 13. Ungarn | 9 | 32 | 15 | 3 | 14 | 87:57 | 48 |
| 14. Polen | 6 | 28 | 14 | 5 | 9 | 42:36 | 47 |
| 15. Mexiko | 12 | 41 | 10 | 11 | 20 | 43:79 | 41 |

## TRIKOTSPONSOREN

Heutzutage dominieren auf den Trikots der Bundesligisten die großen Versicherungen, Telekommunikationsunternehmen, Automobilfirmen, Finanzdienstleister oder Energieunternehmen. Früher war das anders.

| | | | |
|---|---|---|---|
| Auto Meister | *Kfz-Werkstatt* | Hertha BSC | 1976/77 |
| Axtmann | *Baubetreuung* | VfB Leipzig | 1993/94 |
| Böklunder | *Würstchen* | FC St. Pauli | 1995-97 |
| CE Aktie | *Chipbroker* | SpVgg Unterhaching | 1999-01 |
| Frottesana | *Handtücher* | VfB Stuttgart | 1976-79 |
| Frucade | *Limonade* | München 1860 | 1977-79 |
| Gardena | *Gartengeräte* | SSV Ulm | 1999/00 |
| Gin Tonic | *Modehersteller* | Waldhof Mannheim | 1988/89 |
| Hettel | *Autovermietung* | Karlsruher SC | 1980/81 |
| Höffner | *Einrichtungshaus* | Hansa Rostock | 1995/96 |
| London | *Kondome* | FC Homburg | 1987-90 |
| Löwen Sport | *Glücksspielautomaten* | Dynamo Dresden | 1991/92 |
| Mampe | *Spirituosen* | Hertha BSC | 1978/79 |
| Paddocks | *Jeans* | Schalke 04 | 1984-86 |
| Pitralon | *Rasierwasser* | Waldhof Mannheim | 1985/86 |
| Polsterwelt | *Einrichtungshaus* | VfL Bochum | 1982-86 |
| Remington | *Rasierer* | Eintracht Frankfurt | 1974/75 |
| Samson | *Tabak* | Borussia Dortmund | 1977/78 |
| Sanwald | *Weizenbier* | VfB Stuttgart | 1986/87 |
| Streif | *Fertighäuser* | 1. FC Kaiserslautern | 1979-81 |
| Sympatex | *Textilfaser* | Wattenscheid 09 | 1990-94 |
| Zehnder | *Heizkörper* | SC Freiburg | 1993-97 |

## DIE WALDHÖFER ABWEHRSCHULE

In den 70er und 80er Jahren brachte der heutige Oberligist Waldhof Mannheim eine erstaunliche Zahl von Defensivspielern hervor, die zumeist bei anderen Klubs zu Nationalspielern wurden:

HANNO BALITSCH · BERND FÖRSTER
KARLHEINZ FÖRSTER · JÜRGEN KOHLER
PAUL STEINER · CHRISTIAN WÖRNS

## DAS ULTRA-MANIFEST

*In den letzten Jahren haben sich die Ultras in den meisten Fankurven zur dominierenden Subkultur entwickelt. Sie folgen vor allem italienischen Vorbildern und einer ihrer wesentlichen Texte ist das Manifest der Ultras des AS Rom. Es wurde in den letzten Jahren auf Hunderte von Fan-Pages gestellt und wird hier unkorrigiert in seiner Originalform abgedruckt, wie es von den Ultras des AS Rom auf Deutsch zur Verfügung gestellt wurde.*

ZUKUNFTSVISIONEN:
Es ist Zeit, dass alle Fußballfans verstehen, was die Uefa, die Fifa und die Fernsehanstalten unter tatkräftiger Mithilfe der nationalen Verbände mit unserem Fußballsport veranstalten. Die Bestrebungen der Spitzenclubs gehen dahin, eine Europaliga einzurichten, die diesen Clubs vorbehalten ist, im Endeffekt den finanzstarken Vereinen der einzelnen Verbände. Dies würde diesen Vereinen auf Grund der Vermarktung der TV-Rechte enorme Einnahmen sichern, gleichermaßen wären die Stadien ausverkauft, die kleineren Vereine würden ausgeschlossen und auf lange Sicht in den Ruin getrieben.
Die Anzahl der Fernsehzuschauer würde sicherlich steigen, während der Stadionfußball in seiner ursprünglichen Form nach und nach verschwinden wird. In ein paar Jahren wird selbst der Rasen in den Stadien mit Sponsorenwerbung verunstaltet werden und Choreographien werden verboten, weil sie die Aufmerksamkeit der Zuschauer am Bildschirm von den Werbetafeln abziehen. Es werden Hunderte Ordner in den Blöcken stehen, die Fans werden im ganzen Stadionbereich von Videokameras aufgenommen, um zu verhindern, dass große Fahnen, Transparente oder Feuerwerkskörper ins Stadion gelangen können. Und in ein paar Jahren werden selbst die Leibchen unserer Spieler aussehen, wie die Anzüge von Formel-1 Piloten, jeder Fleck von Werbung besetzt.
In den Köpfen der Funktionäre nimmt die Zukunft bereits Gestalt an: es wird der gezähmte Fan erwünscht, der moderate Stimmung verbreitet, aber nur soviel, wie als Hintergrundeinspielung für die Fernsehübertragung notwendig ist, der brav applaudiert, wenn man es verlangt und ansonsten still auf seinem Platz sitzt. Es wird keinen Platz mehr für Ultras geben.
Es gibt eine Uefa-Richtlinie, die besagt, dass die Fans sitzen müssen, man will keine Fans, die aktiv am Spiel teilhaben, man will die Art von Zuschauer, die man in einem Kino oder einem Theater antrifft.
Diese Menschen verstehen nicht,

dass Fußball unser Leben ist, dass wir für unseren Verein leben, dass wir unsere Schals und unsere Kleidung tragen, die unsere Stadt oder Region repräsentiert.

All die »Kurven« (»curva«) dieser Welt sollten in diesem Fall zusammenhalten und eine mächtige Einheit gegen die Fußball-Fabrik bilden.

**Ultramanifest:**
Echte Fans wollen diese Fußballregeln:

1. Spielertransfers sollten in den Saisonpausen abgewickelt werden, nicht während der Saison;

2. Die Freiheit für die Spieler, ihre Freude nach einem Goal auszudrücken, es ist nun möglich, diese Zeit nachspielen zu lassen.

3. Eine Beschränkung der ausländischen Spieler, um den heimischen Nachwuchs zu fördern.

4. Eine Sperre von einem Jahr von Spielern, die ihren Vertrag nicht erfüllt haben, weil ein anderer Verein mehr Geld geboten hat.

5. Die Beschränkung, dass Funktionäre eines Vereines nicht in einem zweiten Verein tätig sein dürfen, damit die Unmöglichkeit von Farm Teams.

6. Die Wiederherstellung des alten Landesmeisterpokales mit einem automatisch qualifizierten Meister aus jedem Verband, anstelle einer Liga, in der der Ligavierte eines Landes Champions League Sieger werden kann.

7. Das Verbot, dass Clubs oder Verbände Billets für Auswärtsspiele exklusiv an Reiseveranstalter weitergeben dürfen.

**Ultras sollten:**

1. Jeden unnötigen Kontakt oder Hilfe durch die Vereine verweigern.

2. Jede Hilfe durch die Polizei verweigern.

3. untereinander besser zusammenarbeiten.

4. in Eigenorganisation zu Auswärtsspielen reisen.

5. mit den Ultras anderer Vereine zusammenarbeiten, um die »Ware TV-Fussball« unattraktiver zu machen.

6. sich nicht von den Autoritäten unterdrücken lassen und an Spielen unbedingt Präsenz zeigen.

## PARISER WELTAUSSTELLUNGSTURNIER 1937

Da es in der ersten Hälfte des vergangenen Jahrhunderts noch keine internationalen Wettbewerbe für Vereine gab, an denen englische Mannschaften teilnahmen, wurden Freundschaftsturniere mit Spitzenbesetzung als Ersatz genommen und sportlich sehr hoch bewertet. Weil die französischen Teams früh ausschieden, blieb das Zuschauerinteresse jedoch unter den Erwartungen, bei kaum einem der Spiele war ihre Zahl noch fünfstellig.

| | |
|---|---|
| Vorrunde | Austria Wien - VfB Leipzig 2:0 |
| | AC Bologna - FC Sochaux 4:1 |
| | Slavia Prag - Phöbus Budapest 2:1 |
| | Olympique Marseille - Chelsea London 1:1 (Los für Chelsea) |
| Zwischenrunde | Chelsea London - Austria Wien 2:0 |
| | AC Bologna - Slavia Prag 2:0 |
| Spiel um den dritten Platz | Slavia Prag - Austria Wien 3:0 |
| Endspiel | AC Bologna - Chelsea London 4:1 |

## DER KANTERSIEG

Der etwas aus der Mode gekommene, aber durchaus noch benutzte Begriff *Kantersieg* für einen hohen Sieg bei Fußballspielen kommt wahrscheinlich aus dem Englischen. Dort leitet sich das Substantiv *canter* - eine Gangart von Pferden, die zwischen Passgang und Galopp liegt - vom *Canterbury Gallop* ab, der den versammelten Reitstil der Mönche von Canterbury beschrieb. *To win at a canter* bedeutet *mühelos gewinnen*, was wahrscheinlich das Bild von einem unbeschwerten Galopp aufgreift.

Obwohl der Fußballbegriff *Kantersieg* höchstwahrscheinlich aus dem Englischen adaptiert wurde, gibt es aber auch einen deutschen Wortstamm. Das »Deutsche Wörterbuch« der Gebrüder Grimm führt das Verb *kantern* auf, womit im Ostpreußen des 18. Jahrhunderts das Durcheinanderwerfen von Haushaltsgeräten beschrieben worden sein soll. Und wer beim Kantersieg als Verlierer vom Platz geht, erlebt nicht selten, dass danach eine Menge Porzellan zerschlagen wird.

## VERLORENE WM-SPIELE IN SERIE

9 Mexiko 1930–1958
7 Schweiz 1954–1966
6 El Salvador 1970–1982*

*El Salvador hat damit alle WM-Spiele verloren.

## DEUTSCHE LOKALDERBYS

### Zwei Bundesligaklubs zur gleichen Zeit in einer Stadt gab es in

| | |
|---|---|
| BERLIN | Hertha BSC Berlin und Tennis Borussia Berlin |
| BOCHUM | VfL Bochum und Wattenscheid 09 |
| HAMBURG | Hamburger SV und FC St. Pauli |
| KÖLN | 1. FC Köln und Fortuna Köln |
| MÜNCHEN | 1860 München und FC Bayern München |
| STUTTGART | VfB Stuttgart und Stuttgarter Kickers |

### Zwei (und mehr) Zweitligisten zur gleichen Zeit in einer Stadt gab es in

| | |
|---|---|
| BERLIN | Tennis Borussia, Wacker 04 und Spandauer SV |
| | Tennis Borussia und Hertha BSC |
| | Hertha BSC und SC Charlottenburg |
| | Blau-Weiß 90 Berlin, Tennis Borussia und Hertha BSC |
| BOCHUM | VfL Bochum und Wattenscheid 09 |
| ESSEN | Rot-Weiß Essen und Schwarz-Weiß Essen |
| FREIBURG | FC Freiburg und SC Freiburg |
| HAMBURG | FC St. Pauli und Barmbek-Uhlenhorst |
| HANNOVER | Hannover 96 und Arminia Hannover |
| | Hannover 96 und OSV Hannover |
| HERNE | Westfalia Herne und DSC Wanne-Eickel |
| INGOLSTADT | MTV Ingolstadt und ESV Ingolstadt |
| KÖLN | Fortuna Köln und Viktoria Köln |
| | Fortuna Köln und 1. FC Köln |
| STUTTGART | VfB Stuttgart und Stuttgarter Kickers |

## VUVUZELA

Die Vuvuzela ist eine Ikone des südafrikanischen Fußballs. Die ungefähr unterarmlange Trompete aus Plastik oder Blech zählt zu den 40 besten Erfindungen des Landes. Ihr Klang ähnelt dem Trompeten eines Elefanten, ist aber lauter. Der Name Vuvuzela stammt unterschiedlichen Quellen zufolge aus dem Slang der Townships und heißt »jemanden in Musik duschen« oder soll in Zulu für »Krach machen« stehen. »Der Affe wird durch viel Krach erlegt«, heißt ein altes afrikanisches Sprichwort, und demnach soll es in südafrikanischen Stadien möglichst laut zugehen, um den Gegner zu erschrecken. Der ehemalige Staatspräsident Nelson Mandela ließ Hunderte Vuvuzelas nach Zürich mitnehmen, als dort über die südafrikanische WM-Bewerbung 2010 entschieden wurde.

## TRAINER MIT DEN MEISTEN WM-SPIELEN

25 Helmut Schön, *Deutschland*

21 Mário Zagallo, *Brasilien*

20 Bora Milutinovic, *Jugoslawien**

18 Sepp Herberger, *Deutschland*

18 Enzo Bearzot, *Italien*

*noch aktiv

## PEKING IN SCHWEDEN

Dass die Anhänger des IFK Norrköping ihren Klub mit Peking anfeuern, geht auf den berühmten schwedischen Asienforscher Sven Hedin zurück. Dieser hielt irgendwann um 1920 in Norrköping einen Vortrag und erklärte dort, dass Peking »Nord-Stadt« und Nanking »Süd-Stadt« heiße. Weil »Norr« auf Schwedisch »Nord« heißt (Norrköping könnte man als Nordkaufen oder Kaufmannsstadt des Nordens übersetzen), wurde Norrköping fortan Peking genannt. Es gibt auch Söderköping, doch der Name Nanking für Söderköping hat sich nicht durchgesetzt. Besonders viel Spaß machte der Name Peking den Anhängern des IFK Norrköping, deren inoffizielle Vereinshomepage »Go Peking« heißt.

## DIE ERSTEN OST-WEST-WECHSEL

Nachdem Andreas Thom schon in der Winterpause 1989/90 vom BFC Dynamo Berlin zu Bayer Leverkusen gewechselt war, folgten ihm zur Saison 1990/91 weitere 15 Spieler in die erste und zweite Liga.

Bundesliga

Thomas Doll ........................................BFC Dynamo Berlin → Hamburger SV
Frank Rohde........................................BFC Dynamo Berlin → Hamburger SV
Frank Ernst ..............................BFC Dynamo Berlin → 1. FC Kaiserslautern
Matthias Sammer.......................................Dynamo Dresden → VfB Stuttgart
Ulf Kirsten ..........................................Dynamo Dresden → Bayer Leverkusen
Uwe Weidemann ......................................Rot-Weiß Erfurt → 1. FC Nürnberg
Steffen Karl ...........................................Chemie Halle → Borussia Dortmund
André Köhler............................................Wismut Aue → Eintracht Frankfurt

Zweite Liga

Matthias Döschner....................................Dynamo Dresden → Fortuna Köln
Hans-Uwe Pilz ..........................................Dynamo Dresden → Fortuna Köln
Andreas Trautmann .................................Dynamo Dresden → Fortuna Köln
Dirk Schuster...........................1. FC Magdeburg → Eintracht Braunschweig
Wolfgang Steinbach ................................1. FC Magdeburg → VfB Oldenburg
Thomas Ritter.......................................Bischofswerda → Stuttgarter Kickers
Marco Köhler.......................................BFC Dynamo Berlin → MSV Duisburg

## FUSSBALLDEBÜTS IM FERNSEHEN

**Erstes deutsches Länderspiel im Fernsehen**
26.11.1939 Deutschland - Italien (Freundschaftsspiel in Berlin)

**Erste Vereinsspiele im Fernsehen**
30.6.1940 Union Oberschöneweide - Rapid Wien
Schalke 04 - Fortuna Düsseldorf
(Doppelveranstaltung während der Endrunde um die Deutsche Meisterschaft in Berlin)

In beiden Fällen wurden die Spiele live übertragen. Über Einschaltquoten ist nichts bekannt, es gab aber auch nur 500 Fernsehgeräte in Deutschland.

## ABSEITS

Die Regel 11 gilt traditionell als besonders schwierig. Im Wortlaut heißt sie:

*»Ein Spieler befindet sich in der Abseitsstellung, wenn er der gegnerischen Torlinie näher ist als der Ball und der vorletzte Abwehrspieler.*
*Ein Spieler wird nur dann für seine Abseitsstellung bestraft, wenn er nach Ansicht des Schiedsrichters zum Zeitpunkt, wenn der Ball einen seiner Mannschaftskollegen berührt oder von einem gespielt wird, aktiv am Spielgeschehen teilnimmt, indem er: ins Spiel eingreift oder einen Gegner beeinflusst oder aus seiner Stellung einen Vorteil zieht.*
*Keine Regelübertretung liegt vor, wenn ein Spieler den Ball direkt erhält von einem Abstoß oder einem Einwurf oder einem Eckstoß.«*

Das für die Fußballregeln zuständige International Football Association Board beschloss am 26. Februar 2005 eine Präzisierung der Abseitsregel. Als Abseits geahndet werden demnach: das aktive Eingreifen ins Spiel, das Stören eines Gegenspielers oder die Nutzung eines Vorteils, der sich aus der Abseitsposition ergibt. Zunächst unklar blieb es jedoch, ob der Linienrichter das Abseits erst anzeigen soll, wenn der Spieler den Ball berührt hat.

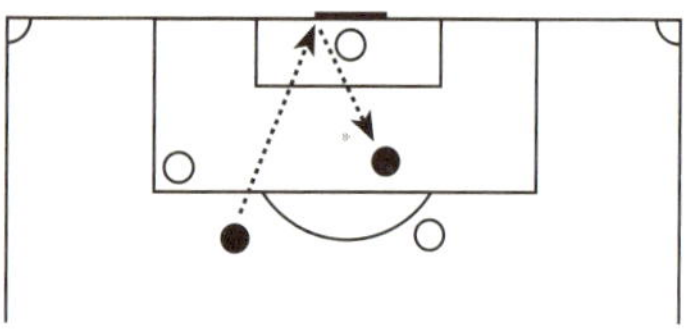

Abseits. Der Schuss prallt vom Pfosten zum zweiten Angreifer, dessen passives Abseits sich in ein aktives verwandelt.

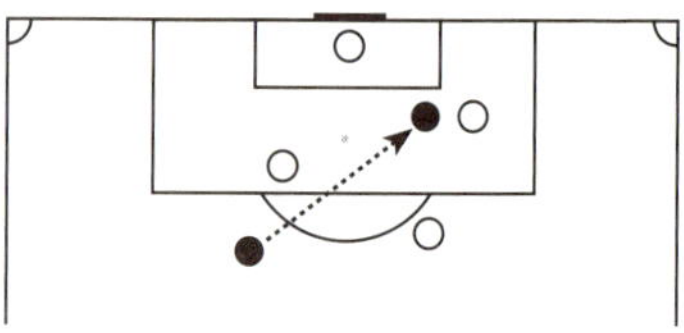

Kein Abseits. Der angespielte Stürmer befindet sich mit dem letzten Verteidiger auf gleicher Höhe.

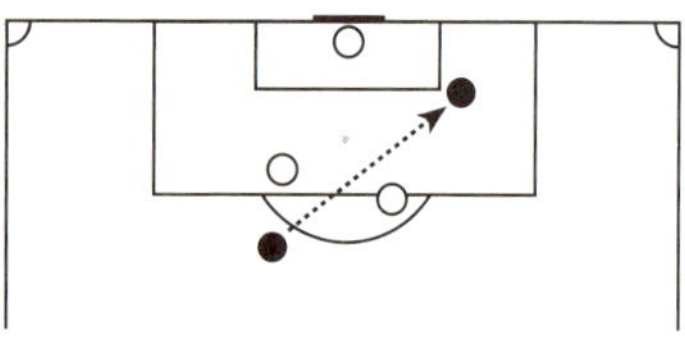

Abseits. Keine Frage, der Angreifer ist beim Abspiel der Torlinie näher als der letzte Verteidiger.

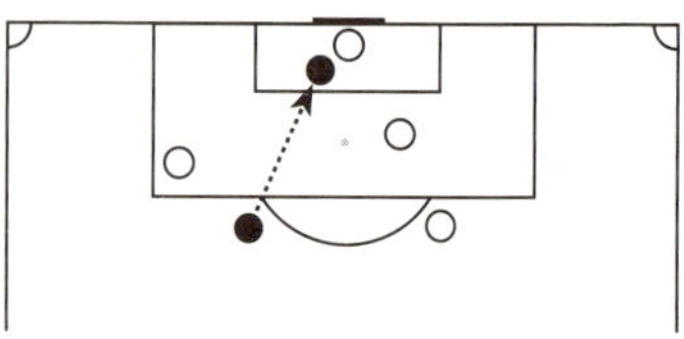

Abseits. Egal, ob der vor dem Torwart stehende Angreifer den Ball noch berührt oder nicht, greift er aktiv ins Spielgeschehen ein.

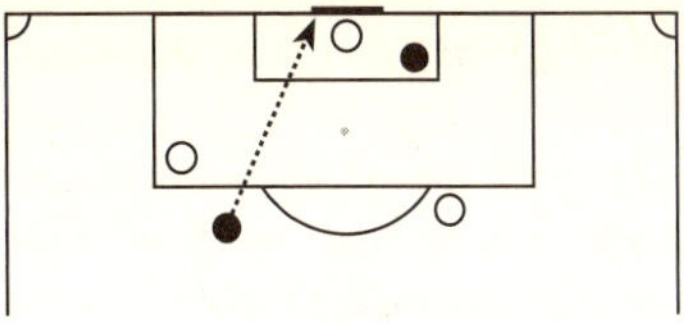

Kein Abseits. Der zweite gegnerische Stürmer ist zwar der Torlinie näher als der Ball und der vorletzte Abwehrspieler, er greift aber weder ins Spielgeschehen ein, beeinflusst den Gegner oder zieht aus seiner Stellung einen Vorteil.

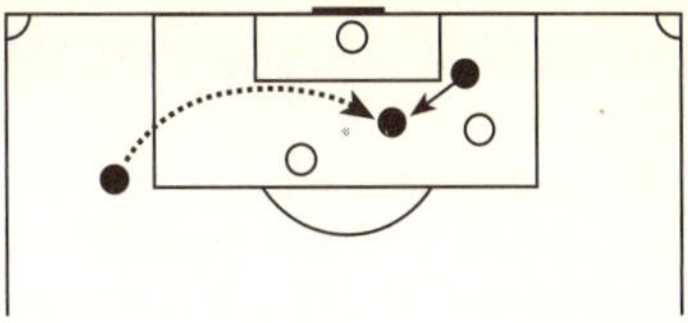

Abseits. Obwohl der Angreifer den Ball auf gleicher Höhe mit dem Verteidiger annimmt, steht er bei Ballabgabe im Abseits.

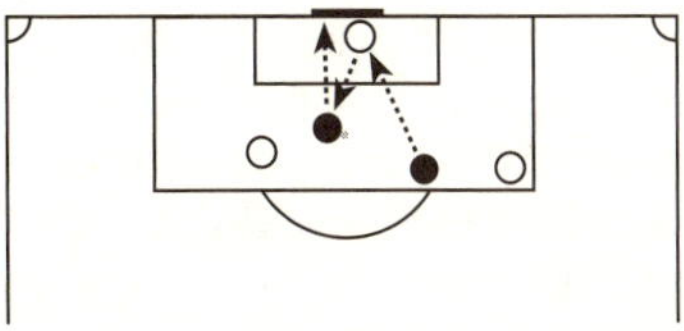

Abseits. Der Schuss wird vom Torhüter abgewehrt und fällt dem vor ihm stehenden Angreifer vor die Füße, dessen Position sich dadurch von einem passiven in ein aktives Abseits verwandelt. Sein Treffer wird annulliert.

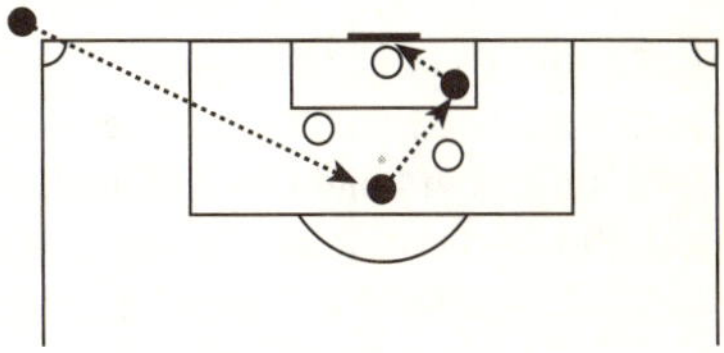

Abseits. Zwar gilt die Abseitsregel direkt nach dem Eckball wie auch nach einem Einwurf nicht, wird der Ball jedoch weitergeleitet, tritt sie wieder in Kraft.

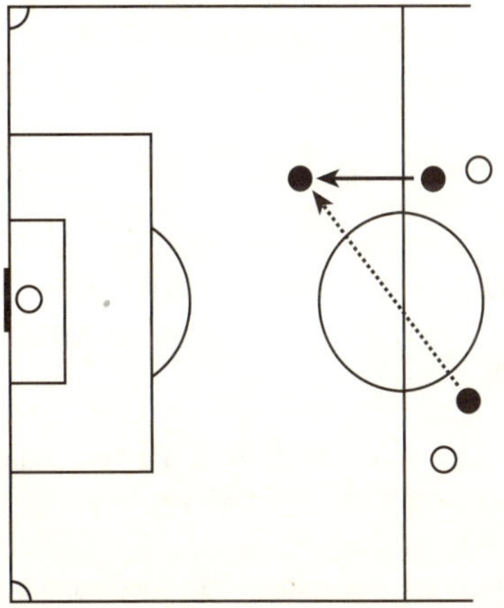

Kein Abseits: Wenn das Abspiel in dem Moment erfolgt, wo der angreifende Spieler in der eigenen Hälfte startet, ist er nicht abseits.

## SCHOTTLAND BEI DER WM

*1998 wurde die schottische Nationalmannschaft mit einem Song von Del Amitri zur WM nach Frankreich geschickt, der »Don't come home too soon« hieß. Doch auch das half nicht, wieder schaffte es das Nationalteam nicht, die erste Runde des Turniers zu überstehen, und komplettierte damit eine einzigartige Serie von Pleiten, Pech und Pannen, die 1954 begann. So steht Schottland nur auf dem 27. Platz der ewigen Tabelle der Fußballweltmeisterschaften. Gleich elf Teams, die seltener an Endrunden teilgenommen haben, stehen davor.*

**1954** Die schottische Mannschaft reist mit nur 13 Spielern an, obwohl auch damals schon 22 erlaubt gewesen wären. Nach dem 0:1 gegen Österreich im ersten Spiel tritt Nationaltrainer Andy Beattie frustriert zurück, weil ihn die Funktionäre des Verbandes nicht in Ruhe arbeiten lassen. Das zweite Spiel geht mit 0:7 gegen Uruguay verloren.

**1958** Eigentlich soll Matt Busby das Team in Schweden managen. Wegen der Folgen des Flugzeugabsturzes mit Manchester United im Januar des Jahres muss Busby jedoch passen. Der schottische Verband verzichtet auf einen Ersatz, die Mannschaft holt einen Punkt aus drei Spielen.

**1974** Schottland ist einziger Vertreter der britischen Inseln und scheidet tragisch aus: Als erste Mannschaft müssen die Schotten ohne Niederlage bei einer WM nach Hause fahren.

**1978** Nach dem 1:3 im ersten Spiel gegen Peru ist der Dopingtest von Außenstürmer Willie Johnston positiv. Er hatte eine Psychostimulans genommen und wird nach Hause geschickt. Im zweiten Spiel gibt es gegen den Iran ein 1:1, trotz eines 3:2-Sieges im letzten Gruppenspiel gegen den späteren WM-Zweiten Holland scheidet Schottland aufgrund des schlechteren Torverhältnisses aus.

**1982** Zum dritten Mal hintereinander scheidet Schottland in der Vorrunde aus, zum dritten Mal wegen des schlechteren Torverhältnisses.

**1986** Unter der Führung von Alex Ferguson, der späteren Trainerlegende von Manchester United, verliert die schottische Mannschaft die ersten beiden Spiele. Bei einem Sieg in der dritten Partie gegen Uruguay wäre die Qualifikation für die nächste Runde dennoch möglich. Nach einer

Minute ist das schottische Team nach einem Platzverweis für Uruguay in Überzahl und erreicht doch nur ein 0:0.

**1990** Ein peinliches 0:1 gegen Costa Rica, ein Sieg über Schweden und ein spätes 0:1 gegen Brasilien bedeuten diesmal das Aus.

**1998** Dem tapferen 1:1 gegen Brasilien im Eröffnungsspiel folgt ein 1:1 gegen Norwegen - und ein 0:3 gegen Marokko. 2002 scheitert Schottland bereits in der Qualifikation.

## INTERESSANTE TORWARTKARRIEREN

Torhütern wird gemeinhin eine gewisse Eigenwilligkeit nachgesagt, was sich beim Blick auf die Tätigkeiten ehemaliger Bundesligakeeper nach ihrem Karriereende bestätigt.

| Name | Klubs | Später |
|---|---|---|
| Rolf Birkhölzer | 1. FC Köln | Sportjournalist |
| Reinhard Dittel | Hannover 96 | Gymnasiallehrer |
| Ronnie Hellström | Kaiserslautern | Fernsehkommentator |
| Volker Ippig | St. Pauli | Heilpraktiker |
| Hans Jäcker | Braunschweig | Politiker (FDP)* |
| Rudi Kargus | Hamburg, Nürnberg, KSC, Düsseldorf, Köln | Kunstmaler |
| Dirk Krüssenberg | Düsseldorf | Marketing-Manager |
| Dr. Peter Kunter | Eintracht Frankfurt | Zahnarzt |
| Heinz Kwiatkowski | Borussia Dortmund | Repro-Fotograf |
| Horst Mühlmann | Schalke 04 | American-Football-Profi bei den Cincinatti Bengals** |
| Jürgen Pahl | Eintracht Frankfurt | Obstbauer in Paraguay |
| Jürgen Rollmann | Bremen, Duisburg | Politiker (SPD) |
| Jürgen Rynio | KSC, Nürnberg, Dortmund, Essen, St. Pauli, Hannover | Geschäftsführer einer Wohn- und Pflegeeinrichtung für Behinderte |

*Oberbürgermeister von Mascherode

**»Der beste deutsche Import seit Bier und Elke Sommer«, schrieb eine amerikanische Zeitung

## LUTHER BLISSET

1983 wechselte der englische Nationalspieler Luther Blisset vom FC Watford zum AC Mailand. Die Karriere des schwarzen Stürmers jamaikanischer Herkunft war in Italien nicht sonderlich erfolgreich. Er schoss kaum Tore, wurde zur Zielscheibe rassistischer Beschimpfungen und kehrte nach nur einem Jahr zum FC Watford zurück, inspirierte jedoch eine anarchistische Gruppe zu ihrem Namen. 1997 fiel sie zum ersten Mal auf, als vier junge Italiener ohne Zugticket erwischt wurden, sich als Luther Blisset ausgaben und auch vor Gericht auf einer kollektiven Identität beharrten. Die Anarchisten aus Bologna hatten bereits drei Jahre zuvor ein »Luther Blisset Manifest« geschrieben, in dem es hieß: »Luther Blisset ist keine ›Teamwork-Identität‹, wie Journalisten geschrieben haben, es handelt sich um einen vervielfachten Einzelnen: nicht die ›Luther Blissets‹ existieren, sondern Luther Blisset.« Das ähnelte dem Vorgehen von aufständischen Bauern im 16. Jahrhundert, die sich alle »Armer Konrad« nannten. So wurde Luther Blisset zum Armen Konrad des Informationszeitalters. Im Laufe der Jahre multiplizierten sich die Aktionen unter diesem Namen. Dazu gehört auch ein Roman mit dem Titel »Q«, der weltweit bei Globalisierungskritikern populär geworden ist. Das Autorenkollektiv nennt sich inzwischen aber nicht mehr Luther Blisset, sondern Wu Ming. Das heißt auf Chinesisch »Kein Name« – von einem Fußballspieler gleichen Namens ist nichts bekannt.

## VERLETZUNGEN BEI FUSSBALLPROFIS

| | |
|---|---|
| Kniegelenk/Unterschenkel | 34,0 Prozent |
| Knöchel/Fuß | 24,7 Prozent |
| Hüfte/Oberschenkel/Kniescheibe | 17,6 Prozent |
| Kopf | 8,2 Prozent |
| Brustkorb/Schultergelenk/Rücken | 4,5 Prozent |
| Hand | 3,3 Prozent |
| Schulter/Oberarm/Ellenbogen | 3,1 Prozent |
| Hals/Wirbelsäule/Arm- und Beinnervengeflecht | 2,8 Prozent |
| Bauch/Bauchorgane/Becken | 1,3 Prozent |
| Unterarm/Handgelenk/Handwurzel | 0,6 Prozent |

Erhebung der Verwaltungsberufsgenossenschaft in der Bundesliga 2002

## FUTSAL

In Deutschland völlig unbemerkt hat sich vor allem in Südamerika und in Südeuropa eine von der Fifa geförderte Variante des Hallenfußballs etabliert. Es existieren nationale Ligen und internationale Wettbewerbe, Weltmeisterschaften für Nationalteams werden ausgespielt. Eine Weltrangliste mit über 100 Teams, aber ohne eine deutsche Mannschaft, wird geführt. Das Futsal-Spielfeld hat eine Fläche von rund 40 Metern Länge und gut 20 Metern Breite. Je fünf Spieler pro Mannschaft (inkl. Torwart) spielen mit einem etwas kleineren und leichteren Ball auf zwei mal drei Meter große Tore. Gewechselt wird fliegend, ein Team besteht insgesamt aus zwölf Spielern. Es gibt einen Strafraum, dessen Linie in einem Radius von sechs Metern vom Tor gezogen ist. Gespielt wird zwei Mal 20 Minuten, wobei die Uhr jedes Mal angehalten wird, wenn die Partie unterbrochen ist. Außerdem gibt es für beide Teams die Möglichkeit je einer Auszeit von einer Minute pro Halbzeit. Die Pause dauert 15 Minuten.
Bei einem Foul im Strafraum wird ein Strafstoß von sechs Metern verhängt. Zusätzlich gibt es im Futsal noch das kumulierte Foul. Begeht ein Team in einer Halbzeit sein sechstes Foul, bekommt die gegnerische Mannschaft von einer zweiten Marke in zehn Metern Entfernung einen Strafstoß zugesprochen.

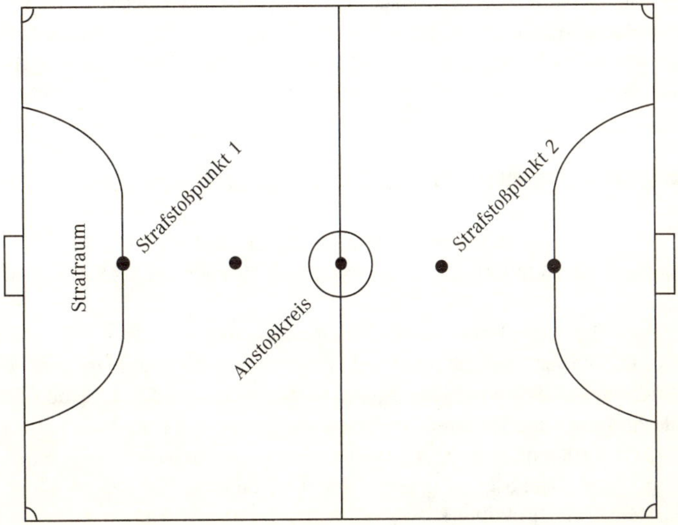

## TRAINERSTATIONEN VON RUDI GUTENDORF

Über Jahrzehnte hat Rudi Gutendorf sich sein Image als Globetrotter durch eine Fülle von exotischen Trainerjobs erarbeitet.

SV Rengsdorf, Rot-Weiß Koblenz, VfB Lützel, SG Braubach (1946–54), Blue Stars Zürich (1955), FC Luzern (1955–60), US Monastir, Tunesien (1961), TSV Marl-Hüls, Oberliga West (1962/63), MSV Duisburg, Bundesliga (1963/64), VfB Stuttgart (1965/66), St. Louis Stars, USA (1966-68), Nationaltrainer Bermudas (1968), Schalke 04, Bundesliga (1968–70), Offenbacher Kickers (1970/71), Cristal Lima, Peru (1972), Nationaltrainer Peru (1973), München 1860, Regionalliga Süd (1974), Nationaltrainer Bolivien (1974), Bolivar la Paz, Bolivien (1974), Trainer-Ausbilder Venezuela (1974), Real Valladolid, Spanien (1975), Fortuna Köln, 2. Bundesliga (1975/76), Nationaltrainer Trinidad & Tobago (1976), Nationaltrainer Grenada (1976), Nationaltrainer Antigua (1976), Nationaltrainer Botswana (1976), Tennis Borussia Berlin, Bundesliga (1976/77) Hamburger SV, Bundesliga (1977), Nationaltrainer Australien (1978–80), Trainerlehrgang Nouméa, Neukaledonien (1980), Trainerausbildung Fidschi-Inseln (1981), Nationaltrainer Nepal (1981), Nationaltrainer Tonga (1981), Nationaltrainer Tansania (1981), Yanga Daressalam, Tansania (1981/82), FC Yomiuri (1982-84), Hertha BSC, 2. Bundesliga (1984), Trainer- und Schiedsrichterausbilder Sao Thomé (1984), Nationaltrainer Ghana (1985), Nationaltrainer Nepal (1985), Trainerausbilder Nepal (1986), Trainerausbilder Fidschi (1987), Nationaltrainer Fidschi (1987), Trainerausbilder China (1988), Olympiateam-Trainer Iran (1988), Olympiateam-Trainer China (1991/92), Nationaltrainer Simbabwe (1994/95), Nationaltrainer Mauritius (1997), Sportdirektor TuS Koblenz (1998), Nationaltrainer Ruanda (1999-2000), Frauenfußballnationaltrainer Samoa (2004)

## DER AUFSICHTSRAT DER FC BAYERN MÜNCHEN AG

*Vorsitzender*: FRANZ BECKENBAUER
*Stellvertreter*: HERBERT HAINER (Vorstandsvorsitzender adidas-Salomon AG)

*Mitglieder*: Josef Brauner (Vorstand Deutsche Telekom AG)
Dr. Herbert Henzler (Unternehmensberater) · Helmut Markwort (Chefredakteur Nachrichtenmagazin *Focus*) · Eckhart Müller-Heydenreich (Rechtsanwalt und Vorsitzender Verwaltungsbeirat FC Bayern München e.V.)
Dieter Rampl (Vorstandssprecher Bayerische HypoVereinsbank)
Prof. Fritz Scherer (Vizepräsident FC Bayern München e.V.)
Martin Winterkorn (Vorstandsvorsitzender Audi AG)

## FAHRSTUHLMANNSCHAFTEN

Es gibt Menschen, die Arminia Bielefeld oder den 1. FC Nürnberg für Fahrstuhlmannschaften halten, weil sie 13 bzw. 12 Mal zwischen erster und zweiter Liga hin- und herwechselten. Aber das ist nichts gegen den ungarischen Weltrekordhalter Haladas Szombathely, der seit 1936 insgesamt 25 Mal auf- oder abstieg (und z. Zt. Erstligist ist). Leicester City, CD Malaga, Viktoria Pilsen und KV Mechelen haben ebenfalls schon 22 Mal die Ligen gewechselt. Andere verdichten diese Erfahrung auf ein paar unvergessliche Jahre als JoJo-Klubs:

**SK Brann (Norwegen)***

| | | | | | | | |
|---|---|---|---|---|---|---|---|
| | Aufstieg 1980 | | Aufstieg 1982 | | Aufstieg 1984 | | Aufstieg 1986 |
| Abstieg 1979 | | Abstieg 1981 | | Abstieg 1983 | | Abstieg 1985 | |

**Deportivo La Coruna (Spanien)****

| | | | | | | |
|---|---|---|---|---|---|---|
| Aufstieg 1962 | | Aufstieg 1964 | | Aufstieg 1966 | | Aufstieg 1968 |
| | Abstieg 1963 | | Abstieg 1965 | | Abstieg 1967 | |

**Drogheda United (Irland)*****

| | | | | | | |
|---|---|---|---|---|---|---|
| | Aufstieg 1995 | | Aufstieg 1997 | | Aufstieg 1999 | |
| Abstieg 1994 | | Abstieg 1996 | | Abstieg 1998 | | Abstieg 2000 |

*Berg- und Talfahrten üben auf Brann Bergen schon länger eine magische Anziehungskraft aus, 1963 holte der Klub die norwegische Meisterschaft und stieg im folgenden Jahr ab.
**stieg außerdem 1970 ab, 1971 auf und 1973 wieder ab
***war 1989 schon einmal aufgestiegen, stieg 1990 ab und 1991 auf; stieg zuletzt 2002 auf

## FUSZBALLSPIELER, M.

einer der den fuszball schlägt oder treibt

du niederträchtiger fuszballspieler. TIECK Shakspeares könig Lear 1, 4, engl. you base foot-ball player.

Aus: Deutsches Wörterbuch von Jacob und Wilhelm Grimm, 1872

## KLEINES LATINUM

Einige Klubs, vor allem aus England und Schottland, hatten ihren Vereinswappen lateinische Wahlsprüche beigefügt, die infolge der Modernisierung der Motive heute teilweise weggefallen sind.

| | |
|---|---|
| Arsenal London | VICTORIA CONCORDIA CRESCIT<br>*Der Sieg wächst aus der Eintracht* |
| Blackburn Rovers | ARTE ET LABORE<br>*Der Kunst und der Arbeit* |
| Bury FC | VINCIT OMNIA INDUSTRIA<br>*Beharrlichkeit besiegt alles* |
| Tottenham Hotspur | AUDERE EST FACERE<br>*Wagen ist handeln* |
| FC Everton | NILS SATIS NISI OPTIMUM<br>*Nur das Beste ist gut genug* |
| Benfica Lissabon | E PLURIBUS UNUM<br>*Aus Vielen vereint* |
| FC Linfield Belfast | AUDACES FORTUNA JUVAT<br>*Das Glück ist mit dem Tüchtigen* |
| Manchester City | SUPERBIA IN PROELIA<br>*Stolz im Kampf* |
| Sheffield Wednesday | CONSILIO ET ANAMIS<br>*Intelligenz und Mut* |
| Bristol City | VIM PROMOVET INSITAM<br>*Die innere Kraft stärken* |
| FC Kilmarnock | CONFIDEMUS<br>*Wir vertrauen* |
| Queens Park Glasgow | LUDERE CAUSA LUDENDI<br>*Spielen um des Spielens willen* |

## BRÜDERPAARE IN WM-ENDSPIELEN

1930 Mario und Juan EVARISTO, *Argentinien*
1954 Fritz und Ottmar WALTER, *Deutschland*
1966 Jack und Bobby CHARLTON, *England*
1974 und 1978 Rene und Willy VAN DE KERKHOF, *Holland*
1982 Bernd und Karlheinz FÖRSTER, *Deutschland*

## DIE RÜCKENNUMMERN DER WELTMEISTER

| 1954 | 1974 | 1990 |
|---|---|---|
| 1 Toni Turek | 1 Sepp Maier | 1 Bodo Illgner |
| 2 Fritz Laband | 2 Berti Vogts | 2 Stefan Reuter |
| 3 Werner Kohlmeyer | 3 Paul Breitner | 3 Andreas Brehme |
| 4 Hans Bauer | 4 Hans-Georg Schwarzenbeck | 4 Jürgen Kohler |
| 5 Herbert Erhardt | 5 Franz Beckenbauer | 5 Klaus Augenthaler |
| 6 Horst Eckel | 6 Horst-Dieter Höttges | 6 Guido Buchwald |
| 7 Jupp Posipal | 7 Herbert Wimmer | 7 Pierre Littbarski |
| 8 Karl Mai | 8 Bernd Cullmann | 8 Thomas Häßler |
| 9 Paul Mebus | 9 Jürgen Grabowski | 9 Rudi Völler |
| 10 Werner Liebrich | 10 Günter Netzer | 10 Lothar Matthäus |
| 11 Karl-Heinz Metzner | 11 Jupp Heynckes | 11 Frank Mill |
| 12 Helmut Rahn | 12 Wolfgang Overath | 12 Raimond Aumann |
| 13 Max Morlock | 13 Gerd Müller | 13 Karlheinz Riedle |
| 14 Berni Klodt | 14 Uli Hoeneß | 14 Thomas Berthold |
| 15 Ottmar Walter | 15 Heinz Flohe | 15 Uwe Bein |
| 16 Fritz Walter | 16 Rainer Bonhof | 16 Paul Steiner |
| 17 Richard Herrmann | 17 Bernd Hölzenbein | 17 Andreas Möller |
| 18 Ulrich Biesinger | 18 Dieter Herzog | 18 Jürgen Klinsmann |
| 19 Alfred Pfaff | 19 Jupp Kapellmann | 19 Hans Pflügler |
| 20 Hans Schäfer | 20 Helmut Kremers | 20 Olaf Thon |
| 21 Heinz Kubsch | 21 Norbert Nigbur | 21 Günter Herrmann |
| 22 Heinrich Kwiatkowski | 22 Wolfgang Kleff | 22 Andreas Köpke |

## MURMELTIERPOKALTAG

Saison 1955/56, englischer Pokal, dritte Runde
LEEDS UNITED - CARDIFF CITY 1:2*

Saison 1956/57, englischer Pokal, dritte Runde
LEEDS UNITED - CARDIFF CITY 1:2**

Saison 1957/58, englischer Pokal, dritte Runde
LEEDS UNITED - CARDIFF CITY 1:2***

*Leeds Zweitligist, Cardiff Erstligist **Leeds und Cardiff Erstligisten ***Leeds Erstligist, Cardiff Zweitligist

## DIE MEISTEN BUNDESLIGATORE FÜR …

| | |
|---|---|
| Bayern München | Gerd Müller 365 |
| Borussia Mönchengladbach | Jupp Heynckes 195 |
| Schalke 04 | Klaus Fischer 182 |
| Bayer Leverkusen | Ulf Kirsten 181 |
| 1. FC Köln | Hannes Löhr 166 |
| Eintracht Frankfurt | Bernd Hölzenbein 160 |
| Hamburger SV | Uwe Seeler 137 |
| Borussia Dortmund | Manni Burgsmüller 135 |
| VfB Stuttgart | Karl Allgöwer 129 |
| 1.FC Kaiserslautern | Klaus Toppmöller 108 |
| Werder Bremen | Marco Bode 101 |
| Hertha BSC | Michael Preetz 84 |
| Eintracht Braunschweig | Lothar Ulsaß 84 |
| Rot-Weiß Essen | Willi Lippens 79 |
| 1.FC Nürnberg | Heinz Strehl 76 |
| Hannover 96 | Hans Siemensmeyer 72 |
| MSV Duisburg | Ronald Worm 71 |
| Fortuna Düsseldorf | Klaus Allofs 71 |
| München 1860 | Rudi Brunnenmeier 66 |
| VfL Bochum | Jochen Abel 60 |
| Bayer Uerdingen | Friedhelm Funkel 59 |
| Waldhof Mannheim | Fritz Walter 55 |
| Offenbacher Kickers | Erwin Kostedde 52 |
| VfL Wolfsburg | Diego Klimowicz/ Andrzej Juskowiak 39 |
| Wattenscheid 09 | Souleyman Sané 39 |
| Wuppertaler SV | Günter Pröpper 39 |
| Karlsruher SC | Emanuel Günther 37 |
| Rot-Weiß Oberhausen | Lothar Kobluhn 36 |
| SC Freiburg | Alexander Iashvili 29 |
| Arminia Bielefeld | Frank Pagelsdorf 28 |
| Hansa Rostock | Magnus Arvidsson 27 |
| FC St. Pauli | André Golke 25 |
| Darmstadt 98 | Peter Cestonaro 23 |
| Tennis Borussia Berlin | Benny Wendt 20 |
| 1.FC Saarbrücken | Roland Stegmayer 19 |
| Energie Cottbus | Vasile Miriuta 15 |

| | |
|---|---|
| SpVgg Unterhaching | André Breitenreiter 15 |
| FC Homburg | Uwe Freiler 15 |
| Stuttgarter Kickers | Marcus Marin 13 |
| Dynamo Dresden | Olaf Marschall 11 |
| SSV Ulm | Hans van der Haar 10 |
| Blau-Weiß 90 Berlin | Karl-Heinz Riedle 10 |
| Fortuna Köln | Karl-Heinz Struth/Rolf Kucharski 9 |
| Preußen Münster | Hermann Lulka 9 |
| VfB Leipzig | Dirk Anders 8 |
| Mainz 05 | Fabian Gerber 7 |
| Tasmania Berlin | Ingo Usbeck 4 |

## DEBÜTANTENBALL

| Spieler | Land | Alter bei Länderspieldebüt |
|---|---|---|
| Diego Maradona | Argentinien | 16 Jahre 3 Monate |
| Pelé | Brasilien | 16 Jahre 8 Monate |
| Wayne Rooney | England | 17 Jahre 3 Monate |
| Ronaldo | Brasilien | 17 Jahre 6 Monate |
| Uwe Seeler | Deutschland | 17 Jahre 11 Monate |
| Ferenc Puskas | Ungarn | 18 Jahre 4 Monate |
| Johan Cruyff | Holland | 19 Jahre 4 Monate |
| Franz Beckenbauer | Deutschland | 20 Jahre 0 Monate |
| Michel Platini | Frankreich | 20 Jahre 9 Monate |
| David Beckham | England | 21 Jahre 3 Monate |
| Zinedine Zidane | Frankreich | 22 Jahre 1 Monat |

## ROSSIS RÜCKKEHR

1980 wurde Paolo Rossi wegen der Verstrickung in einen Bestechungsskandal für zwei Jahre gesperrt. Die Suspendierung lief erst wenige Wochen vor dem Beginn der WM '82 in Spanien ab, doch der italienische Nationaltrainer Enzo Bearzot berief den Stürmer trotzdem. Er hielt auch zu Rossi, nachdem der in den ersten vier Partien des Turniers ohne Treffer geblieben war. Im Viertelfinale gegen Brasilien erzielte Rossi einen Hattrick, im Halbfinale gegen Polen schoss er beim 2:0-Sieg beide Treffer, und im Finale schließlich traf er beim 3:1 Sieg der Italiener über Deutschland als Erster.

## DER ZEBRA TWIST

Es gibt keine Stadionhymne in Deutschland, die seit so vielen Jahren unentwegt gespielt wird wie der »Zebra Twist« bei den Heimspielen des MSV Duisburg. Am 11. Januar 1964 wurde der Song beim Spiel gegen den Karlsruher SC erstmals aufgeführt. Getextet hatte das Lied der Duisburger Schachtmeister Walter Bovlet, der damit eine Antwort auf die irritierte Frage von Nationalspieler Uwe Seeler gab: »Meiderich, wo liegt denn das?« Damals hieß der MSV noch Meidericher Spielverein, und den kannte bei Bundesligastart kaum einer. Die Ortsangabe Duisburg im Vereinsnamen kam erst 1967 hinzu. Bovlet lag mit seinem Text im ersten Bundesligajahr durchaus richtig:

*»Wo Meiderich liegt,*
*wo Meiderich siegt,*
*ist überall bekannt.*
*Wo mancher Große ward besiegt,*
*wo mancher festgerannt.«*

Es rannte sich in der ersten Bundesligasaison nämlich wirklich mancher Favorit im Wedaustadion fest und ging als Verlierer vom Platz, der MSV belegte am Saisonende einen sensationellen zweiten Tabellenplatz.

## TRADITIONSSTÄTTEN

Diese Klubs spielen am längsten am selben Ort, auch wenn sich ihre Stadien im Laufe der Jahrzehnte sehr geändert haben.

1905 Stuttgarter Kickers, *GAZi-Stadion (damals: Platz der Stuttgarter Kickers)*
1908 Alemannia Aachen, *Tivoli*
1908 Altona 93, *heutige Adolf-Jäger-Kampfbahn*
1910 SpVgg. Fürth, *Playmobil-Stadion (damals: Ronhof)*
1911 VfL Bochum, *Ruhrstadion (damals: Stadion an der Castroper Straße)*
1911 Holstein Kiel, *Holstein-Stadion*
1912 Borussia Neunkirchen, *Ellenfeld*
1915 Sachsen Leipzig, *heutiger Alfred-Kunze-Sportpark*
1919 Rot-Weiß Essen, *Georg-Melches-Stadion (damals: Sportplatz Phönixstraße)*
1920 1. FC Kaiserslautern, *Fritz-Walter-Stadion (damals: Betzenberg)*

# DIE VERRÜCKTESTE TORWARTPARADE ALLER ZEITEN

Das Länderspiel zwischen England und Kolumbien im September 1995 im Londoner Wembleystadion wäre schon längst vergessen, hätte René Higuita den Schuss des Engländers Jamie Redknapp aus gut 25 Metern auf das kolumbianische Tor einfach gefangen. Doch der kolumbianische Keeper tauchte unter dem Ball durch, klappte die Unterschenkel nach hinten und schoss den Ball mit den Hacken wieder aus dem Strafraum. Schief gegangen, wäre es die peinlichste Parade aller Zeiten geworden, so wurde es die spektakulärste – und Higuita behauptete hinterher, er hätte nicht gesehen, dass der Linienrichter bereits auf Abseits entschieden hatte.

## ANGST BEIM ELFMETERSCHIESSEN 2

In der argentinischen Liga gab es in der Saison 1988/89 nach einem Unentschieden auch in Punktspielen ein Elfmeterschießen, dessen Gewinner einen zusätzlichen Punkt gewann. Bei der Partie zwischen den Argentinos Juniors und dem Racing Club am 20. November 1988 führte das nach einem 2:2 zum längsten Elfmeterschießen in der Geschichte des Profifußballs.

| Racing Club | | Argentinos Juniors | |
|---|---|---|---|
| W. Fernández (versch.) | 0:0 | Dertyci (versch.) | 0:0 |
| Videla | 1:0 | S. González | 1:1 |
| Fabbri | 2:1 | Cáceres | 2:2 |
| Olarán | 3:2 | Gáspari | 3:3 |
| Olarticoechea | 4:3 | O.Rodríguez | 4:4 |
| Decoud | 5:4 | Rudman | 5:5 |
| Lamadrid | 6:5 | Ereros | 6:6 |
| C. Vázquez | 7:6 | R. Gómez | 7:7 |
| Costas | 8:7 | Lorenzo | 8:8 |
| Balenio, TW | 9:8 | Goyén, TW | 9:9 |
| W. Fernández | 10:9 | S. González | 10:10 |
| Videla | 11:10 | Gáspari | 11:11 |
| Fabbri | 12:11 | Cáceres | 12:12 |
| Olarán | 13:12 | O. Rodríguez | 13:13 |
| Decoud | 14:13 | Dertycia | 14:14 |
| Lamadrid | 15:14 | Rudman | 15:15 |
| C. Vázquez (geh.) | 15:15 | Ereros (geh.) | 15:15 |
| Costas | 16:15 | R. Gómez | 16:16 |
| Olarticoechea | 17:16 | Lorenzo | 17:17 |
| Balenio, TW | 18:17 | Goyén, TW | 18:18 |
| W. Fernández | 19:18 | S. González | 19:19 |
| Videla (geh.) | 19:19 | Gáspari | 19:20 |

## WELTMEISTER TROTZ NIEDERLAGE

Nur drei Teams gelang es trotz einer Niederlage während der WM-Endrunde, noch Weltmeister zu werden.

1954 Deutschland    1974 Deutschland    1978 Argentinien

## JÜNGSTE TORSCHÜTZEN BEI WELTMEISTERSCHAFTEN

17 Jahre 239 Tage ...... *Pelé*, Brasilien ...... 1958 gegen Wales
18 Jahre 93 Tage ...... *Manuel Rosas*, Mexiko ...... 1930 gegen Argentinien
18 Jahre 190 Tage ...... *Michael Owen*, England ...... 1998 gegen Rumänien
18 Jahre 197 Tage ...... *Nicolae Kovács*, Rumänien ...... 1930 gegen Peru
18 Jahre 364 Tage ...... *Aleksandar Tirnanic*, Jugoslawien.... 1930 gegen Brasilien

## BETZENBERG 1979

Gesang von Kaiserslauterer Fans vor der 0:1-Niederlage gegen Eintracht Frankfurt

*»Wenn das Eintracht-Blut*
*auf die Weste spritzt*
*ist alles wieder gut*
*ist alles wieder gut.«*

(Nach der Melodie von: »Blau blüht der Enzian«)

## DIE LINKSFÜSSER-WELTELF

Es gibt weniger Linkshänder als Rechtshänder, und so ist auch der Linksfüßer eine rare Spezies, deren Weltelf trotzdem fantastisch besetzt ist.

José Luis Chilavert
*Paraguay*

Roberto Carlos
*Brasilien*

Alessandro Costacurta
*Italien*

Frank de Boer
*Holland*

Paolo Maldini
*Italien*

Zinedine Zidane
*Frankreich*

Ferenc Puskas
*Ungarn*

Diego Maradona
*Argentinien*

Ryan Giggs
*Wales*

Bobby Charlton
*England*

Davor Suker
*Kroatien*

## TASMANIA PUNKTET

| | | | | |
|---|---|---|---|---|
| 14.8.1965 | 1. Spieltag | Tasmania Berlin | Karlsruher SC | 2:0 |
| 16.10.1965 | 8. Spieltag | 1. FC Kaiserslautern | Tasmania Berlin | 0:0 |
| 15.1.1966 | 19. Spieltag | Tasmania Berlin | Bor. Mönchengladbach | 0:0 |
| 12.3.1966 | 25. Spieltag | Tasmania Berlin | 1. FC Kaiserslautern | 1:1 |
| 16.4.1966 | 29. Spieltag | Tasmania Berlin | Werder Bremen | 1:1 |
| 21.5.1966 | 33. Spieltag | Tasmania Berlin | Borussia Neunkirchen | 2:1 |

Die anderen 28 Bundesligaspiele der Saison 1965/66 gingen verloren.

## NATIONALTEAMS, DIE NICHT ALS SOLCHE ANERKANNT SIND

Etliche Regionen und Landstriche hoffen darauf, dass ihre Auswahlmannschaften in den Weltfußballverband aufgenommen werden, um auf diese Weise an den Ausscheidungsspielen zur WM teilnehmen zu können und von den finanziellen Förderungen der Fifa zu profitieren.

ALDERNEY
COCOS-INSELN
FRANZÖSISCH GUAYANA
GIBRALTAR
GØTLAND
GRÖNLAND
GUADELOUPE
GUERNSEY
ISLE OF MAN
JERSEY
KIRIBATI
KOMOREN
LAPPLAND
MARTINIQUE
MIKRONESIEN
MONACO
NAURU
NIUE
NÖRDLICHE MARIANNEN-INSELN
NORD-ZYPERN
OST-TIMOR
PALAU
RÉUNION
SAINT MARTIN
SANSIBAR
SINT MARTEEN
SÜDNIEDERSACHSEN*
TAHITI
TIBET
TSCHAGOS-INSELN
TUVALU
VATIKANSTADT
WALLIS UND FUTUNA
WEIHNACHTSINSELN
WEST-SAHARA

*auch vom DFB nicht anerkannt

## MUSTER IM STADIONRASEN

Der Frage, wie das Muster in den Stadionrasen kommt, beantwortete Dr. agr. Klaus Müller-Beck von der Deutschen Rasengesellschaft im Herbst 2004 in einem Aufsatz so:
*»Auf hochwertigen Rasenflächen, wie Stadionrasen oder Golfgrüns, kommen in der Regel so genannte Spindelmäher zum Einsatz. Neben den eigentlichen Schnittwerkzeugen (Untermesser und Schneidzylinder) benötigen derartige Mäher die Stütz- und Antriebsrollen. Diese Antriebsrolle wirkt wie eine* Glattwalze und drückt beim Überfahren die Gräser in eine Richtung. Beim Blick gegen die Fahrtrichtung des Mähers schaut man mehr in die Rasennarbe und der Rasen wirkt dunkler. Schaut man dagegen in Fahrtrichtung, so blickt man auf die Rasennarbe, der Rasen wirkt glänzend und heller. Die *Muster werden nun durch gezielte Fahrweisen beim Mähen in den Rasen gelegt. Damit die Streifen tatsächlich exakt ausgerichtet sind, wird beim Mähvorgang ein Seil über den Platz gespannt, an dem sich der Mäher ausrichten kann. Je nach Fahrweise entstehen so die schmalen (einfache Mäherbreite), mittleren* oder breiten Streifen (mehrere Mäherbreiten in eine Richtung). Für ein Schachbrettmuster wird der Rasen also doppelt gemäht, kreuz und quer. Das Kreismuster am Anstoßkreis entsteht ebenso, indem der Mäher an einer Leine wie beim Zirkelschlag im Kreis geführt wird.«

Mit einem Spindelmäher sind ähnliche Effekte auch im eigenen Garten problemlos zu erzielen.

## SCHNELLSTE HATTRICKS

Weltrekord: 89 SEKUNDEN
*Magnus Arvidsson (IFK Hasselhom, zweite Liga Schweden) 1995*

Länderspiele: 2 MINUTEN 57 SEKUNDEN
*Abdelhamid Bassiouny (Ägypten) gegen Namibia 2001*

Deutsche Nationalmannschaft: 7 MINUTEN
*Oliver Bierhoff in Nordirland 1997*

Bundesliga: 5 MINUTEN
*Michael Tönnies (MSV Duisburg) gegen Karlsruhe 1991*

## HÖHENLUFT SCHNUPPERN

Das höchste Stadion der Welt liegt in den Anden, und fürs Heimteam Unión Minas aus dem peruanischen Cerro de Pasco bedeutete es jahrelang einen ungeheuren Vorteil, der zwischenzeitlich sogar für den Sprung in die erste Liga reichte. Doch auch anderswo wird die Luft dünn.

| Stadion | Stadt/Land | Über Meereshöhe |
|---|---|---|
| Daniel A. Carrión | *Cerro de Pasco/Peru* | 4.380 Meter |
| Hernando Siles | *La Paz/Bolivien* | 3.632 Meter |
| Atahualpa | *Quito/Ecuador* | 2.818 Meter |
| El Campin | *Bogota/Kolumbien* | 2.556 Meter |
| Aztekenstadion | *Mexiko-City/Mexiko* | 2.485 Meter |
| Addis-Abeba-Stadion | *Addis-Abeba/Äthiopien* | 2.450 Meter |
| First National Bank | *Johannesburg/Südafrika* | 1.753 Meter |
| Dasarath | *Katmandu/Nepal* | 1.337 Meter |
| Betzenberg | *Kaiserslautern/Deutschland* | 286 Meter |

## GROSSE SPIELER, DIE NIE BEI EINER WELTMEISTERSCHAFT SPIELTEN

Alfredo di Stéfano · George Best · Bernd Schuster
Ryan Giggs · George Weah
Jari litmanen

## KOPFSCHUSS

Als der Duisburger Nationalspieler Hartmut Heidemann nach Ende seiner Karriere 1972 ein Abschiedsspiel veranstaltete, lud er viele prominente Kollegen aber keinen Spieler des FC Bayern ein. »Ich hasse die Bayern und vor allem den Bazi Beckenbauer, ich konnte ihn noch nie leiden«, sagte Heidemann. Offensichtlich ging seine Antipathie auf einen Vorfall im Januar 1970 zurück, als Heidemann von Franz Beckenbauer mit aller Kraft einen Freistoß an den Kopf geschossen bekam. »Wenn ich dem Bazi auch nicht unterstellen will, dass er es absichtlich gemacht hat, habe ich doch die Genugtuung über diesen Volltreffer in seinem Gesicht ablesen können.«

## SCHREIBKURS FÜR FUSSBALLJOURNALISTEN

Der Berliner Journalist Norbert Thomma erkannte schon zu Beginn der achtziger Jahre des vergangenen Jahrhunderts, wie einfach es ist, über Fußball zu schreiben. Um junge Kollegen zu ermutigen, verfasste er einen Sprachkurs und eine »Mach-Es-Easy-Liste« mit gängigen Modulen der Fußballsprache, die noch heute in Gebrauch sind.

| | |
|---|---|
| Trauben-Modul | *hier hängen die Trauben hoch* |
| Traumstart-Modul | *die Gäste haben einen Traumstart* |
| Mass-Modul | *einen Auftakt nach Maß* |
| Lichterloh-Modul | *im Strafraum brennt es lichterloh* |
| Spielrausch-Modul | *die Mannschaften steigern sich in einen Spielrausch* |
| Schönheits-Modul | *so schön kann Fußball sein!* |
| Abstaub-Modul | *Stürmer staubt ab* |
| Rätsel-Modul | *er gibt seinem Gegenspieler Rätsel auf* |
| Mutterseelen-Modul | *die Stürmer sind mutterseelenallein* |
| Stempel-Modul | *der Mittelfeldregisseur drückt dem Spiel den Stempel auf* |
| Stil-Modul | *im Stile eines Klassemanns* |
| Nicht-gut-ausseh-Modul | *Verteidiger sieht nicht gut aus* |
| Zahnarzt-Modul | *es fehlt ihm der Biss* |
| Salz-in-der-Suppe-Modul | *es fehlt das Salz in der Suppe, Tore* |
| Kein-bester-Tag-Modul | *Torwart hat nicht den besten Tag* |
| Kopf-und-Kragen-Modul | *Keeper muss Kopf und Kragen riskieren* |
| Käse-Modul | *Abwehr ist löchrig wie Schweizer Käse* |
| Kragen-Modul | *Trainer platzt der Kragen* |
| Trumpf-Modul | *seine Trümpfe stechen nicht* |
| Farb-Modul | *Schiedsrichter bringt Farbe ins Spiel* |
| Temperatur-Modul | *der Ball ist noch warm* |
| Geologie-Modul | *die Partie verflacht* |
| Mangel-Modul | *Torszenen sind Mangelware* |
| Handbremsen-Modul | *es wird mit angezogener Handbremse gespielt* |
| Tribut-Modul | *Mannschaften zollen dem tiefen Boden Tribut* |
| Quentchen-Modul | *es fehlt ein Quentchen Glück* |
| Arbeitssieg-Modul | *nicht mehr als ein Arbeitssieg* |
| Butter-Modul | *haben sich die Butter nicht vom Brot nehmen lassen* |

## Europa

| | | | |
|---|---|---|---|
| *1957* | Stanley Matthews | England | FC Blackpool |
| *1958* | Alfredo di Stéfano | Spanien | Real Madrid |
| *1959* | Raymond Kopa | Frankreich | Real Madrid |
| *1960* | Alfredo di Stéfano | Spanien | Real Madrid |
| *1961* | Luis Suárez | Spanien | FC Barcelona |
| *1962* | Omar Sivori | Italien | Juventus Turin |
| *1963* | Josef Masopoust | CSSR | Dukla Prag |
| *1964* | Lev Yashin | UdSSR | Dynamo Moskau |
| *1965* | Denis Law | Schottland | Manchester United |
| *1966* | Eusébio | Portugal | Benfica Lissabon |
| *1967* | Bobby Charlton | England | Manchester United |
| *1968* | Flórián Abert | Ungarn | Ferencváros Budapest |
| *1969* | George Best | Nordirland | Manchester United |
| *1970* | Gianni Rivera | Italien | AC Mailand |
| *1971* | Gerd Müller | Deutschland | Bayern München |
| *1972* | Johan Cruyff | Holland | Ajax Amsterdam |
| *1973* | Franz Beckenbauer | Deutschland | Bayern München |
| *1974* | Johan Cruyff | Holland | FC Barcelona |
| *1975* | Johan Cruyff | Holland | FC Barcelona |
| *1976* | Oleg Blochin | UdSSR | Dynamo Kiew |
| *1977* | Franz Beckenbauer | Deutschland | Bayern München |
| *1978* | Alan Simonsen | Dänemark | Borussia Mönchengladbach |
| *1979* | Kevin Keegan | England | Hamburger SV |
| *1980* | Kevin Keegan | England | Hamburger SV |
| *1981* | Karl-Heinz Rummenigge | Deutschland | Bayern München |
| *1982* | Karl-Heinz Rummenigge | Deutschland | Bayern München |
| *1983* | Paolo Rossi | Italien | Juventus Turin |
| *1984* | Michel Platini | Frankreich | Juventus Turin |
| *1985* | Michel Platini | Frankreich | Juventus Turin |
| *1986* | Michel Platini | Frankreich | Juventus Turin |
| *1987* | Igor Belanov | UdSSR | Dynamo Kiew |
| *1988* | Ruud Gullit | Holland | AC Mailand |
| *1989* | Marco van Basten | Holland | AC Mailand |
| *1990* | Marco van Basten | Holland | AC Mailand |
| *1991* | Lothar Matthäus | Deutschland | Inter Mailand |
| *1992* | Jean-Pierre Papin | Frankreich | Olympique Marseille |
| *1993* | Marco van Basten | Holland | AC Mailand |
| *1994* | Roberto Baggio | Italien | Juventus Turin |
| *1995* | Hristo Stoitchkov | Bulgarien | FC Barcelona |
| *1996* | George Weah | Liberia | AC Mailand |
| *1997* | Matthias Sammer | Deutschland | Borussia Dortmund |
| *1998* | Ronaldo | Brasilien | Inter Mailand |
| *1999* | Zinedine Zidane | Frankreich | Juventus Turin |
| *2000* | Rivaldo | Brasilien | FC Barcelona |
| *2001* | Luis Figo | Portugal | Real Madrid |
| *2002* | Michael Owen | England | FC Liverpool |
| *2003* | Ronaldo | Brasilien | Real Madrid |
| *2004* | Pavel Nedved | Tschechien | Juventus Turin |

## Deutschland

| | | |
|---|---|---|
| *1960* | Uwe Seeler | Hamburger SV |
| *1961* | Max Morlock | 1.FC Nürnberg |
| *1962* | Karl-Heinz Schnellinger | 1.FC Köln |
| *1963* | Hans Schäfer | 1.FC Köln |
| *1964* | Uwe Seeler | Hamburger SV |
| *1965* | Hans Tilkowski | Borussia Dortmund |
| *1966* | Franz Beckenbauer | FC Bayern München |
| *1967* | Gerd Müller | FC Bayern München |
| *1968* | Franz Beckenbauer | FC Bayern München |
| *1969* | Gerd Müller | FC Bayern München |
| *1970* | Uwe Seeler | Hamburger SV |
| *1971* | Hans-Hubert Vogts | Borussia Mönchengladbach |
| *1972* | Günter Netzer | Borussia Mönchengladbach |
| *1973* | Günter Netzer | Borussia Mönchengladbach |
| *1974* | Franz Beckenbauer | FC Bayern München |
| *1975* | Sepp Maier | FC Bayern München |
| *1976* | Franz Beckenbauer | FC Bayern München |
| *1977* | Sepp Maier | FC Bayern München |
| *1978* | Sepp Maier | FC Bayern München |
| *1979* | Hans-Hubert Vogts | Borussia Mönchengladbach |
| *1980* | Karl-Heinz Rummenigge | FC Bayern München |
| *1981* | Paul Breitner | FC Bayern München |
| *1982* | Karl-Heinz Förster | VfB Stuttgart |
| *1983* | Rudi Völler | Werder Bremen |
| *1984* | Harald Schumacher | 1. FC Köln |
| *1985* | Hans-Peter Briegel | Hellas Verona |
| *1986* | Harald Schumacher | 1. FC Köln |
| *1987* | Uwe Rahn | Borussia Mönchengladbach |
| *1988* | Jürgen Klinsmann | VfB Stuttgart |
| *1989* | Thomas Hässler | 1. FC Köln |
| *1990* | Lothar Matthäus | Inter Mailand |
| *1991* | Stefan Kuntz | 1. FC Kaiserslautern |
| *1992* | Thomas Hässler | AS Rom |
| *1993* | Andreas Köpke | 1. FC Nürnberg |
| *1994* | Jürgen Klinsmann | Tottenham Hotspur |
| *1995* | Matthias Sammer | Borussia Dortmund |
| *1996* | Matthias Sammer | Borussia Dortmund |
| *1997* | Jürgen Kohler | Borussia Dortmund |
| *1998* | Oliver Bierhoff | AC Mailand |
| *1999* | Lothar Matthäus | FC Bayern München |
| *2000* | Oliver Kahn | FC Bayern München |
| *2001* | Oliver Kahn | FC Bayern München |
| *2002* | Michael Ballack | FC Bayern München |
| *2003* | Michael Ballack | FC Bayern München |
| *2004* | Ailton ... Brasilien | Werder Bremen |
| *2005* | Michael Ballack | FC Bayern München |

## KLEINE WAPPENKUNDE

Seinem großen »Vereinslexikon« im Rahmen der »Enzyklopädie des deutschen Ligafußballs« stellt Hardy Grüne eine kleine Einführung in die Heraldik der Fußballabzeichen voran, die hier um internationale Beispiele ergänzt wird.

### Buchstabenwappen

Rot-Weiß Essen

Esbjerg FB

Galatasaray Istanbul

### Heraldische Wappen

Assyriska Södertälje

Vasco da Gama

FK Obilic

### Fahnenwappen

Hammarby IF

Real Sociedad San Sebastian

Kickers Offenbach

### Schildwappen

Melbourne Knights

Borussia Neunkirchen

1. FC Saarbrücken

### Sonderformen

FC Falkirk

Komet Blankenese

Atvidaberg FF

## DIE TABELLE DES GRAUENS

Es wird gemeinhin für besonders schön gehalten, wenn der Abstand zwischen den Mannschaften einer Liga sehr knapp ist, denn das garantiert Spannung. Dass man es mit der Aufregung jedoch übertreiben kann, zeigt die legendäre Tabelle der rumänischen Divizia C, Seria A VIII-A aus der Spielzeit 1983/84, in der die Klubs besonders eng beieinander lagen. In der wahrscheinlich schaurig aufregendsten Saison aller Zeiten trennten den Tabellenersten und den Letzten der Tabelle gerade einmal zehn Punkte.

| | Punkte | Tore |
|---|---|---|
| 1. Muresul Deva | 38 | 53:33 |
| 2. UMT Timisoara | 31 | 57:37 |
| 3. Mecanica Orastie | 31 | 49:53 |
| 4. Minerul Paroseni | 31 | 41:46 |
| 5. Minerul Moldova | 30 | 41:39 |
| 6. Minerul Stiinta | 30 | 38:47 |
| 7. Metalul Bocsa | 29 | 40:32 |
| 8. Dacia Orastie | 29 | 58:50 |
| 9. Minerul Certej | 29 | 48:47 |
| 10. Minerul Anina | 29 | 46:48 |
| 11. Metalul Otelu-Rosu | 29 | 38:40 |
| 12. Victoria Calan | 29 | 35:37 |
| 13. Constructorul Timisoara | 29 | 57:62 |
| 14. Minerul Oravita | 29 | 39:45 |
| 15. Minerul Ghelar | 29 | 35:52 |
| 16. Minerul Aninoasa | 28 | 32:39 |

## JÜNGSTE TRAINER BEI WELTMEISTERSCHAFTEN

| | |
|---|---|
| 27 Jahre 267 Tage | *Juan José Tramutola*, Argentinien, WM 1930* |
| 29 Jahre 77 Tage | *György Ort*, Chile, WM 1930 |
| 30 Jahre 129 Tage | *Jaroslav Cejp*, Tschechoslowakei, WM 1954** |
| 31 Jahre 210 Tage | *Octavio Vial*, Mexiko, WM 1950 |
| 31 Jahre 240 Tage | *Alberto Suppici*, Uruguay, WM 1930*** |

*offizieller Titel: Technischer Direktor **Teil eines Trainertrios

***zwölf Tage später der jüngste Weltmeistertrainer

## DIE ENDSPIELE DES MITROPA-CUP

Der erste internationale Vereinspokal ging auf eine Idee von Hugo Meisl zurück, dem späteren Trainer des österreichischen »Wunderteams«, der die besten Vereinsteams Mitteleuropas gegeneinander spielen lassen wollte. In den ersten beiden Jahren nahmen zunächst je zwei Teams aus Österreich, Ungarn, der Tschechoslowakei und Jugoslawien teil, danach wurden die jugoslawischen durch italienische Mannschaften ersetzt. 1934 wurde die Zahl der Teilnehmer auf vier pro Land erhöht. Ab 1936 spielten Teams aus der Schweiz mit, ab 1937 wurde die Teilnehmerzahl pro Land auf drei Vereine reduziert, dafür waren fortan wieder jugoslawische und nun auch rumänische Klubs dabei. Nach dem »Anschluss« Österreichs an das Deutsche Reich traten die österreichischen Klubs ab 1938 nicht mehr an. Der Mitropa-Cup war beim Publikum ungeheuer populär und kann auch sportlich als der Vorläufer des Europapokals der Landesmeister angesehen werden, denn in Österreich, Italien, Ungarn und der Tschechoslowakei waren schon früh Profiligen eingerichtet worden, die auf dem europäischen Kontinent das höchste Niveau erreichten.

1927......Sparta Prag - Rapid Wien......6:2, 1:2
1928......Ferencváros Budapest - Rapid Wien......7:1, 3:5
1929......Újpesti Budapest - Slavia Prag......5:1, 2:2
1930......Sparta Prag - Rapid Wien......0:2, 3:2
1931......First Vienna Wien - Wiener AC......3:2, 2:1
1932......AGC Bologna......(kampflos*)
1933......Ambrosiana Inter Mailand - Austria Wien......2:1, 1:3
1934......Admira Wien - AGC Bologna......3:2, 1:5
1935......Ferencváros Budapest - Sparta Prag......2:1, 0:3
1936......Austria Wien - Sparta Prag......0:0, 1:0
1937......Ferencváros Budapest - Lazio Rom**......4:2, 5:4
1938......Slavia Prag - Ferencváros Budapest......2:2, 2:0
1939......Újpesti Budapest - Ferencváros Budapest......4:1, 2:2
1940......Ferencváros Budapest - Rapid Bukarest......(nicht mehr ausgetragen)

*Das Halbfinalrückspiel zwischen Juventus Turin und Slavia Prag (Hinspiel 0:4) war wegen Zuschauerausschreitungen abgebrochen worden. Nach zwei schnellen Gegentoren hatten die Tschechen in Turin so sehr das Spiel verzögert, dass die italienischen Zuschauer aus Wut mit Steinen warfen. Beide Klubs wurden disqualifiziert, so gab es keine Endspiele.

** Nachdem es beim Viertelfinalhinspiel zwischen Admira Wien und Genua 1893 in Österreich politische Proteste gegen die italienische Mannschaft gegeben hatte, verbot das italienische Innenministerium die Austragung des Rückspiels. Beide wurden disqualifiziert, Lazio kam kampflos ins Finale.

## DEUTSCHE REKORDELF

Zusammengestellt nach den Spielern, die auf den betreffenden Positionen die meisten Länderspiele absolviert haben.

Sepp Maier
*95 Spiele*

Berti Vogts
*96 Spiele*

Jürgen Kohler
*105 Spiele*

Franz Beckenbauer
*103 Spiele*

Hans-Peter Briegel
*72 Spiele*

Andreas Möller
*85 Spiele*

Lothar Matthäus
*150 Spiele*

Thomas Häßler
*101 Spiele*

Karl-Heinz Rummenigge
*95 Spiele*

Jürgen Klinsmann
*108 Spiele*

Rudi Völler
*90 Spiele*

## SCHNELLER ZUTRETEN

**Schnellster Platzverweis aller Zeiten:** 10 Sekunden nach Anpfiff: Giuseppe Lorenzo, FC Bologna, 1990/91 (gegen Parma)

**Schnellster Platzverweis bei Europameisterschaften:** 37 Sekunden nach Anpfiff: Mateja Kezman, Jugoslawien, EM 2000 (nach Einwechselung gegen Norwegen)

**Schnellster Platzverweis bei Weltmeisterschaften:** 55 Sekunden nach Anpfiff: José Batista, Uruguay, WM 1986 (gegen Schottland)

**Schnellster Platzverweis in der Bundesliga:** Vier Minuten nach Anpfiff: Stefan Schnoor, Hamburger SV, 1996/97 (gegen St. Pauli);
Markus Babbel, FC Bayern, 1997/98 (gegen VfB Stuttgart);
Boris Zivkovic, Bayer Leverkusen, 1999/2000 (beim MSV Duisburg)

**Schnellster Platzverweis Spezialwertung:**
Walter Boyd, Swansea, 1999/2000 (gegen Darlington)
Bei diesem Spiel der vierten Liga wurde Boyd vor einem Freistoß eingewechselt, in der Mauer angerempelt, schlug zurück und sah die Rote Karte.

## EIN WITZ IN ERINNERUNG AN FORTUNA KÖLN

Noch immer führt Fortuna Köln die Ewige Tabelle der zweiten Bundesliga an, obwohl der Klub 2005 sogar aus dem laufenden Spielbetrieb der viertklassigen Oberliga ausstieg. Legendär war er stets für seinen unterdurchschnittlichen Zuschauerzuspruch.

*Anruf auf der Geschäftsstelle von Fortuna Köln:*
*»Könnten Sie mir bitte sagen,*
*wann die Fortuna das nächste Heimspiel hat.«*

*Antwort der Sekretärin:*
*»Tja, wann könnten Sie denn?«*

## DIE KLASSENTIEFSTEN MANNSCHAFTEN IN DER ERSTEN HAUPTRUNDE DES DFB-POKALS

### Neunte Liga

TSV GERBRUNN, 2003/04 gegen Wacker Burghausen ..... 0:14

### Sechste Liga

BLAU-WEISS BRÜHL, 2001/02 gegen Kaiserslautern ..... 1:4
SV SCHALDING-HEINING, 1998/99 gegen SpVgg Unterhaching ..... 0:1
SC GROSSROSSELN, 1994/95 gegen Hamburger SV ..... 1:5

## TORFLAUTE IN DER BUNDESLIGA

Das Warten auf das nächste Tor kann so schrecklich lang sein.

**1.033** Minuten
1. FC Köln 2001/02

**964** Minuten
1. FC Saarbrücken 1992/93

**825** Minuten
Tasmania Berlin 1965/66

## AFRIKANISCHER JUBELZOO

Nationalmannschaften werden in Afrika besonders gerne nach Tieren benannt.

ADLER - Mali
ADLER VON KARTHAGO - Tunesien
EICHHÖRNCHEN - Benin
ELEFANTEN - Elfenbeinküste
FALKEN VON JEDIANE - Sudan
FENNEKS* - Algerien
HENGSTE - Burkina Faso
KRANICHE - Uganda
LÖWEN VOM ATLAS - Marokko
LÖWEN VON TERANGA - Senegal
MAMBAS** - Mozambique
SCHWARZE PANTHER - Angola
SKORPIONE - Gambia
SKORPIONE - Madagaskar
SPATZEN - Burundi
ADLER*** - Nigeria
UNZÄHMBARE LÖWEN - Kamerun
WESPEN - Ruanda
ZEBRAS - Botswana

*ein kleiner Wüstenfuchs mit großen Ohren **Giftschlange ***eigentlich Super Eagles - Superadler

## DIE GRÖSSTEN ELFMETERTÖTER

Größter Schrecken für die Elfmeterschützen in der Bundesliga war **Rudi Kargus** (Hamburger SV, 1. FC Nürnberg, Karlsruher SC, Fortuna Düsseldorf). Er hielt 23 von 76 gegen ihn geschossene Elfmeter. Vier weitere landeten an Pfosten und Latte, zwei gingen übers Tor.

2. **Harald Schumacher** (1. FC Köln, Schalke 04)........................................18
3. **Norbert Nigbur** (Schalke 04, Hertha BSC)............................................17
4. **Dieter Burdenski** (Schalke 04, Arminia Bielefeld, Werder Bremen)....15
5. **Andreas Köpke** (1. FC Nürnberg, Eintracht Frankfurt).........................14

## GROSSE COMEBACKS

Nur der Modus von Hin- und Rückspielen ermöglicht im Europapokal die wunderbaren Dramen, doch noch weiterzukommen, obwohl doch schon alles verloren schien.

| | |
|---|---|
| **Europapokal der Pokalsieger** | |
| 1961/62, Erste Runde: | FC La Chaux-de-Fonds - Leixões Porto 6:2 |
| | Leixões Porto - FC La Chaux-de-Fonds 5:0 |
| **UEFA-Cup** | |
| 1971/72, Erste Runde: | Lierse SK - Leeds United 0:2 |
| | Leeds United - Lierse SK 0:4 |
| **UEFA-Cup** | |
| 1984/85, Zweite Runde: | Queens Park Rangers - Partizan Belgrad 5:1 |
| | Partizan Belgrad - Queens Park Rangers 4:0 |
| | Partizan kommt aufgrund des Auswärtstores weiter. |
| **Europapokal der Pokalsieger** | |
| 1984/85, Erste Runde: | FC Metz - FC Barcelona 2:4 |
| | FC Barcelona - FC Metz 1:4 (1:0 nach 33 Min.) |
| **UEFA-Cup** | |
| 1985/86, Dritte Runde: | Borussia Mönchengladbach - Real Madrid 5:1 |
| | Real Madrid - Borussia Mönchengladbach 4:0 |
| | Real kommt aufgrund des Auswärtstores weiter. |
| **Europapokal der Pokalsieger** | |
| 1985/86, Viertelfinale: | Dynamo Dresden - Bayer Uerdingen 2:0 |
| | Bayer Uerdingen - Dynamo Dresden 7:3 (HZ 1:3) |
| **UEFA-Cup** | |
| 1987/88, Zweite Runde: | Spartak Moskau - Werder Bremen 4:1 |
| | Werder Bremen - Spartak Moskau 6:1 n.V. |
| **Europapokal der Landesmeister** | |
| 1988/89, Erste Runde: | BFC Dynamo Berlin - Werder Bremen 3:0 |
| | Werder Bremen - BFC Dynamo Berlin 5:0 |
| **UEFA-Cup** | |
| 1988/89, Dritte Runde: | Bayern München - Inter Mailand 0:2 |
| | Inter Mailand - Bayern München 1:3 |
| | Bayern kommt aufgrund der Auswärtstore weiter. |
| **UEFA-Cup** | |
| 1989/90, Erste Runde: | Levski-Spartak Sofia - FC Antwerpen 0:0 |
| | FC Antwerpen - Levski Sofia 4:3 (1:3 nach 87 Min.) |

**UEFA-CUP**

| | |
|---|---|
| 1996/97, Erste Vorrunde: | Sliema Wanderers – Margveti Zestafoni 1:3 |
| | Margveti Zestafoni – Sliema Wanderers 0:3 |

**UEFA-CUP**

| | |
|---|---|
| 1996/97, Dritte Runde: | Brøndby IF – Karlsruher SC 1:3 (0:3 nach 81 Min.) |
| | Karlsruher SC – Brøndby IF 0:5 |

**UEFA-CUP**

| | |
|---|---|
| 1998/99, Erste Runde: | VfB Stuttgart – Feyenoord Rotterdam 1:3 |
| | Feyenoord Rotterdam – VfB Stuttgart 0:3 |

## SELTSAME SPIELE 2

**BORUSSIA MÖNCHENGLADBACH – INTER MAILAND 7:1 (5:1)**
**20. OKTOBER 1971**

•

GLADBACH: Kleff – Vogts, Müller, Sieloff,
Bleidick – Bonhof, Netzer (83. Wittkamp), Kulik,
Wimmer – Heynckes, Le Fevre
INTER: Vieri (46. Bordon) – Oriali, Giubertoni, Burgnich,
Facchetti – Fabbian, Bedin, Corso,
Mazzola – Jair, Boninsegna (28. Ghio)

•

Schiedsrichter: Dorpmans (Holland)

•

Zuschauer: 25.000

•

1:0 (7.) Heynckes (Vorarbeit Netzer)
1:1 (20.) Boninsegna (direkter Freistoß)
2:1 (21.) Le Fevre (nach Flanke Wimmer)
3:1 (35.) Le Fevre (nach Eckball Kulik)
4:1 (41.) Netzer (direkter Freistoß)
5:1 (44.) Heynckes (Vorarbeit Kulik)
6:1 (63.) Netzer (Vorarbeit Heynckes)
7:1 (83.) Sieloff (Foulelfmeter)

Mailands Spieler Boninsegna war von einer Büchse getroffen worden, die ein Zuschauer geworfen hatte. Die Uefa annullierte die Partie und ließ sie in Berlin wiederholen. Gladbach schied nach einem 0:0 (Spiel in Mailand 2:4) aus.

## DIE GAULIGEN

| | | | |
|---|---|---|---|
| Gau 1 | Ostpreußen | Gau 9 | Westfalen |
| Gau 2 | Pommern | Gau 10 | Niederrhein |
| Gau 3 | Berlin Brandenburg | Gau 11 | Mittelrhein |
| Gau 4 | Schlesien | Gau 12 | Hessen |
| Gau 5 | Sachsen | Gau 13 | Südwest |
| Gau 6 | Mitte | Gau 14 | Baden |
| Gau 7 | Nordmark | Gau 15 | Württemberg |
| Gau 8 | Niedersachsen | Gau 16 | Bayern |

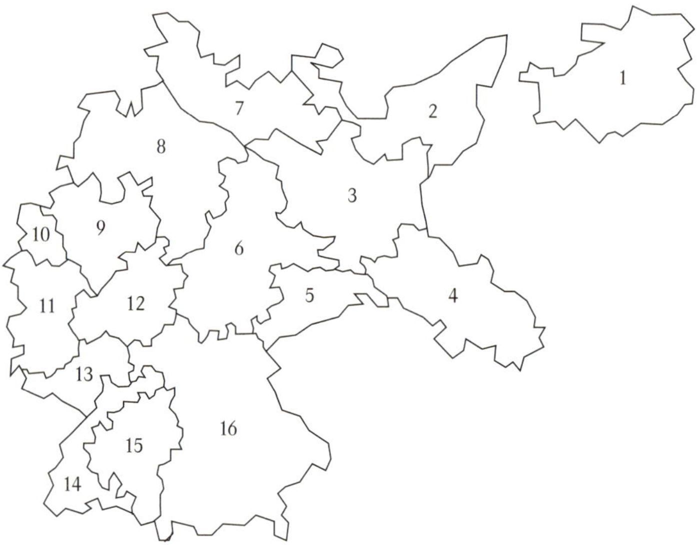


Die Einteilung galt von der Saison 1932/33 bis 1939/40. Anschließend hießen die Gauligen Sportbereiche und wurden aufgrund der Besatzungen in den Nachbarländern umstrukturiert.

## LINKS HERUM

Beim DFB-Pokalfinale 1959 führte Schwarz-Weiß Essen gegen Borussia Neunkirchen nach 80 Minuten bereits mit 5:0. Nachdem die Essener beschlossen hatten, nur mit Links zu spielen, gelangen den Saarländern noch zwei Ehrentreffer.

## HATTRICKS IM DEUTSCHEN POKALFINALE

1963: Uwe Seeler (Hamburger SV)
beim 3:0 gegen Borussia Dortmund

1986: Roland Wohlfarth (Bayern München)
beim 5:2 gegen den VfB Stuttgart

## SELTSAME SPIELE 3

FC Schalke 04 – Arminia Bielefeld 0:1 (0:0)
17.4.1971

•

Schalke: Burdenski – Galbierz, Fichtel (46. Pohlschmidt), Rüssmann, Sobieray – Lütkebohmert, Wittkamp, van Haaren – Libuda, Fischer, Pirkner (56. Wüst)

•

Bielefeld: Siese – Wenzel, Slomiany, Klein, Stockhausen – Kemena (81. Stürz), Knoth, Braun – Roggensack, Kuster (24. Brücken), Brei

•

Schiedsrichter: Wengemmayer (München)

•

Zuschauer: 25 000

•

0:1 Roggensack (83.)

Diese Partie am 28. Spieltag der Saison 1970/71 löste den so genannten Bundesligabestechungsskandal aus. Die Spieler von Schalke 04 (abgesehen von Torhüter Dieter Burdenski) hatten für die Niederlage gegen Bielefeld Geld angenommen. Sie waren nicht die Einzigen, wie die Enthüllungen von Horst-Gregorio Canellas zeigten. Der Präsident der Offenbacher Kickers war ein betrogener Betrüger, der ebenfalls zu bestechen versucht hatte, dessen Klub jedoch abstieg. Er veröffentlichte dann Mitschnitte von Telefonaten, aus denen die Betrügereien klar hervorgingen. 52 Spieler, zwei Trainer und sechs Funktionäre wurden schließlich bestraft, die meisten aber bald wieder begnadigt.

## STAMFORD BRIDGE 2005

Der sagenhafte Reichtum ihres Vereinsbesitzers Roman Abramowitsch inspirierte die Fans von Chelsea zu diesem Gesang:

*»We're going to buy everyone we see*
*And we don't give a fuck*
*About the transfer fee*
*Cos we are the wealthy CFC«*

Deutsch: »Wir werden jeden kaufen, den wir sehen, und die Ablösesumme ist uns scheißegal, denn wir sind der reiche Chelsea FC.«

## KANTERSIEGE IN DER BUNDESLIGA

| | | |
|---|---|---|
| 12:0 | Borussia Mönchengladbach - Borussia Dortmund | am 29.4.1978 |
| 11:0 | Borussia Mönchengladbach - Schalke 04 | am 7.1.1967 |
| 11:1 | Bayern München - Borussia Dortmund | am 27.11.1971 |
| 11:1 | Borussia Dortmund - Arminia Bielefeld | am 6.1.1982* |
| 10:0 | Borussia Mönchengladbach - Borussia Neunkirchen | am 4.11.1967 |
| 10:0 | Borussia Mönchengladbach - Eintracht Braunschweig | am 11.10.1984 |
| 0:9 | Tasmania Berlin - MSV Duisburg | am 26.3.1966** |

*Halbzeitstand 1:1 ** Höchster Auswärtssieg

## SCHÖNE VEREINSNAMEN

Rheingold Emmerich
Funkwerk Kölleda
Traber FC Mariendorf
Fortuna Glücksstadt
Buchonia Flieden
Rotes Banner Trinwillershagen*
Adler Osterfeld
LoLa Hohenlockstedt

Starkenburgia Heppenheim
Aktivist Kali Werra Tiefenort**
Heike Rheine
Norden-Nordwest Berlin
Mosella Schweich
Reinickendorfer Füchse
Glückauf Bleicherode
VfL Schlange

*Heißt inzwischen Rot-Weiß Trinwillershagen **Heißt inzwischen FSV Kali Werra Tiefenort

## ASIENS SPIELER DES 20. JAHRHUNDERTS

| | |
|---|---|
| 1. Bum-Kun Cha | *Südkorea* |
| 2. Joo-Sung Kim | *Südkorea* |
| 3. Abdullah Madjed | *Saudi-Arabien* |
| 4. Kazuyoshi Miura | *Japan* |
| 5. Kunishiege Kamamoto | *Japan* |
| 6. Said Al-Owairan | *Saudi-Arabien* |
| 7. Ali Daei | *Iran* |
| 8. Khodadad Azizi | *Iran* |
| 9. Ahmed Rahdi | *Iran* |
| 10. Karim Bagheri | *Iran* |

Gewählt von der International Federation of Football History & Statistic.

## DER ERSTE FUSSBALLKLUB DER WELT

Der erste Fußballklub der Welt wurde am 24. Oktober 1864 in Sheffield gegründet. Es waren jedoch nicht die heutigen Profiklubs Sheffield United und Sheffield Wednesday, sondern der SHEFFIELD FC, inzwischen ein Amateurklub in der Northern Counties East League. Gründer des Klubs waren ein Rechtsanwalt und Direktor einer Firma für die Herstellung von Silberplatten sowie ein Weinhändler. Ihnen ging es vor allem um die Etablierung eines regelmäßigen Spielbetriebs und die Vereinheitlichung der Regeln, ihre »Sheffield Rules« waren das erste Fußball-Regelwerk. Weil der Klub auf seinen Status als Amateurverein Wert legte, wurde er schon zum Ende des 19. Jahrhunderts von den populäreren Profiklubs überholt.

## EUROPÄISCHE ERSTLIGASTADIEN MIT KUNSTRASEN

| | | |
|---|---|---|
| Loftus Road | *Queens Park Rangers, England* | 1981/82-1987/88 |
| Kenilworth Road | *Luton Town, England* | 1985/86-1990/91 |
| Lushniki Stadion | *Torpedo Moskau, Russland* | seit 2002 |
| Stadion Wals-Siezenheim | *Austria Salzburg, Österreich* | seit 2003 |
| East End Park | *Dunfirmline Athletics, Schottland* | seit 2003 |
| Finnair Stadion | *HJK Helsinki, Finnland* | seit 2003 |
| Eyravallen Stadion | *SK Örebro, Schweden* | seit 2003 |

## DIE TOTEN VON HILLSBOROUGH

Am 15. April 1989 wurde das Halbfinale im englischen Pokal zwischen dem FC Liverpool und Nottingham Forest wie gewohnt an neutralem Ort ausgetragen, diesmal im Hillsborough Stadion in Sheffield. Den Anhängern aus Liverpool wurde dort das Lepping Lane End zugewiesen, wo wegen inadäquater Organisation durch die Polizei die Stehplatzblöcke 3 und 4 bald so überfüllt waren, dass in den ersten Reihen 96 Menschen erstickten oder erdrückt wurden. Das jüngste Todesopfer war 10, das älteste 67 Jahre alt. Infolge dieser Katastrophe wurden in England die Stehplätze abgeschafft.

John Alfred Anderson (62)
Colin Mark Ashcroft (19)
James Gary Aspinall (18)
Kester Roger Marcus Ball (16)
Gerard Bernard Patrick Baron (67)
Simon Bell (17)
Barry Sidney Bennett (26)
David John Benson (22)
David William Birtle (22)
Tony Bland (22)
Paul David Brady (21)
Andrew Mark Brookes (26)
Carl Brown (18)
David Steven Brown (25)
Henry Thomas Burke (47)
Peter Andrew Burkett (24)
Paul William Carlile (19)
Raymond Thomas Chapman (50)
Gary Christopher Church (19)
Joseph Clark (29)
Paul Clark (18)
Gary Collins (22)
Stephen Paul Copoc (20)
Tracey Elizabeth Cox (23)
James Philip Delaney (19)
Christopher Barry Devonside (18)
Christopher Edwards (29)
Vincent Michael Fitzsimmons (34)
Thomas Steven Fox (21)
Jon-Paul Gilhooley (10)
Barry Glover (27)
Ian Thomas Glover (20)
Derrick George Godwin (24)
Roy Harry Hamilton (34)
Philip Hammond (14)
Eric Hankin (33)
Gary Harrison (27)
Stephen Francis Harrison (31)
Peter Andrew Harrison (15)
David Hawley (39)
James Robert Hennessy (29)
Paul Anthony Hewitson (26)
Carl Darren Hewitt (17)
Nicholas Michael Hewitt (16)
Sarah Louise Hicks (19)
Victoria Jane Hicks (15)
Gordon Rodney Horn (20)
Arthur Horrocks (41)
Thomas Howard (39)
Thomas Anthony Howard (14)
Eric George Hughes (42)
Alan Johnston (29)
Christine Anne Jones (27)
Gary Philip Jones (18)
Richard Jones (25)
Nicholas Peter Joynes (27)
Anthony Peter Kelly (29)
Michael David Kelly (38)
Carl David Lewis (18)
David William Mather (19)
Brian Christopher Mathews (38)
Francis Joseph McAllister (27)

John McBrien (18)
Marion Hazel McCabe (21)
Joseph Daniel McCarthy (21)
Peter McDonnell (21)
Alan McGlone (28)
Keith McGrath (17)
Paul Brian Murray (14)
Lee Nicol (14)
Stephen Francis O'Neill (17)
Jonathon Owens (18)
William Roy Pemberton (23)
Carl William Rimmer (21)
David George Rimmer (38)
Graham John Roberts (24)
Steven Joseph Robinson (17)
Henry Charles Rogers (17)
Colin Andrew Hugh William Sefton (23)
Inger Shah (38)
Paula Ann Smith (26)
Adam Edward Spearritt (14)
Philip John Steele (15)
David Leonard Thomas (23)
Patrik John Thompson (35)
Peter Reuben Thompson (30)
Stuart Paul William Thompson (17)
Peter Francis Tootle (21)
Christopher James Traynor (26)
Martin Kevin Traynor (16)
Kevin Tyrrell (15)
Colin Wafer (19)
Ian David Whelan (19)
Martin Kenneth Wild (29)
Kevin Daniel Williams (15)
Graham John Wright (17)

## DIE GRÜNDUNGSMITGLIEDER DER FÉDÉRATION INTERNATIONALE DE FOOTBALL ASSOCIATION (FIFA)

AM 21. MAI 1904 TRAFEN SICH IN DER RUE SAINT HONORÉ 229, PARIS:

Union des Sociétés Françaises de Sports Athlétique Union
Belge des Sociétés de Sports
Dansk Boldspil Union
Nederlandsche Voetbal Bond
Madrid Football Club*
Svenska Bollspells Förbundet
Association Suisse de Football

*später: Real Madrid

## NÜRNBERG – FÜRTH – DEUTSCHLAND

Zwei Mal stellten der 1. FC Nürnberg und die SpVgg Fürth die komplette deutsche Nationalmannschaft. Am 13.1.1924 wurden in Nürnberg gegen Österreich *sechs Nürnberger* und *fünf Fürther* eingesetzt. Beim Spiel gegen Holland in Amsterdam am 21. April des gleichen Jahres waren es *sechs Fürther* und *fünf Nürnberger*. Beide Partien wurden mit 4:3 bzw. 1:0 gewonnen.

## DIE TOP 11 DER DDR-OBERLIGA 1949–1991

| Name | Spiele | Siege | Remis | Niederl. | Torverh. | Differenz | Punkte |
|---|---|---|---|---|---|---|---|
| 1. FC Carl Zeiss Jena | 929 | 441 | 214 | 274 | 1544:1075 | +469 | 1096-762 |
| 2. BFC Dynamo | 897 | 440 | 212 | 245 | 1681:1093 | +588 | 1092-702 |
| 3. Dynamo Dresden | 832 | 437 | 203 | 192 | 1637:982 | +655 | 1077-587 |
| 4. Wismut Aue* | 1019 | 376 | 266 | 377 | 1406:1485 | -79 | 1018-1020 |
| 5. Vorwärts Frankfurt/Oder | 939 | 388 | 238 | 313 | 1547:1294 | +253 | 1014-864 |
| 6. Rot-Weiß Erfurt | 1001 | 350 | 271 | 380 | 1467:1479 | -12 | 971-1031 |
| 7. 1. FC Magdeburg | 793 | 365 | 192 | 236 | 1351:1046 | +305 | 922-664 |
| 8. Sachsenring Zwickau** | 949 | 336 | 219 | 394 | 1310:1489 | -179 | 891-1007 |
| 9. Hallescher FC Chemie | 923 | 308 | 257 | 358 | 1331:1428 | -97 | 873-973 |
| 10. FC Hansa Rostock | 819 | 300 | 208 | 311 | 1114:1105 | +9 | 808-830 |
| 11. 1. FC Lokomotive Leipzig | 702 | 312 | 174 | 216 | 1149:872 | +277 | 798-606 |

*heute: Erzgebirge Aue **heute: FSV Zwickau

Die Geschichte der DDR-Klubs ist oft auch eine der Umbenennungen, hier sind die am längsten benutzten Namen aufgeführt.

## TRAURIGE TAGE IN DER ZWEITEN LIGA

### Längste Serie ohne Sieg

| | | | |
|---|---|---|---|
| 29 Spiele | *SSV Ulm* | 1984/85 | 10.–38. Spieltag |
| 25 Spiele | *FK Pirmasens* | 1977/78 | 1.–25. Spieltag |
| 24 Spiele | *Chemnitzer FC* | 2000/01 | 9.–32. Spieltag |
| 22 Spiele | *Schweinfurt 05* | 1990/91 | 1.–22. Spieltag |
| 22 Spiele | *Spandauer SV* | 1975/76 | 1.–22. Spieltag |

### Längste Niederlagenserie

| | | | |
|---|---|---|---|
| 14 Spiele | *MSV Duisburg* | 1985/86 | 20.–33. Spieltag |
| 14 Spiele | *Spandauer SV* | 1975/76 | 1.–14. Spieltag |
| 12 Spiele | *VfL Wolfsburg* | 1976/77 | 27.–38. Spieltag |
| 11 Spiele | *FK Pirmasens* | 1977/78 | 28.–38. Spieltag |
| 10 Spiele | *Schweinfurt 05* | 1990/91 | 1.–10. Spieltag |

## TORE DES JAHRES

Von den Zuschauern der ARD-Sportschau wird seit 1971 das »Tor des Monats« und schließlich das »Tor des Jahres« gewählt.

1971 Ulrik Le Fevre
1972 Günter Netzer und Gerd Müller
1973 Günter Netzer
1974 Erwin Kostedde
1975 Klaus Fischer
1976 Gerd Müller
1977 Klaus Fischer *
1978 Hansi Müller
1979 Harald Nickel
1980 Bernd Schuster
1981 Karl-Heinz Rummenigge
1982 Klaus Fischer
1983 Jürgen Wilhelm
1984 Daniel Simmes
1985 Pierre Littbarski
1986 Stefan Kohn
1987 Jürgen Klinsmann
1988 Jürgen Wegmann
1989 Klaus Augenthaler **
1990 Andreas Brehme
1991 Andreas Müller
1992 Lothar Matthäus
1993 Jay Jay Okocha
1994 Bernd Schuster ***
1995 Jean-Pierre Papin
1996 Oliver Bierhoff
1997 Lars Ricken
1998 Stephan Kuhnert
1999 Giovane Elber
2000 Alex Alves
2001 Kurt Meyer
2002 Benjamin Lauth
2003 Nia Künzer
2004 Klemen Lavric

*»Tor des Jahrzehnts« der 70er Jahre, und »Tor des Jahrhunderts«

**»Tor des Jahrzehnts« der 80er Jahre ***»Tor des Jahrzehnts« der 90er Jahre

## BEREICHE DES FUSSBALLS

Mit fragwürdiger Begeisterung wird die immer unübersichtlicher werdende Welt des Fußballs in Bereiche unterteilt. Das mag verständlich sein, sprachlich ist das Anhängsel »-bereich« aber gänzlich verzichtbar.

Amateurbereich • Defensivbereich • Frauenbereich • Hintertorbereich
Jugendbereich • Juniorenbereich • Mädchenbereich • Medienbereich
Mittelfeldbereich • Nachwuchsbereich • Nachwuchsschulungsbereich
Offensivbereich • Pressebereich • Profibereich • Reservebereich
Schiedsrichterbereich • Seniorenbereich • Trainerbereich
Trainerschulungsbereich • Tribünenbereich • VIP-Bereich

## ENDSPIELE UM DEN LATIN CUP

Neben dem Mitropa-Cup war der Latin Cup der zweite Vorläufer des Europapokals. Er wurde zwischen 1949 und 1957 von den Meistern aus Spanien, Portugal, Frankreich und Italien ausgespielt. Die vier Teams trafen sich zu einem Blitzturnier mit Halbfinale, Spiel um den dritten Platz und Endspiel. Es gab keine Hin- und Rückspiele. Der Wettbewerb wurde wegen des Erfolgs des Europapokals eingestellt.

| | | |
|---|---|---|
| 1949 | FC Barcelona | - Sporting Lissabon 2:1 *(in Madrid)* |
| 1950 | Benfica Lissabon | - Girondins Bordeaux 2:1 *(in Lissabon)* |
| 1951 | AC Mailand | - OSC Lille 5:0 *(in Mailand)* |
| 1952 | FC Barcelona | - OGC Nizza 1:0 *(in Paris)* |
| 1953 | Stade Reims | - AC Mailand 3:0 *(in Lissabon)* |
| 1954 | nicht ausgetragen | |
| 1955 | Real Madrid | - Stade Reims 2:0 *(in Paris)* |
| 1956 | AC Mailand | - Athletic Bilbao 3:1 *(in Mailand)* |
| 1957 | Real Madrid | - Benfica Lissabon 1:0 *(in Madrid)* |

## DIE GROSSEN FUSSBALLKLUBS IN ISTANBUL

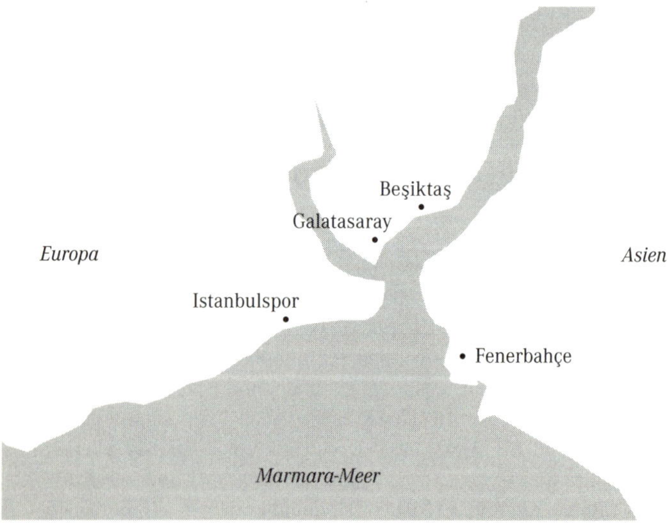

## PELÉS BESTENLISTE

Zum hundertsten Geburtstag der Fifa im Jahr 2004 stellte die brasilianische Fußballlegende Pelé seine Liste der besten Spieler auf, die noch leben.

**Argentinien:**
Alfredo Di Stefano
Daniel Passarella
Diego Maradona
Gabriel Batistuta
Hernán Crespo
Javier Saviola
Javier Zanetti
Juan Sebastián Verón
Mario Kempes
Omar Sivori

**Belgien:**
Franky van der Elst
Jean-Marie Pfaff
Jan Cuelemans

**Brasilien:**
Carlos Alberto Torres
Cafú
Roberto Carlos
Djalma Santos
Falcão
Júnior
Pelé
Rivaldo
Romário
Ronaldinho
Ronaldo
Sócrates
Zico
Rivelino
Nilton Santos

**Bulgarien:**
Hristo Stoichkov

**Chile:**
Figueroa
Iván Zamorano

**Dänemark:**
Brian Laudrup
Michael Laudrup
Peter Schmeichel

**Deutschland:**
Franz Beckenbauer
Gerd Müller
Jürgen Klinsmann
Karl-Heinz Rummenigge
Lothar Matthäus
Michael Ballack
Oliver Kahn
Paul Breitner
Sepp Maier
Uwe Seeler

**England:**
Alan Shearer
Bobby Charlton
David Beckham
Gary Lineker
Gordon Banks
Kevin Keegan
Michael Owen

**Frankreich:**
David Trezeguet
Didier Deschamps
Eric Cantona
Jean-Pierre Papin
Just Fontaine
Lilian Thuram
Marcel Desailly
Marius Tresor
Michel Platini
Patrick Vieira
Raymond Kopa
Robert Pires
Thierry Henry
Zinedine Zidane

**Ghana:**
Abedi Pelé

**Irland:**
Roy Keane

**Italien:**
Alessandro Del Piero
Alessandro Nesta
Christian Vieri
Dino Zoff
Francesco Totti
Franco Baresi
Giampiero Boniperti
Giacinto Fachetti
Gianluca Buffon
Gianni Rivera
Giuseppe Bergomi
Paolo Rossi
Paolo Maldini
Roberto Baggio

**Japan:**
Hidetoshi Nakata

**Kamerun:**
Roger Milla

**Kolumbien:**
Carlos Valderrama

**Kroatien:**
Davor Suker

**Liberia:**
George Weah

**Mexiko:**
Hugo Sánchez

**Niederlande:**
Clarence Seedorf
Dennis Bergkamp
Edgar Davids
Frank Rijkaard
Johan Neeskens
Johan Cruyff
Marco van Basten
Patrick Kluivert
Rene van de Kerkhof
Rob Rensenbrink
Ruud Gullit
Ruud van Nistelrooy
Willie van de Kerkhof

**Nigeria:**
Jay-Jay Okocha

**Nordirland:**
George Best

**Paraguay:**
Romerito

**Peru:**
Teofilo Cubillas

**Polen:**
Zbigniew Boniek

**Portugal:**
Eusebio
Figo
Rui Costa

**Rumänien:**
Gheorghe Hagi

**Russland:**
Rinat Dassajev

**Schottland:**
Kenny Dalglish

**Senegal:**
El Hadji Diouf

**Spanien:**
Emilio Butragueño
Luis Enrique
Raúl

**Südkorea:**
Myung-bo Hong

**Tschechien:**
Josef Masopust
Pavel Nedved

**Türkei:**
Emre Belozoglu
Rüstü Recber

**Ukraine:**
Andrej Shevchenko

**Ungarn:**
Ferenc Puskás

**Uruguay:**
Enzo Francescoli

**USA:**
Michelle Akers
Mia Hamm

## ANGST BEIM ELFMETERSCHIESSEN 3

Wird Elfmeterschießen dadurch schöner, dass die Schützen diese Kunst beherrschen? Beim Achtelfinale des türkischen Pokals zwischen Gençlerbirliği Ankara und Galatasaray Istanbul am 28. November 1996 war das zu überprüfen. Erst der 33. Elfmeter wurde vergeben. Es blieb der Einzige an jenem Tag, und mit einer Quote von 97,1% verwandelter Schüsse muss man wohl vom besten Elfmeterschießen aller Zeiten sprechen.

| Galatasaray | | Gençlerbirliği | |
|---|---|---|---|
| Hakan Şükür | 1:0 | Lucacu | 1:1 |
| Gheorghe Hagi | 2:1 | Umit | 2:2 |
| Tugay | 3:2 | Ilker | 3:3 |
| Ümit | 4:3 | Serdar | 4:4 |
| Okan | 5:4 | Nihat | 5:5 |
| Ilyas | 6:5 | Osman | 6:6 |
| Bekir | 7:6 | Liberty | 7:7 |
| Iulian Filipescu | 8:7 | Ali Eren | 8:8 |
| Bülent | 9:8 | Piri | 9:9 |
| Vedat | 10:9 | Taner | 10:10 |
| Hayrettin | 11:10 | Kubilay | 11:11 |
| Hakan Şükür | 12:11 | Lucacu | 12:12 |
| Gheorghe Hagi | 13:12 | Ümit | 13:13 |
| Tugay | 14:13 | Ilker | 14:14 |
| Ümit | 15:14 | Serdar | 15:15 |
| Okan | 16:15 | Nihat | 16:16 |
| Ilyas (vergeben) | 16:16 | Osman | 16:17 |

## POKALSCHOCK

Manch ein Bundesligist hatte seinen Pokalschock zu verdauen, darunter so legendäre wie das Ausscheiden des Hamburger SV in Sandhausen oder die Niederlage des FC Bayern gegen den damaligen Regionalligisten TSV Vestenbergsgreuth. Doch nur der 1. FC Nürnberg verlor als Bundesligist gegen einen Fünftligisten. In der ersten Hauptrunde der Saison 2001/02 unterlag der Club beim Landesligisten SSV Ulm mit 1:2. Dass die Pleite nicht so in Erinnerung blieb, liegt wohl daran, dass Ulm in der Saison zuvor noch in der zweiten Liga gespielt hatte und dem Verein gerade erst die Lizenz entzogen worden war.

## HUNDERTTAUSEND-MARK-STURM

Als es in Deutschland noch keinen Profifußball gab, machte Preußen Münster mit dem so genannten Hunderttausend-Mark-Sturm auf sich aufmerksam. In der Oberliga West ging der Klub mit Spielern ins Rennen, die anderen Vereinen abgeworben worden waren. 1950 kam Torschützenkönig ALFRED »ADI« PREISSLER mit seinem Mannschaftskameraden RUDOLF SCHULZ von Borussia Dortmund, und aus Oldenburg wechselte FELIX »FIFFI« GERRITZEN nach Westfalen. Im Jahr zuvor war bereits SIEGFRIED RACHUBA aus Erkenschwick gekommen. Gemeinsam mit JOSEF LAMMERS bildeten sie einen Sturm, der weder 100.000 Mark Ablösesumme gekostet hat noch das Gehalt der Spieler beschreibt, auch wenn das Handgeld für die Vereinswechsel mit je 10.000 Mark für die Zeit üppig bemessen war. Das Wort vom Hunderttausend-Mark-Sturm stammte von einem Journalisten und sollte nur illustrieren, wie wertvoll die Fünf waren. In der Saison 1950/51 erreichte Preußen Münster zum einzigen Mal in der Vereinsgeschichte das Endspiel um die Deutsche Meisterschaft, unterlag dem 1. FC Kaiserslautern im Olympiastadion Berlin knapp mit 1:2.

## EINIGE REKORDMEISTER

Aruba - SV DAKOTA (15)
Bahrein - MUHARRAQ CLUB (27)
Bangladesh - MOHAMMEDAN SC DHAKA (19)
Cook-Inseln - TITIKAVEKA FC (13)
Ecuador - BARCELONA GUAYAQUIL (13)
Frankreich - AS ST. ETIENNE (10)
Hongkong - SOUTH CHINA (27)
Iran - PIROOZI TEHERAN (8)
Italien - JUVENTUS TURIN (28)
Mali - DJOLIBA AC BAMAKO (19)
Malta - SLIEMA WANDERERS (26)
Paraguay - OLIMPIA ASUNCION (38)
Saudi-Arabien - AL-HILAL RIJAD (9)
Schottland - GLASGOW RANGERS (51)
Swaziland - MBABANE HIGHLANDERS (12)
Syrien - JAISH DAMASKUS (11)

(In Klammern: die Zahl der Titelgewinne)

## DIE VERLETZUNGEN VON MEHMET SCHOLL

1992 · doppelter Bänderriss im rechten Knöchel
1993 · Verletzung am rechten Außenmeniskus
1994 · Muskelfaserriss in der Wade
· Risswunde am linken Knie
· Kapselprellung im linken Knöchel
1996 · Sehnenscheidenentzündung im rechten Fuß
1998 · Außenband- und Kapselanriss im linken Sprunggelenk
· Sehnenscheidenentzündung im rechten Fuß
· Bandscheibenvorfall
· Muskelfaserrisse
1999 · Entzündung der linken Achillessehne
2000 · Muskeleinriss
· Schleimbeutel- und Sehnenentzündung in der rechten Schulter
2001 · Kapselriss im linken Sprunggelenk
· Sehnenscheidenentzündung im linken Sprunggelenk
· Operation des linken Knöchels (zwei Verklebungen)
2002 · Bandscheibenvorfall
· Sehnenentzündung
2003 · Muskelfaserriss im rechten Oberschenkel
· Operation der Bandscheibe
2004 · Muskelproblem im Oberschenkel
· Jochbeinbruch und Augenhöhlenboden-Fraktur

## TROPHÄENÜBERGABE IN DER UMKLEIDEKABINE

Üblich ist es, dass nach Abpfiff eines europäischen Pokalfinales der Siegermannschaft feierlich der Pokal überreicht wird, und so ist es eigentlich bislang auch in allen Endspielen gewesen. Nur nach dem Europapokalfinale der Pokalsieger am 24. Mai 1972 in Barcelona wurde die Zeremonie in die Umkleidekabine verlegt. Die Glasgow Rangers hatten zwar mit 3:2 gegen Dynamo Moskau gewonnen, aber ihre Anhänger prügelten sich nach Ende der Partie mit der spanischen Polizei auf dem Rasen von Camp Nou. Die Spieler mussten fliehen und erhielten den Cup in der Kabine. Verteidigen konnten ihn die Rangers in der folgenden Saison nicht, denn sie wurden wegen der Zuschauerausschreitung für ein Jahr aus dem Europacup ausgeschlossen.

## DIE MEISTEN LÄNDERSPIELE

| | Name | Land | Spiele | Zeitraum |
|---|---|---|---|---|
| 1. | Mohamed Al-Deayea* | *Saudi-Arabien* | 173 | (1990-2005) |
| 2. | Claudio Suárez* | *Mexiko* | 172 | (1992-2004) |
| 3. | Cobi Jones* | *USA* | 164 | (1992-2004) |
| | Adnan Kh. Al-Talyani | *Vereinigte Arabische Emirate* | 164 | (1984-1997) |
| 5. | Hossam Hassan* | *Ägypten* | 163 | (1985-2004) |
| 6. | Sami Al-Jaber* | *Saudi-Arabien* | 152 | (1992-2005) |
| 7. | Lothar Matthäus | *Deutschland* | 150 | (1980-2000) |
| 8. | Mohammed Al-Khilaiwi | *Saudi-Arabien* | 143 | (1990-2001) |
| | Thomas Ravelli | *Schweden* | 143 | (1981-1997) |
| | Marko Kristal* | *Estland* | 143 | (1992-2005) |
| | Martin Reim* | *Estland* | 143 | (1992-2005) |
| 12. | Ali Daei* | *Iran* | 140 | (1993-2005) |
| 13. | Majed Abdullah | *Saudi-Arabien* | 139 | (1978-1994) |
| 14. | Myung-Bo Hong | *Südkorea* | 135 | (1990-2002) |
| 15. | Jeff Agoos* | *USA* | 134 | (1988-2003) |
| 16. | Cafú* | *Brasilien* | 133 | (1990-2005) |
| 17. | Jorge Campos* | *Mexiko* | 130 | (1991-2003) |
| 18. | Peter Schmeichel* | *Dänemark* | 129 | (1987-2001) |
| 19. | Marcelo Balboa* | *USA* | 128 | (1988-2000) |
| 20. | Paolo Maldini* | *Italien* | 126 | (1988-2002) |
| | Andoni Zubizarreta | *Spanien* | 126 | (1985-1998) |
| 22. | Gheorghe Hagi | *Rumänien* | 125 | (1983-2000) |
| | Ibrahim Hassan* | *Ägypten* | 125 | (1988-2002) |
| | Peter Shilton | *England* | 125 | (1970-1990) |
| 25. | Hany Ramzy* | *Ägypten* | 124 | (1989-2003) |
| | Iván Hurtado* | *Ecuador* | 124 | (1992-2005) |
| | Dorinel Munteanu* | *Rumänien* | 124 | (1991-2005) |
| 28. | Masami Ihara* | *Japan* | 123 | (1988-1999) |
| 29. | Sang-Chul Yoo* | *Südkorea* | 122 | (1994-2005) |
| | Abdullah Zubromawi | *Saudi-Arabien* | 122 | (1993-2002) |
| 31. | David Carabott* | *Malta* | 121 | (1987-2005) |
| | Bum-Kun Cha | *Südkorea* | 121 | (1972-1986) |
| | Ramón Ramírez* | *Mexiko* | 121 | (1991-2000) |

*noch aktiv, wenn auch nicht unbedingt in der Nationalmannschaft

## EINIGE HOOLIGANGRUPPEN

In den 80er und 90er Jahren des letzten Jahrhunderts formierten sich in Deutschland Gruppierungen gewalttätiger Fußballfans:

Presswerk (Frankfurt) • Gelsenszene (Gelsenkirchen) • Borussenfront (Dortmund) • Red Army Cologne (Köln) • BO-City (Bochum) Anti Sozial Front (Offenbach) • City Boys (Mannheim) • Sturmtruppen (Mönchengladbach) • Ostwestfalenterror (Bielefeld) • Destroyer (Karlsruhe)

## CHIPS VON DER TANKSTELLE

Namensrechte sind bei der Fußballvermarktung ein hohes Gut, wie die Umbenennung vieler Stadien in den letzten Jahren gezeigt hat. Bereits in den siebziger Jahren nahmen zwei Klubs aus der zweiten Spielklasse den Namen ihres Sponsors an. 1972/73 benannte sich zunächst Waldhof Mannheim in SV CHIO 1907 WALDHOF um und wurde dafür von einem regionalen Fabrikanten von Kartoffelchips mit 190.000 DM für die ersten beiden Jahre unterstützt. Der Klub umging auf diese Weise das Verbot der Trikotwerbung, das damals noch galt. Erst nach sechs Jahren kehrte er zu seinem alten Namen zurück.
Mit Beginn der Saison 1977/78 ergänzte der Traditionsklub Westfalia Herne seinen Namen um den seines Sponsors, einer Tankstellenkette. Bis zum Ende der folgenden Saison hieß der Klub SC WESTFALIA-GOLDIN HERNE 04, dann entpuppte sich der Mäzen Erhard Goldbach, von dem der Klub finanziell komplett abhängig war, als Steuerhinterzieher und wurde verhaftet. Westfalia gab im Sommer 1979 die Lizenz für die zweite Liga zurück und startete unter altem Namen in der dritten Liga.

## LÄNGSTE SERIEN OHNE NIEDERLAGE BEI WM-ENDRUNDEN

**13** BRASILIEN 1958 - 1966
**11** URUGUAY 1930 - 1954
**11** BRASILIEN 1970 - 1974
**11** BRASILIEN 1978 - 1982
**11** DEUTSCHLAND 1990 - 1994

## TELEFONNUMMERN 1941

Hamburger SV: 55 34 51-53
Schalke 04: 2 14 33
Borussia Dortmund: 3 13 02
Westfalia Herne: 5 19 89
Fortuna Düsseldorf: 2 78 95
Sülz 07: 4 21 04
Eintracht Frankfurt: 4 60 30
VfR Mannheim: 2 60 61
Phönix Karlsruhe: Durchlach 12
FK Pirmasens: 27 41
Stuttgarter Kickers: 2 17 07
1. FC Nürnberg: 4 41 60

*Achtung: Nicht anrufen, die Nummern gelten nicht mehr!*

## DIE SIEBTE KATZE

Der Racing Club de Avellaneda aus Buenos Aires gewann zwischen 1915 und 1918 vier Mal hintereinander die argentinische Meisterschaft und zwischen 1949 und 1953 sogar fünf Mal in Folge. 1967 hatte der Klub insgesamt 13 Meistertitel gesammelt und schaffte dann auch noch den größten Triumph der Vereinsgeschichte: den Gewinn des Weltpokals. Doch mit dem Tag des Finalsiegs über Celtic Glasgow begann der Niedergang. Während die Fans von Racing noch feierten, brachen Anhänger des größten Rivalen Independiente in das Stadion ihres verhassten Nachbarn ein und vergruben dort sieben schwarze Katzen, um die Stätte mit einem Fluch zu belegen. Es wird sogar die Legende verbreitet, dass dabei sogar der Platzwart mit dem Gegner kollaboriert hätte. Jahrelang suchten Offizielle und Fans von Racing Club die Tierleichen, denn mit ihrem Klub ging es kontinuierlich bergab. 35 lange Jahre blieben weitere Titel aus, 1999 stand man sogar vor dem Bankrott und ein Priester versuchte, das Stadion von seinem Fluch zu befreien. Angeblich jubelten die Fans jedes Mal, wenn der Priester Horacio della Barca Weihwasser in eines der Tore spritzte. Doch auch das half nicht, weshalb 2001 der neue Trainer Reinaldo Merlo eine groß angelegte Suche nach der siebten Katze initiierte. Im Laufe der Jahrzehnte waren zwar sechs der toten Katzen gefunden und beseitigt worden, die letzte aber fehlte immer noch. Also wurden selbst Flächen aufgerissen, die nach 1967 betoniert worden waren, und an einer Stelle, wo früher ein Wassergraben gewesen war, fand man tatsächlich das Skelett einer Katze. Der Racing Club wurde noch in derselben Saison Meister.

## MANCHMAL IST DER BESTE WEG IN DEN UEFA-CUP, IHN ZU GEWINNEN

Was macht man, wenn die Platzierung in der Tabelle so schlecht ist, dass es für die Qualifikation zum Uefa-Cup der kommenden Saison nicht mehr reicht? Man gewinnt ihn einfach in dieser Saison und ist als Titelverteidiger automatisch qualifiziert.

| | | |
|---|---|---|
| 1971/72 | TOTTENHAM HOTSPUR | 6. in der First Division* |
| 1978/79 | BORUSSIA MÖNCHENGLADBACH | 10. in der Bundesliga |
| 1979/80 | EINTRACHT FRANKFURT | 9. in der Bundesliga |
| 1983/84 | TOTTENHAM HOTSPUR | 8. in der First Division* |
| 1987/88 | BAYER LEVERKUSEN | 8. in der Bundesliga |
| 1993/94 | INTER MAILAND | 13. in der Serie A |
| 1996/97 | SCHALKE 04 | 12. in der Bundesliga |

* damals höchste englische Spielklasse

## BUNDESLIGASPIELER UND IHRE POSTLEITZAHLEN (A-BR)

Das Postleitzahlenbuch verzeichnet die Namen einer Fülle von Bundesligaspielern.

| | |
|---|---|
| 01468 | Auer, Benjamin |
| 93090 | Bach, Jörg |
| 23816 | Bebensee, Norbert |
| 83362 | Berg, Horst |
| 92348 | Berg, Peter |
| 82335 | Berg, Rainer |
| 59872 | Berge, Klaus |
| 08626 | Bergen, Jörg |
| 94542 | Berger, Patrick |
| 38467 | Bergfeld, Manfred |
| 37688 | Beverungen, Klaus |
| 18609 | Binz, Manfred |
| 38889 | Blankenburg, Horst |
| 02692 | Blumenthal, Hans-Herbert |
| 17166 | Bockholt, Fred |
| 37339 | Bodenstein, Mike |
| 29693 | Böhme, Jörg |
| 53229 | Bonn, Heinz |
| 18311 | Borg, Hasse |
| 23942 | Borkenhagen, Dirk |
| 18375 | Born, Stefan |
| 01848 | Brand, Christian |
| 14641 | Bredow, Uwe |
| 37339 | Brehme, Andreas |
| 37620 | Bremke, Karsten |
| 16230 | Britz, Axel |
| 14822 | Brück, Holger |
| 55767 | Brücken, Karl-Heinz |

## KLASSISCHE TRIKOTMUSTER UND IHRE BEKANNTESTEN PROTAGONISTEN

**Einfarbig:**
Der absolute Klassiker rund um die Welt

**Abgesetzte Ärmel:**
West Ham United

**Mittelband:**
Ajax Amsterdam

**Senkrechtes Band:**
Borussia Mönchengladbach (70er Jahre)

**Schärpe:**
River Plate Buenos Aires

**V-Muster:**
Girondins Bordeaux

**Längsstreifen:**
Juventus Turin, Hertha BSC Berlin

**Querstreifen:**
Celtic Glasgow, MSV Duisburg

**Quadrate:**
Blackburn Rovers, Grasshoppers Zürich

## FURIOSES DEBÜT

Das schwungvollste Debüt in der Nationalmannschaft gelang Dieter Müller. Bei der Europameisterschaft 1976 wurde der damals 22 Jahre alte Stürmer des 1. FC Köln in der 79. Minute des Halbfinalspiels gegen Gastgeber Jugoslawien für Herbert Wimmer eingewechselt und schoss elf Sekunden später den Ausgleichstreffer zum 2:2. In der Verlängerung legte er noch zwei weitere Tore zum Hattrick und zum 4:2-Endstand nach. Auch im Finale drei Tage später traf Müller noch einmal, dort aber unterlag die deutsche Mannschaft im Elfmeterschießen gegen Tschechien. Seine Karriere im Nationalteam war trotz ihres furiosen Beginns nach der WM 1978 und insgesamt nur zwölf Spielen vorbei.

## AUSGEFALLENE VEREINSFARBEN

ORANGE-SCHWARZ ........ Schachtjor Donezk
BORDEAUXROT-HIMMELBLAU ........ West Ham United
BRAUN-WEISS ........ FC St. Pauli
SCHWARZ-GOLD ........ Wolverhampton Wanderers
ORANGE-WEISS ........ FC Volendam
WEINROT-MARINEBLAU ........ Pogon Stettin
GELB-ROT-BLAU ........ Djurgården Stockholm
HIMMELBLAU-SCHWARZ-WEISS ........ Gremio Porto Alegre
KASTANIENBRAUN-GRÜN-WEISS ........ Fluminense Rio de Janeiro
ORANGE-BLAU ........ Boca Juniors
BLAU-GELB-WEISS ........ FC Carl Zeiss Jena
ROSA-SCHWARZ ........ US Palermo

## DIE RECHNUNG VON 1954

Bei der Weltmeisterschaft 1954 nahmen die Veranstalter insgesamt 5,75 Millionen Schweizer Franken ein. Davon kam mit 5,593 Millionen sFr der größte Teil aus dem Erlös des Eintrittskartenverkaufs. (Es waren für die 26 Partien insgesamt 729.744 Karten verkauft worden.) Zusätzlich bezahlten die übertragenden Radiostationen noch 85.500 sFr, und 50.000 sFr wurden für die Filmrechte bezahlt. Der kleinste Posten waren 15.000 sFr für die Fernsehrechte.

## EUROPAS NATIONALMANNSCHAFT DES JAHRES

Jährlich wird von der Redaktion der französischen Fußballzeitschrift *France Football* Europas Nationalmannschaft des Jahres ermittelt.

| | | | | | |
|---|---|---|---|---|---|
| 1959 | Ungarn | 1974 | Deutschland und Niederlande | 1990 | Deutschland |
| 1960 | UdSSR | 1975 | ČSSR | 1991 | Frankreich |
| 1961 | Österreich | 1976 | Deutschland | 1992 | Dänemark |
| 1962 | ČSSR | 1977 | Deutschland | 1993 | Deutschland |
| 1963 | Schweden | 1978 | Niederlande | 1994 | Italien und Schweden |
| 1964 | Ungarn und Spanien | 1979 | Jugoslawien | 1995 | Spanien |
| 1965 | England | 1980 | Deutschland | 1996 | Deutschland |
| 1966 | England | 1981 | Deutschland | 1997 | Spanien |
| 1967 | UdSSR | 1982 | Italien | 1998 | Frankreich |
| 1968 | Deutschland | 1983 | Dänemark | 1999 | Norwegen |
| 1969 | England | 1984 | Frankreich | 2000 | Frankreich |
| 1970 | Italien | 1985 | UdSSR | 2001 | Spanien |
| 1971 | England und UdSSR | 1986 | Spanien | 2002 | Deutschland |
| 1972 | Deutschland | 1987 | England | 2003 | Tschechien |
| 1973 | Italien | 1988 | Niederlande | 2004 | Griechenland |
| | | 1989 | Niederlande | | |

## DIE NAMEN DES ENGLISCHEN LIGAPOKALS

Erstmals wurde der englische Ligapokal, an dem nur die 92 Klubs der vier englischen Profiligen teilnehmen dürfen, in der Saison 1961/62 ausgespielt. Richtig populär wurde der Wettbewerb nie, obwohl der Gewinner sich inzwischen für den Uefa-Cup qualifiziert. 1982 bekam der Ligapokal als erster europäischer Fußballwettbewerb einen Sponsorennamen.

LEAGUE CUP (1961–1982)
MILK CUP (1982–1986)
LITTLEWOODS CHALLENGE CUP (1986–1990)
RUMBELOWS CUP (1990–1993)
COCA-COLA CUP (1993–1998)
WORTHINGTON CUP (1998–2003)
CARLING CUP (seit 2003)

## KEVIN KEEGAN SPRICHT

*In Deutschland ist Kevin Keegan als »Mighty Mouse« im Trikot des Hamburger SV und als Sänger (»Head over heels in love«) unvergessen. In England hingegen hat er sich nach seiner Karriere als Spieler in seinen verschiedenen Rollen als Vereinscoach, Nationaltrainer und als Co-Kommentator beim Fernsehen einen längst legendären Zitatenschatz erarbeitet, der stets für viel Heiterkeit sorgt.*

- Die Tasche des Schiedsrichters ist wie ein Toaster, nach jedem Tackling springt eine Gelbe Karte heraus.
- Torhüter werden heutzutage nicht geboren, bevor sie ihre späten Zwanziger oder ihre Dreißiger erreicht haben.
- Ich glaube nicht, dass irgendwer größer oder kleiner als Maradona ist.
- Ich weiß, was um die Ecke passiert, ich weiß nur nicht, wo die Ecke ist.
- Die heute 33- oder 34-Jährigen werden bei der nächsten Weltmeisterschaft 36 oder 37 Jahre alt sein, wenn sie nicht aufpassen.
- England kann das Jahrtausend so beenden, wie es das Jahrtausend begonnen hat – als größte Fußballnation der Welt.
- Trotz seiner weißen Schuhe ist er wirklich schnell.
- Und seine Stärke, das ist seine Stärke.
- Sie sind die zweitbeste Mannschaft der Welt, und es gibt kein größeres Lob als das.
- Ich bin nicht enttäuscht, sondern nur enttäuscht.
- Chile hat drei Möglichkeiten: Sie können gewinnen oder verlieren.
- Als ich vor zwei Jahren nach Nantes kam, war es das gleiche wie jetzt, wenn man davon absieht, dass es total unterschiedlich ist.
- Auf eine Art sind Krämpfe schlimmer als ein gebrochenes Bein.
- Während der Halbzeitpause wäre ich in der Kabine von Liverpool nur zu gerne der Maulwurf an der Wand.
- Luis Figo ist ganz verschieden zu David Beckham – und umgekehrt.
- Die Deutschen haben nur einen Spieler unter 22 Jahren, und der ist 23.
- Ich habe mich mein ganzes Leben lang für Pferderennen interessiert, ja eigentlich sogar schon länger.
- Man braucht 88 Punkte, um den Titel zu gewinnen, und wir haben 61 Punkte bei noch 16 Spielen. Aber man limitiert sich nur, wenn man sich Ziele setzt.

## SPIELER MIT UMSATZ

Der Argentinier Juan Sebastián Verón bewegte bei seinen Transfers so viel Geld wie kein anderer Spieler.

| | | |
|---|---|---|
| 1996 | von Boca Juniors zu Sampdoria Genua | 3.500.000 € |
| 1997 | von Sampdoria zum AC Parma | 19.000.000 € |
| 1998 | von Parma zu Lazio Rom | 30.000.000 € |
| 2001 | von Lazio zu Manchester United | 42.600.000 € |
| 2003 | von Manchester zum FC Chelsea | 22.500.000 € |
| 2004 | von Chelsea zu Inter Mailand | ausgeliehen |
| | Gesamtsumme | 117.600.000 € |

## DIE GRÖSSTE WENDE ALLER ZEITEN

Nichts war besonders verwunderlich daran, als Charlton Athletic am 21. Dezember 1957 im Spiel der Second Division mit **1:5** gegen Huddersfield zurücklag. Die Gastgeber waren in der Vorsaison abgestiegen, weil ihre Abwehr 120 Gegentore zugelassen hatte, und in dieser Partie spielten sie seit der 15. Minute in Unterzahl. Ihr Kapitän Derek Ufton war wegen einer ausgekugelten Schulter vom Platz getragen worden, und damals waren Ersatzspieler noch nicht erlaubt. Das bis eine halbe Stunde vor Abpfiff einzige Tor für Charlton hatte Johnny Summers erzielt, und dem Flügelstürmer gelang in der 60. Minute das **2:5**. Eine Minute später bereitete er das **3:5** von John Ryan vor. Zehn Minute später hatte Summers weitere drei Tore erzielt, und Charlton führte plötzlich mit **6:5**. Den konsternierten Gästen aus Huddersfield gelang zwar der **6:6**-Ausgleich, aber mit dem letzten Schuss des Spiels traf John Ryan zum **7:6**. Die Vorarbeit dazu hatte wieder Summers gegeben. Zum einzigen Mal in der Geschichte des englischen Ligafußballs schoss eine Mannschaft sechs Tore und verlor trotzdem, während Charlton die wohl größte Wiederauferstehung in der Geschichte des Weltfußballs feiern konnte.

## DIE ERFOLGREICHSTEN ERSTLIGA-TORSCHÜTZEN ALLER ZEITEN

| Name | Heimatland | Zeitraum | Spiele | Tore |
|---|---|---|---|---|
| 1. Pelé | *Brasilien* | 1957 - 1977 | 560 | 541 |
| 2. Josef Bican | *Österreich* | 1931 - 1955 | 341 | 518 |
| 3. Ferenc Puskás | *Ungarn* | 1943 - 1966 | 533 | 511 |
| 4. Roberto Dinamite | *Brasilien* | 1971 - 1992 | 758 | 470 |
| 5. Romário | *Brasilien* | 1985 - 2004 | 569 | 464 |
| 6. Imre Schlosser | *Ungarn* | 1905 - 1928 | 318 | 417 |
| 7. Gyula Zsengéller | *Ungarn* | 1935 - 1952 | 394 | 416 |
| 8. James McGrory | *Schottland* | 1922 - 1938 | 408 | 410 |
| 9. Zico | *Brasilien* | 1971 - 1994 | 596 | 406 |
| 10. Gerd Müller | *Deutschland* | 1965 - 1981 | 507 | 405 |
| 11. Hugo Sánchez | *Mexiko* | 1976 - 1997 | 662 | 394 |
| 12. Ferenc Szusza | *Ungarn* | 1940 - 1961 | 462 | 393 |
| 13. Carlos Bianchi | *Argentinien* | 1967 - 1984 | 546 | 385 |
| 14. Alfredo Di Stéfano | *Argentinien* | 1945 - 1966 | 521 | 377 |
| 15. Gunnar Nordahl | *Schweden* | 1940 - 1958 | 463 | 376 |
| 16. Jimmy Greaves | *England* | 1957 - 1971 | 527 | 366 |
| 17. Delio Onnis | *Argentinien* | 1968 - 1986 | 560 | 363 |
| 18. Hugh Ferguson | *Schottland* | 1916 - 1930 | 422 | 361 |
| 19. József Takács | *Ungarn* | 1920 - 1940 | 360 | 355 |
| 20. Arthur Friedenreich | *Brasilien* | 1910 - 1934 | 354 | 323 |

## DIE HÖCHSTEN SPIELKLASSEN IN EUROPA

1 Deild - *Faröer*
1. NHL Ozujsko - *Kroatien*
Allsvenskan - *Schweden*
Arany Aszok Liga - *Ungarn*
Axpo Super League - *Schweiz*
Bundesliga - *Deutschland*
Bundesliga - *Österreich*
Campeonato Nacional - *Portugal*
Campionato Dilettanti - *San Marino*
Cempionat - *Weißrussland*
Corgon Liga - *Slowakei*
Division Nationale - *Luxemburg*
Divizia A - *Rumänien*
Divizia Nationala - *Moldawien*
Eircom League Premier Division - *Irland*
Ekstraklasa - *Polen*
Eliteserien/Tippeliga - *Norwegen*
Eredivisie - *Niederlande*
Ethiniki A - *Griechenland*
Federacijos Lyga - *Litauen*
First Division - *Zypern*
Gambrinus Liga - *Tschechien*
Jupiler League - *Belgien*
Landsbankadeildin - *Island*
Liga e Pare - *Albanien*
Ligat Al - *Israel*
Ligue 1 - *Frankreich*
Meistriliiga - *Estland*
MIA Premier League - *Malta*
Daily Mirror Premier Division - *Nordirland*
Primera Divisió - *Andorra*
Primera Division - *Spanien*
Premier League - *Armenien*
Premier League - *Aserbaidschan*
Premier League - *England*
Premier League - *Schottland*
Premier Liga - *Russland*
Premijer Lige - *Bosnien-Herzegowina*
Prva Liga - *Mazedonien*
Prva Savezna Liga - *Serbien & Montenegro*
SAS Ligaen - *Dänemark*
Serie A - *Italien*
SI-Mobil League - *Slowenien*
Süper Lig - *Türkei*
Superliga - *Kasachstan*
Umaglesi Liga - *Georgien*
Vauxhall Masterfit Retailers Premier League - *Wales*
Veikkausliiga - *Finnland*
Virsliga - *Lettland*
Vissa Liga - *Bulgarien*
Wischa Liga - *Ukraine*

## ZUSCHAUERMINUSREKORD BEI DER WM

Offiziell ist die Zuschauerzahl der Vorrundenpartie zwischen Peru und Rumänien mit 2.549 angegeben, zeitgenössischen Berichten zufolge sollen am 14. Juli 1930 aber nur gut 300 Zuschauer im Estadio Pacitos, dem kleineren Stadion in Montevideo, gewesen sein. Das in jedem Fall am schlechtesten besuchte WM-Spiel aller Zeiten endete mit einem 3:1-Sieg für die Europäer.

## KATEGORIEN DER KICKER-RANGLISTE

Zweimal in der Saison, vor der Sommer- und vor der Winterpause, treffen sich die Redakteure der Fachzeitschrift *Kicker*, um für die Spieler der ersten und zweiten Bundesliga sowie die deutschen Profis im Ausland ihre »Rangliste des deutschen Fußballs« nach folgenden Kategorien festzulegen:

WELTKLASSE

INTERNATIONALE KLASSE

IM WEITEREN KREIS

BLICKFELD

## AMERIKANISCHE REGELWELTEN

In den siebziger Jahren wurde die North American Soccer League zu einer der spektakulärsten Ligen der Welt, als in der Folge von Pelé weitere Spitzenspieler aus aller Welt in die USA kamen, darunter auch Franz Beckenbauer und Gerd Müller. Aufsehen erregend waren die Regeländerungen, mit denen dem amerikanischen Publikum das Spiel nahe gebracht werden sollte. So wurde im Juni 1973 die Abseitsregel insofern modifiziert, als von den Toren entfernt je eine zusätzliche Linie, 35 Yards (31 Meter), gezogen wurde. Nur in dieser Zone galt die Abseitsregel. Im Jahr danach wurde das Unentschieden abgeschafft. Bei einem Remis nach 90 Minuten gab es anschließend direkt ein Elfmeterschießen. Außerdem wurde die Punktewertung geändert. Es gab sechs Punkte für den Sieger nach 90 Minuten und drei für den Gewinner des Elfmeterschießens. Für Tore gab es Punkte, wenn man verloren hatte, aber nicht mehr als drei. 1977 führte die NASL das »Shootout« bei Unentschieden nach 90 Minuten ein. Die Schützen liefen von der 35-Yard-Linie auf den Torhüter zu und mussten spätestens nach fünf Sekunden aufs Tor geschossen haben. 1981 drohte der Weltfußballverband der NASL mit dem Ausschluss, wenn weiter an der veränderten Abseitsregel festgehalten würde, die nur für zwei Jahre erlaubt gewesen war. 1982 kehrte die NASL zu den bekannten Regeln zurück. 1984 spielte sie aus wirtschaftlichen Gründen ihre letzte Saison.

## NEGATIVBILANZEN DES DEUTSCHEN TEAMS

| | Spiele | Siege | Remis | Niederlagen | Tore | Erstes Spiel | Letztes Spiel |
|---|---|---|---|---|---|---|---|
| Brasilien | 20 | 3 | 5 | 12 | 21:36 | 5.5.1963 | 25.5.2005 |
| DDR | 1 | 0 | 0 | 1 | 0:1 | | 22.6.1974 |
| England | 29 | 11 | 4 | 14 | 34:63 | 20.4.1908 | 1.9.2001 |
| Frankreich | 22 | 8 | 4 | 10 | 39:38 | 15.3.1931 | 15.11.2003 |
| Italien | 27 | 7 | 8 | 12 | 32:38 | 1.1.1923 | 20.8.2003 |
| Schweden | 31 | 12 | 6 | 13 | 56:53 | 18.6.1911 | 21.6.1992 |

## BASKEN IN MEXIKO

Während des spanischen Bürgerkriegs (1936–39) gründete José Antonio de Aguirre (oder baskisch: Agirre), ein früherer Spieler von Athletic Bilbao, eine baskische Fußballmannschaft. Sie sollte mit den Honoraren aus internationalen Freundschaftsspielen baskische Flüchtlingskinder unterstützen. Ihr Debüt feierte die Auswahl 1937 im Pariser Prinzenpark gegen Racing Paris, danach spielte die baskische Mannschaft in Russland, Dänemark, Norwegen und noch einmal in Frankreich. 1938 reiste das Team nach Mexiko, wo es zunächst zehn Spiele austrug und dabei die kubanische Nationalelf schlug. In der Saison 1938/39 spielte es in der mexikanischen Liga mit und wurde mit 13 Siegen, einem Unentschieden und nur drei Niederlagen bei einem Torverhältnis von 65:37 sogar Zweiter der Meisterschaft. Danach löste sich die Mannschaft auf, einige Spieler kehrten heim, andere blieben im Exil.

## ZU RECHT VERGESSENE SPIELER DES 1. FC KÖLN

Alfons Higl • Rico Steinmann • André Trulsen • Carsten Keuler
Reinhard Stumpf • Ralf Hauptmann • Michael Kraft • Christian Dollberg
Michael Rösele • Michael »Balou« Kostner • Khodadad Azizi
Goran Vucevic • Dirk Schuster • Dennis Grassow • Andreas Menger

*Die Auswahl wurde von Manuel Andrack 2005 getroffen und in seinem Buch »Meine Saison mit dem FC« aufgelistet.*

## DEUTSCHE AMATEURMEISTER

1998 Tennis Borussia Berlin • 1997 SSV Reutlingen
1996 SSV Ulm 1846 • 1995 VfL Osnabrück • 1994 Preußen Münster
1993 SV Sandhausen • 1992 Rot-Weiß Essen • 1991 Werder Bremen
Amateure • 1990 FSV Salmrohr • 1989 Eintracht Trier • 1988 Eintracht
Trier • 1987 MSV Duisburg • 1986 BVL 08 Remscheid • 1985 Werder
Bremen Amateure • 1984 Offenburger FV • 1983 FC 08 Homburg
1982 Mainz 05 • 1981 1. FC Köln Amateure • 1980 VfB Stuttgart Amateure
1979 ESV Ingolstadt • 1978 SV Sandhausen • 1977 Fortuna Düsseldorf
Amateure • 1976 SV Holzwickede • 1975 VfR Oli Bürstadt
1974 SSV Reutlingen • 1973 SpVgg Bad Homburg 05
1972 FSV Frankfurt • 1971 SC Jülich 1910 • 1970 SC Jülich 1910
1969 SC Jülich 1910 • 1968 VfB Marathon Remscheid
1967 STV Horst-Emscher 1966 SV Werder Bremen • 1965 Hannover 96
1964 Hannover 96 • 1963 VfB Stuttgart • 1962 SC Tegel Berlin
1961 Holstein Kiel Amateure • 1960 Hannover 96 • 1959 FC Singen 04
1958 FV Hombruch 09 • 1957 VfL Benrath • 1956 SpVgg Neu-Isenburg
1955 Spfr. Siegen •1954 TSV Marl-Hüls • 1953 SV Bergisch Gladbach 09
1952 VfR Schwenningen • 1951 Bremen 1860

## SPIELERTRAINER IM NATIONALTEAM

Im Laufe der Spezialisierung des Fußballs gibt es kaum noch Trainer, die zugleich spielen. Auf dem Niveau von Nationalmannschaften hat es dennoch in Afrika zwei Fälle gegeben. Einer davon ist auch noch als Ausnahme anzusehen, denn eigentlich hatte sich der sambische Nationaltrainer Kalusha Bwalya, die Fußballlegende seines Landes, selbst nicht mehr als Spieler eingeplant. Dann jedoch fand er, dass es voreilig wäre, mit 49 Toren und 99 Länderspielen abzutreten. Als es am 4. September 2004 im WM-Qualifikationsspiel gegen Liberia auch noch schlecht lief, machte der damals 41-jährige Bwalya sich warm und wechselte sich 20 Minuten vor Schluss ein. Damit absolvierte er sein 100. Länderspiel, sein 50. Tor erzielte er zwei Minuten vor Abpfiff – ein Freistoß zum 1:0-Siegtreffer.
Bewusst als Spielertrainer fungierte hingegen der Liberianer George Weah. Der Weltfußballer 1995 war zudem zwischenzeitlich Präsident des liberianischen Fußballverbandes und Sponsor der Nationalmannschaft, für die er Reisen und Unterkünfte organisierte und bezahlte.

## DIE WINDROSE DES EUROPAPOKALS

Die nördlichsten und südlichsten, östlichsten und westlichsten Teilnehmer an Pokalwettbewerben der Uefa.

Tromsø IL, Norwegen
Breitengrad 69°66'N Längengrad 18°96'O

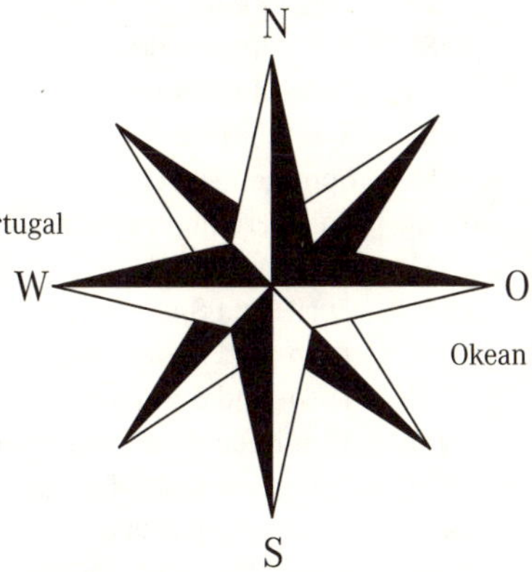


CD Santa Clara, Portugal
Breitengrad 37°44'N
Längengrad 25°40'W

Okean Nachodka, Russland
Breitengrad 42°81'N
Längengrad 132°88'O

UD Las Palmas, Spanien
Breitengrad 28°10'N Längengrad 15°41'W

## DIE BESTEN TORJÄGER DER TORHÜTER

| | | | | |
|---|---|---|---|---|
| 1. José Luis Félix Chilavert* | *Vélez Sarsfield* | Paraguay | 62 | (17/45) |
| 2. René Higuita | *Aucas Quito* | Kolumbien | 41 | (4/37) |
| 3. Jorge Campos | *Puebla FC* | Mexiko | 40 | (9/31) |
| 4. Rogério Ceni** | *FC São Paulo* | Brasilien | 31 | (4/27) |
| 5. Dimitar Ivankov** | *Levski Sofia* | Bulgarien | 25 | (0/25) |
| Jörg Butt** | *Bayer Leverkusen* | Deutschland | 25 | (0/25) |
| 6. Marco Antonio Cornez | *Deportes Iquique* | Chile | 24 | (0/24) |

(Erste Zahl in Klammern Feldtore, zweite Zahl Elfmetertore)
*Chilavert hält auch den Rekord für drei Tore in einem Spiel, 1999 verwandelte er drei Elfmeter in einer Partie ** noch aktiv

## AKRONYME

| | |
|---|---|
| ASK | Armee-Sport-Klub |
| BC | Ballspiel-Club |
| BSG | Betriebssportgemeinschaft |
| BV | Ballspielverein |
| CfR | Club für Rasenspiele |
| FC | Fußballclub |
| FK | Fußballklub |
| FSV | Fußballsportverein |
| FV | Fußball-Verein |
| SC | Sportclub |
| SG | Sportgemeinschaft |
| SpVgg | Spielvereinigung bzw. Sportvereinigung |
| SV | Sportverein |
| TSG | Turn- und Sportgemeinschaft |
| TSV | Turn- und Sportverein |
| TuS | Turn- und Sportverein |
| VfB | Verein für Bewegungsspiele |
| VfL | Verein für Leibesübungen |
| VfR | Verein für Rasenspiele |
| VfvB | Verein für volkstümliche Bewegungsspiele |

## NATIONALTRAINER DER DDR

| Name | Amtszeit | Spiele | Siege | Remis | Niederl. |
|---|---|---|---|---|---|
| Willy Oelgardt | 21.9.52–14.6.53 | 3 | 0 | 1 | 2 |
| Hans Siegert | 8.5.54–24.10.54 | 3 | 0 | 0 | 3 |
| Janos Gyarmati | 18.9.55–27.10.57 | 10 | 6 | 0 | 4 |
| Fritz Gödicke | 4.5.58–28.6.59 | 10 | 2 | 4 | 4 |
| Heinz Krügel | 12.8.59–21.6.61 | 11 | 4 | 2 | 5 |
| Karoly Soos | 10.9.61–14.06.67 | 32 | 16 | 6 | 10 |
| Harald Seeger | 13.9.67–1969 | 11 | 4 | 4 | 3 |
| Georg Buschner | 16.5.70–11.11.81 | 106 | 60 | 23 | 23 |
| Dr. Rudolf Krause | 26.1.82–18.5.83 | 17 | 9 | 3 | 5 |
| Bernd Stange | 26.7.83–13.4.88 | 54 | 25 | 9 | 20 |
| Manfred Zapf | 31.8.88–20.5.89 | 10 | 3 | 2 | 5 |
| Eduard Geyer | 6.9.89–12.9.90 | 13 | 9 | 2 | 2 |

## RÜCKENNUMMEROLOGIE

**1** Der Grieche Pantelis Kafes trägt die Rückennummer, die eigentlich Torhütern vorbehalten ist, im Mittelfeld bei Olympiakos Piräus, wie er es auch schon bei Paok Saloniki tat.

**1+8** Es war kränkend für den Chilenen Ivan Zamorano, dass er 1997 die Rückennummer 9 abgeben musste, als Ronaldo zu Inter Mailand kam. Offiziell trug er fortan die 18, doch zwischen beide Ziffern wurde ein Pluszeichen geschummelt.

**23** Als David Beckham zu Real Madrid wechselte, war die Rückennummer 7, die bei Manchester United sein Markenzeichen gewesen war, bereits unverrückbar an Raúl vergeben. Also wählte Beckham die 23, die sein Sportheld trug, der Basketballspieler Michael Jordan. Der wiederum trug zunächst die 45, halbierte sie aber (22,5) nach dem Wechsel in ein Team, wo die 45 schon vergeben war.

**69** Die höchste Rückennummer in der bisherigen Geschichte der Bundesliga wählte Bixente Lizarazu, als er in der Saison 2004/05 zum FC Bayern zurückkehrte, weil er 1969 geboren wurde, 1,69 Meter groß ist und 69 Kilo wiegt.

**77** Als der Südafrikaner Benni McCarthy von Celta Vigo zum FC Porto wechselte, trug Secretario dort noch die 7, also »verdoppelte« McCarthy seine Lieblingsnummer.

**88** Weil die 88 als geheimes Erkennungszeichen von Neonazis gilt (die 8 steht demnach für H, den achten Buchstaben im Alphabet, und die 88 als Abkürzung für »Heil Hitler«), wurde Gianluigi Buffon stark kritisiert, als er in Parma just diese Nummer wählte. Der Torhüter selbst verwies auf die vier Kreise der 88 und das italienische Sprichwort: »Ein starker Mann hat vier Eier.« Später stieg Buffon auf die 77 und inzwischen nüchtern und gereift auf die 1 um.

**99** Als der Ägypter Mido im Sommer 2004 von Marseille zwischenzeitlich zum AS Rom wechselte, war die 9 schon vergeben, also entschied sich der Stürmer für die 99. Nach seinem Transfer zu Tottenham Hotspur bekam er die 15.

## DAS DERBY

Ursprünglich bezeichnete man mit Derby ausschließlich die Begegnung von zwei Mannschaften aus einer Stadt. Allerdings ist der Begriff inzwischen weitgehend aufgeweicht, so gibt es das Ruhrgebietsderby zwischen Dortmund und Schalke. Auch die Begegnung zwischen Werder Bremen und Bayern München wurde bereits als Nord-Süd-Derby bezeichnet. Derby steht inzwischen also für eine besondere Rivalität.
Angeblich geht der Begriff auf eine Vorform des heutigen Fußballspiels zurück, das bis 1846 im englischen Derby stets am Fassnachtsdienstag zwischen den beiden Gemeinden St. Peter's und All Saints ausgetragen wurde. Wie es dort zuging, kann man noch heute ebenfalls an jedem Fassnachtsdienstag in der Kleinstadt Ashbourne in der Grafschaft Derbyshire sehen. Dort spielt die eine Hälfte des Dorfes gegen die andere auf zwei gut drei Kilometer auseinander liegende Tore. Wie viele dieser weitgehend regellosen Volksfußballspiele ist auch dieses eher eine Massenrauferei. Tore fallen dabei selten.

## MANN DES JAHRES

Seit 1990 vergibt die Redaktion der Fachzeitschrift *Kicker* diese Auszeichnung.

| | |
|---|---|
| 1990 | Franz Beckenbauer - *Teamchef Nationalelf* |
| 1991 | Karlheinz Feldkamp - *1. FC Kaiserslautern* |
| 1992 | Erich Ribbeck - *Bayern München* |
| 1993 | Winfried Schäfer - *Karlsruher SC* |
| 1994 | Volker Finke - *SC Freiburg* |
| 1995 | Berti Vogts - *Bundestrainer* |
| 1996 | Thomas Helmer - *Bayern München* |
| 1997 | Otto Rehhagel - *1. FC Kaiserslautern* |
| 1998 | Otto Rehhagel - *1. FC Kaiserslautern* |
| 1999 | Lothar Matthäus - *Bayern München* |
| 2000 | Rudi Völler - *Teamchef Nationalelf* |
| 2001 | Oliver Kahn - *Bayern München* |
| 2002 | Michael Ballack - *Bayern München* |
| 2003 | Felix Magath - *VfB Stuttgart* |
| 2004 | Thomas Schaaf - *Werder Bremen* |

## EINIGE NATIONALSTADIEN

Anders als in Deutschland, gibt es in anderen Ländern so genannte Nationalstadien, in denen alle Länderspiele und zumeist auch die Pokalendspiele ausgetragen werden.

| | | | |
|---|---|---|---|
| Frankreich | Paris | *Stade de France* | 79.959 |
| Chile | Santiago de Chile | *Estadio Nacional* | 76.000 |
| Uruguay | Montevideo | *Estadio Centenario* | 75.000 |
| Wales | Cardiff | *Millenium Stadium* | 72.500 |
| Tunesien | Tunis | *7 Novembre de Rades* | 60.000 |
| Libanon | Beirut | *Camille Chamoun* | 56.000 |
| Mali | Bamako | *Stade du 26 mars* | 50.000 |
| Bolivien | La Paz | *Heranando Siles* | 45.000 |
| Guatemala | Guatemala City | *Mateo Flores* | 35.000 |
| Jamaika | Kingston | *Independence Park* | 34.000 |
| Norwegen | Oslo | *Ullevål Stadion* | 25.572 |
| Albanien | Tirana | *Qemal Stafa* | 19.500 |
| Laos | Vientiane | *Stade National* | 18.000 |
| Island | Reykjavik | *Laugardalsvöllur* | 14.176 |
| Aruba | Oranjestad | *Elias Mansur* | 12.000 |
| Cayman Islands | George Town | *Truman Boden* | 7.000 |
| Fidschi | Suava | *National Stadium* | 7.000 |
| Liechtenstein | Vaduz | *Rheinpark-Stadion* | 4.548 |
| Brit. Virgin Islands | Road Town | *Sherly Ground* | 2.000 |

## ZWEI TORE IN NEUN SEKUNDEN

Am 23. September 2000 empfingen die Wycombe Wanderers in der englischen Second Division Peterborough United und schossen einen Weltrekord heraus. Mit der letzten Aktion in der ersten Halbzeit erzielte Jamie Bates für Wycombe per Freistoß das 1:0, danach pfiff der Schiedsrichter sofort zur Halbzeitpause. Zur zweiten Hälfte hatte Wycombe Anstoß und Jermaine McSporran traf neun Sekunden später, ohne dass der Gegner aus Peterborough den Ball hatte berühren können. Es wird wohl der einzige Fall gewesen sein, in dem eine Mannschaft innerhalb von neun Sekunden zwei Mal traf, ohne dass der Gegner zwischendurch am Ball war.

## ERFOLGLOSE TEILNEHMER AN DER AUFSTIEGSRUNDE ZUR BUNDESLIGA

Zwischen 1964 und 1974 wurden die damals nur zwei Aufsteiger in die Bundesliga durch eine Aufstiegsrunde der besten Regionalligisten ermittelt. Mit Gründung der zweiten Liga fiel die Aufstiegsrunde weg, die für einige Klubs nach mehreren gescheiterten Anläufen zu einer traumatischen Veranstaltung geworden war.

| | |
|---|---|
| 6 Mal | FC St. Pauli* |
| 5 Mal | VfL Osnabrück |
| 4 Mal | FK Pirmasens, 1. FC Saarbrücken*, Tasmania Berlin**, Wacker 04 Berlin |
| 3 Mal | Bayern Hof, SV Alsenborn |
| 2 Mal | TuS Neuendorf, Arminia Hannover, 1. FC Nürnberg*, Göttingen 05, Hertha Zehlendorf, Röchling Völklingen |
| 1 Mal | Hessen Kassel, SSV Reutlingen, Holstein Kiel, Wormatia Worms, Schweinfurt 05, Schwarz-Weiß Essen, Freiburger FC, Bayer Leverkusen*, VfB Lübeck, VfL Wolfsburg*, Mainz 05*, Darmstadt 98*, Wattenscheid 09*, FC Augsburg |

* stieg später aus der zweiten Liga in die Bundesliga auf

** wurde 1965 aus politischen Gründen in die Bundesliga aufgenommen. Hertha BSC war die Lizenz entzogen worden, der DFB aber hielt es für opportun, weiterhin eine Berliner Mannschaft in der Bundesliga zu haben. So wurde Tasmania berufen, ohne sich sportlich qualifiziert zu haben.

## BUNDESLIGASPIELER MIT SCHNAUZBART

| | | |
|---|---|---|
| 1977.......93 | 1987.....110 | 1997 .......8 |
| 1978.......98 | 1988....125 | 1998 .......4 |
| 1979.....124 | 1989.....117 | 1999 .......2 |
| 1980....139 | 1990....106 | 2000.......1* |
| 1981.....123 | 1991.......91 | 2001 .......0 |
| 1982....120 | 1992......72 | 2002.......0 |
| 1983.....117 | 1993......56 | 2003.......0 |
| 1984.....148 | 1994......32 | 2004.......0 |
| 1985.....162 | 1995......20 | 2005.......0 |
| 1986....123 | 1996.......14 | *Ali Daei, Hertha BSC |

## DIE EVOLUTION DER FUSSBALLREGELN

1848 Mit den »Cambridge Rules« werden erstmals Fußballregeln erstellt, die vor allem für das Spiel an den eingesessenen Privatschulen und Universitäten im Südwesten Englands gelten.

1862 Der fünf Jahre zuvor gegründete Sheffield Football Club lässt seine Regeln drucken. Danach ist das Tragen des Balls verboten, wodurch sich Fußball von Rugby unterscheidet. Die Mannschaften sollen unterschiedlich farbige Hüte tragen, damit man sie auseinander halten kann.

1863 26. Oktober: Gründung des englischen Fußballverbandes, der Football Association (FA), in der Londoner Freemason's Tavern durch die Vertreter von zwölf Klubs und Schulen aus London. Dabei geht es vor allem darum, die Vielzahl von unterschiedlichen Regeln zu vereinheitlichen. Besonders wichtig in den ersten 14 Fußballregeln ist das Verbot des Tragens des Balles und des Beinstellens, das Fußball und Rugby endgültig voneinander trennt.

1864 Die Spieler sollen Hosen tragen, die ihre Knie bedecken, und auf dem Kopf Mützen mit Quasten.

1865 Begrenzung der Torhöhe auf acht Fuß (2,44 Meter).

1866 Erste Modifikation der Abseitsregel. Nachdem zuvor jeder angreifende Spieler im Abseits stand, der sich vor dem Ball befand (wie heute noch im Rugby), ist ein Angreifer nur noch dann im Abseits, wenn er sich näher zur Torlinie befindet als der Ball und der drittletzte Gegner.

1870 Die Anzahl der Spieler wird auf elf begrenzt, nachdem sie vorher zwischen 15 und 20 lag.

1871 Das Handspiel wird den Feldspielern ganz verboten. Nur noch der Torhüter darf den Ball mit der Hand spielen, allerdings nur in der eigenen Hälfte. Außerdem muss er ihn nach zwei Schritten fallen lassen.

1872 Festlegung einer einheitlichen Größe für Fußbälle.

1873 Ein Schiedsrichter als Berufungsinstanz am Spielfeldrand wird eingeführt. Auf dem Platz agieren zwei (zumeist von den beiden gegnerischen Mannschaften gestellte) Umpires, die bei Regelverstößen von den Mannschaftsführern zunächst angesprochen werden.

1874 Der Lehrer Dr. phil. Konrad Koch vom Gymnasium in Braunschweig veröffentlicht die ersten deutschsprachigen Fußball-Regeln.

1875 Das Fußballtor erhält eine feste Querlatte, nachdem zuvor eine zwischen den Pfosten gespannte Leine gereicht hatte. Halbzeitpause und Seitenwechsel werden eingeführt.

1877 Der Schiedsrichter erhält das Recht, Platzverweise auszusprechen.

1878 Beim Spiel zwischen Nottingham Forest und Sheffield Norfolk setzt der Schiedsrichter zum ersten Mal eine Trillerpfeife ein, um auf sich aufmerksam zu machen.

1882 Einwürfe müssen mit beiden Händen ausgeführt werden. Englische Spieler hatten zuvor eine so effektive Schleudertechnik entwickelt, dass der Ball bis zur anderen Seite des Spielfelds flog. In einem Länderspiel gegen England hatten sich die Schotten heftig darüber beschwert.

1886 Am 2. Juni findet das erste offizielle Treffen des International Football Association Board (IFAB) statt, an dem je zwei Vertreter der vier britischen Fußballverbände teilnehmen, um ein umfangreicheres und präziseres Regelwerk zu verfassen. Erst durch den International Board, der bis heute das entscheidende Gremium für Regeländerungen ist, wird Fußball zunehmend einheitlich gespielt.

1889 Kontroverse um die Frage, wann ein Ball aus dem Spiel ist: Entscheidet die Position des Balls oder die der Füße des Spielers? Es wird die heute noch gültige Regelung beschlossen, dass der Ball mit ganzem Umfang eine der Linien überschritten haben muss.

1891 Einführung des Schiedsrichters als alleiniger Leiter des Spiels. Die bisherigen Umpires werden zu Linienrichtern am Seitenrand. Die Markierung des Spielfelds wird vorgeschrieben. Gab es zuvor nur Auslinien, wird nun auch eine Mittellinie, Anstoßkreis, Strafstoßlinie und Abstandslinie gezogen sowie der Torraum markiert (siehe Abbildung). Den neuen Markierungen folgen auch Regeländerungen. So wird auf Initiative des irischen Fußballverbandes der Elfmeter eingeführt, er muss von einem beliebigen Punkt einer zwölf Yards vom Tor entfernten Linie ausgeführt werden. Der Keeper darf sich dem Schützen dabei bis auf sechs Yards (5,5 Meter) nähern, alle übrigen Spieler müssen mindestens sechs Yards hinter dem Ball sein. Das Tor erhält seine heutige Form, indem Tornetze zwingend vorgeschrieben werden.

1902 Der Strafraum wird als Rechteck festgelegt und seine Größe auf 44 x 18 Yards (40 x 16,50 Meter) und gleichzeitig der Torraum als

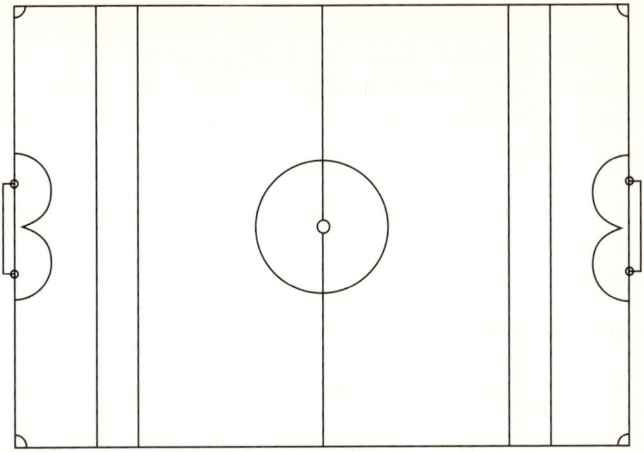

**Die ersten Spielfeldmarkierungen:** 1891 wurde erstmals die Markierung des Spielfelds festgelegt mit Mittellinie und Anstoßkreis, einer Strafstoßlinie und einer Abstandslinie, hinter die sich beim Strafstoß alle Spieler abgesehen vom gegnerischen Torwart begeben mussten. Die seltsam erscheinenden Halbkreise um die Torpfosten legten den Torraum fest.

geschützter Bereich für den Torhüter auf eine Größe von 20 x 6 Yards (18,30 x 5,5 Meter) definiert.

1903 Der Torhüter darf den Ball nur noch im eigenen Strafraum mit der Hand spielen.

1904 Der neu gegründete Weltfußballverband Fifa erkennt die Regeln des IFAB an und ebnet damit den Weg für ihre globale Durchsetzung.

Es wird zwischen einem direkten und indirekten Freistoß unterschieden.

Die Hosen der Spieler müssen die Knie nicht mehr bedecken.

1906 Auf Beschluss der Exekutive des englischen Fußballverbandes wird beim Seitenwechsel eine Pause von fünf Minuten eingeführt.

Der Torhüter darf beim Strafstoß die Torlinie nicht mehr verlassen.

Metalleinlagen in Schuhen werden untersagt. Der Ball muss aus Leder sein.

1907 Das Abseits in der eigenen Spielhälfte wird aufgehoben.

1913 Der vorher vage formulierte »gebührende Abstand« bei Freistößen wird auf zehn Yards (9,15 Meter) festgelegt.

1920 Das Abseits beim Einwurf wird aufgehoben.

1924 Der Eckball darf direkt in ein Tor verwandelt werden.

1925 Die Abseitsregel wird aufgrund dramatisch sinkender Trefferzahlen erneut geändert. Ein Spieler ist nur noch dann abseits, wenn er sich näher zur Torlinie befindet als der Ball und zwei gegnerische Spieler (statt zuvor drei). Anschließend fallen wieder mehr Tore.

1929 Der Torhüter darf sich beim Elfmeter bis zum Schuss nicht bewegen.

1937 Die Regeln werden vom späteren Fifa-Präsidenten Sir Stanley Rous sprachlich überarbeitet. Der Halbkreis vor dem Strafraum, der auch hier den Abstand von zehn Yards markiert und dem Elfmeterschützen einen ungestörten Anlauf ermöglichen soll, wird festgeschrieben.

1939 In England werden Rückennummern eingeführt, um dem Publikum die Wiedererkennung der Spieler zu erleichtern.

1951 Der Ball muss weiß oder schwarz-weiß sein, damit er im Fernsehen besser zu erkennen ist.

1966 Die Auswechslung wird weltweit eingeführt. Nachdem im Jahr zuvor in England bereits ein Spieler nach Verletzungen ersetzt werden durfte, dürfen nun überall zwei Spieler eingewechselt werden, unabhängig davon, ob sie verletzt sind oder nicht.

1967 Einführung der Vier-Schritte-Regel für Torhüter beim Abstoß.

1969 Bei Punktgleichheit entscheidet die Tordifferenz zwischen erzielten Toren und Gegentoren, zuvor war der Quotient aus beidem, also das Torverhältnis maßgebend gewesen. Im Europacup zählen Auswärtstore bei Punkt- und Torgleichstand doppelt.

1970 Einführung der gelben und der roten Karte, nachdem zuvor Verwarnungen und Hinausstellungen vom Schiedsrichter mündlich ausgesprochen worden waren. Bei Gleichstand nach Verlängerung entscheidet ein Elfmeterschießen, der Münzwurf wird abgeschafft.

1979 Der Schiedsrichter muss durch hoch gehaltenen Arm anzeigen, dass ein Freistoß indirekt ausgeführt wird.

1982 Modifizierung der Vier-Schritte-Regel: Wenn der Torwart den Ball mit seinen Händen kontrolliert, darf er nicht mehr als vier Schritte machen, ohne den Ball freizugeben.

1987 Der Einwurf, der weiter als einen Meter von der Stelle entfernt ausgeführt wird, wo er ins Seitenaus ging, gilt als falscher Einwurf.

1989 Erneute Modifizierung der Abseitsregel: Ein Spieler befindet sich nicht mehr im Abseits, wenn er auf gleicher Höhe mit den beiden letzten Abwehrspielern ist.

1990 Wenn ein Spieler einem auf sein Tor zulaufenden Gegenspieler vorsätzlich eine offensichtliche Torchance nimmt (»Notbremse«), muss er wegen groben Foulspiels des Feldes verwiesen werden.

1991 Die Gelb-Rote Karte wird als abgestufter Platzverweis eingeführt.

1992 Der Rückpass auf den Torhüter wird verboten.

1993 Die Grätsche von hinten wird generell verboten.

1995 Drei statt bis dahin zwei Spieler dürfen ausgewechselt werden. Mit Beginn der Saison 1995/96 wird weltweit einheitlich ein Sieg mit drei Punkten bewertet.

1996 Zur Europameisterschaft in England wird das »Golden Goal« eingeführt, nach dem ein Spiel durch den ersten Treffer in der Verlängerung entschieden und beendet ist.

1997 Die Vier-Schritte-Regel für Torhüter wird abgeschafft. Ein Keeper muss den Ball nun nach fünf bis sechs Sekunden wieder freigeben. Der Torwart darf sich beim Elfmeter auf der Torlinie bewegen.

1998 Ein Tackling von hinten, das die Gesundheit eines Gegenspielers gefährdet, muss als grobes Foul mit einer Roten Karte bestraft werden.

2002 Das Golden Goal wird wieder abgeschafft. Der europäische Fußballverband Uefa führt das »Silver Goal« ein.

2004 Das »Silver Goal« wird abgeschafft.

## BUNDESLIGAWEITSCHUSSTORE

Seit gut zehn Jahren wird ermittelt, aus welcher Distanz die Tore in der Bundesliga erzielt wurden, daher sind diese Treffer nur die weitesten in diesem Zeitraum.

1. Alex Alves, Hertha BSC/30.9.2000 gegen Köln ............... 1:2 beim 4:2 ...... 52,10 m
2. Mike Hanke, Schalke/17.4.2004 gegen Leverkusen ......... 2:3 beim 2:3 ........... 50 m
   Bernd Schneider, Leverkusen/17.3.2001 in Dortmund .... 1:0 beim 3:1 ........... 50 m
4. Marcelinho, Hertha BSC/9.4.2005 gegen Freiburg ........ 1:0 beim 2:1 ..... 48,30 m
5. Fabian Ernst, Bremen/5.4.2003 in Dortmund ................ 2:1 beim 2:1 ...... 46,10 m
6. Dariusz Wosz, Bochum/18.3.1995 in Freiburg ................ 2:0 beim 2:1 ...... 41,80 m

## FUSSBALLSTADIEN IN LONDON

Brisbane Road
Craven Cottage
Griffin Park, Highbury, Loftus Road
The New Den, Selhurst Park, Stamford Bridge
Upton Park, The Valley
White Hart Lane

## MAN TRIFFT SICH MANCHMAL ZWEI MAL

| | | |
|---|---|---|
| **Weltmeisterschaft 1954** | | |
| *Vorrunde* | Ungarn - Deutschland | 8:3 |
| *Finale* | Ungarn - Deutschland | 2:3 |
| **Europameisterschaft 1988** | | |
| *Vorrunde* | Holland - UdSSR | 0:1 |
| *Finale* | Holland - UdSSR | 2:0 |
| **Champions League 1994/95** | | |
| *Gruppenspiele* | Ajax Amsterdam - AC Mailand | 2:0 |
| | AC Mailand - Ajax Amsterdam | 0:2 |
| *Finale* | Ajax Amsterdam - AC Mailand | 1:0 |
| **Champions League 1998/99** | | |
| *Gruppenspiele* | Bayern München - Manchester United | 2:2 |
| | Manchester United - Bayern München | 1:1 |
| *Finale* | Bayern München - Manchester United | 1:2 |
| **Champions League 1999/2000** | | |
| *Zwischenrunde* | Bayern München - Real Madrid | 4:1 |
| | Real Madrid - Bayern München | 2:4 |
| *Halbfinale* | Real Madrid - Bayern München | 2:0 |
| | Bayern München - Real Madrid | 1:2 |
| **Europameisterschaft 2004** | | |
| *Vorrunde* | Portugal - Griechenland | 1:2 |
| *Finale* | Portugal - Griechenland | 0:1 |

## EWIGE TABELLE DER OBERLIGEN ZWISCHEN 1945 UND 1963

Dies ist eine umstrittene Auflistung, denn das sportliche Ungleichgewicht zwischen den Oberligen war groß, wie die Titelvergabe zeigt. In die Oberligen Süd und West gingen je sechs Deutsche Meisterschaften, in den Norden und Südwesten hingegen nur zwei Titel, Berlin ging leer aus.

| | Spielz. | Spiele | S | U | N | Tore | Punkte |
|---|---|---|---|---|---|---|---|
| 1. 1. FC Kaiserslautern | 18 | 498 | 361 | 62 | 75 | 1880:580 | 784 |
| 2. 1. FC Nürnberg | 18 | 560 | 321 | 97 | 142 | 1348:754 | 739 |
| 3. Hamburger SV | 16 | 466 | 317 | 69 | 80 | 1448:619 | 703 |
| 4. Kickers Offenbach | 18 | 560 | 279 | 126 | 155 | 1236:848 | 684 |
| 5. Eintracht Frankfurt | 18 | 560 | 265 | 131 | 164 | 1117:811 | 661 |
| 6. VfB Stuttgart | 18 | 560 | 272 | 117 | 171 | 1165:924 | 661 |
| 7. FK Pirmasens | 17 | 484 | 283 | 75 | 126 | 1208:707 | 641 |
| 8. Borussia Dortmund | 16 | 468 | 253 | 94 | 121 | 1139:686 | 600 |
| 9. Wormatia Worms | 18 | 498 | 240 | 110 | 148 | 1155:807 | 590 |
| 10. 1. FC Saarbrücken | 15 | 418 | 254 | 65 | 99 | 127:595 | 573 |
| 11. Werder Bremen | 16 | 466 | 246 | 75 | 145 | 1159:822 | 567 |
| 12. FC Bayern München | 17 | 530 | 227 | 104 | 199 | 1060:922 | 558 |
| 13. FC Schalke 04 | 16 | 468 | 224 | 107 | 13 | 986:704 | 555 |
| 14. Tennis Borussia Berlin | 17 | 418 | 238 | 78 | 102 | 1016:545 | 554 |
| 15. FC St. Pauli | 16 | 466 | 221 | 108 | 137 | 911:693 | 550 |
| 16. VfR Mannheim | 18 | 560 | 216 | 114 | 230 | 1022:1066 | 546 |
| 17. 1. FC Köln | 14 | 420 | 228 | 87 | 105 | 987:577 | 543 |
| 18. TuS Neuendorf | 16 | 450 | 227 | 78 | 145 | 1066:719 | 532 |
| 19. SpVgg Fürth | 17 | 530 | 205 | 118 | 207 | 920:899 | 528 |
| 20. VfL Osnabrück | 16 | 466 | 221 | 85 | 160 | 917:732 | 527 |
| 21. FC Schweinfurt 05 | 18 | 560 | 202 | 120 | 238 | 854:953 | 524 |
| 22. Borussia Neunkirchen | 15 | 418 | 222 | 75 | 121 | 999:633 | 519 |
| 23. TSV 1860 München | 15 | 470 | 204 | 99 | 167 | 908:817 | 507 |
| 24. FSV Frankfurt | 17 | 530 | 188 | 130 | 212 | 812:907 | 506 |
| 25. Phönix Ludwigshafen | 17 | 468 | 189 | 108 | 171 | 843:834 | 486 |
| 26. Alemannia Aachen | 16 | 469 | 189 | 106 | 174 | 847:853 | 484 |
| 27. Berliner SV 92 | 17 | 418 | 199 | 85 | 134 | 832:668 | 483 |
| 28. Eintracht Braunschweig | 15 | 436 | 186 | 98 | 152 | 855:785 | 470 |
| 29. Holstein Kiel | 15 | 444 | 185 | 99 | 160 | 840:783 | 469 |
| 30. Hannover 96 | 15 | 444 | 188 | 88 | 168 | 799:750 | 464 |

## DER KREUZBANDRISS

Das vordere und hintere Kreuzband verlaufen von der Schienbeinkopfmitte zum Oberschenkelknochen kreuzförmig zueinander.
Sie geben dem Knie die notwendige Stabilität in der Laufrichtung und verhindern, dass sich der Oberschenkel über den Unterschenkel schiebt oder umgekehrt. Dabei spannt sich das vordere Kreuzband an, wenn der Unterschenkel nach vorne ausweichen will, das hintere, wenn er sich zu weit nach hinten schiebt. Außerdem sind die Bänder mit Messfühlern ausgestattet, die wichtige Rückmeldungen über die Beinstellung liefern.
Durch eine plötzliche Drehung des Knies bei gleichzeitig fixiertem Unterschenkel kann das Kreuzband reißen, bei Fußballspielern ist es zumeist das vordere. Diese Verletzung ist auch heute noch die schwerste im Berufsfußball und wird fast immer operiert. Aufgrund ihrer Elastizität kann man Bänder nicht zusammennähen, sie werden daher bei den meisten Operationen durch eine Kreuzbandplastik ersetzt. In der Regel ist das die Kniescheiben- bzw. Patella-Sehne oder die Sehne an der Oberschenkelrückseite. Nach der Operation muss der Körper die Sehne umbauen und in ein Band verwandeln. Das neue Band und der Knochen sind nach sechs bis zwölf Wochen verwachsen. Bei optimalem Heilungsverlauf und Rehabilitationstraining kann ein Fußballprofi nach sechs Monaten Pause wieder spielen.

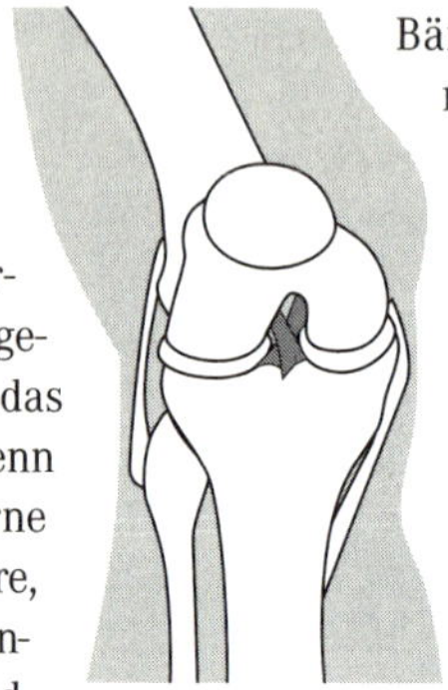

## ABGESTÜRZT

| | | |
|---|---|---|
| Gewinner der Champions League 1993 | OLYMPIQUE MARSEILLE | 1994 zweite Liga* |
| Europapokalsieger der Pokalsieger 1971 | CHELSEA LONDON | 1975 zweite Liga |
| Uefa-Cup-Sieger 1972 | TOTTENHAM HOTSPUR | 1977 zweite Liga |
| Uefa-Cup-Sieger 1981 | IPSWICH TOWN | 1986 zweite Liga |
| Europapokalsieger der Landesmeister 1968 | MANCHESTER UNITED | 1974 zweite Liga |
| Europapokalsieger der Pokalsieger 1966 | BORUSSIA DORTMUND | 1972 zweite Liga |
| Europapokalsieger der Pokalsieger 1980 | FC VALENCIA | 1986 zweite Liga |

*Zwangsabstieg

## DIE MEISTEN

### Bundesligaspieler mit den meisten Siegen

291 Siege MANFRED KALTZ, Hamburger SV
249 Siege LOTHAR MATTHÄUS, Borussia Mönchengladbach, Bayern München
249 Siege SEPP MAIER, Bayern München

### Bundesligaspieler mit den meisten Unentschieden

155 Remis KARL-HEINZ KÖRBEL, Eintracht Frankfurt
149 Remis MIRKO VOTAVA, Borussia Dortmund, Werder Bremen
148 Remis ULI STEIN, Arminia Bielefeld, Hamburger SV, Eintracht Frankfurt

### Bundesligaspieler mit den meisten Niederlagen

221 Niederlagen BERNARD DIETZ, MSV Duisburg, Schalke 04
220 Niederlagen KARL-HEINZ KÖRBEL, Eintracht Frankfurt
212 Niederlagen MICHAEL LAMECK, VfL Bochum

## DIE HÄUFIGSTEN ERGEBNISSE

Im Jahr 2004 veröffentlichte der Weltfußballverband Fifa eine Statistik der häufigsten Ergebnisse beim Fußball auf der Basis von 12.471 Länderspielen der Männer und 3.105 Länderspielen der Frauen in den vorangegangenen beiden Jahrzehnten.

| | | |
|---|---|---|
| 1 | 1:0 | 19 % |
| 2 | 2:0 | 13 % |
| 3 | 2:1 | 13 % |
| 4 | 1:1 | 11 % |
| 5 | 0:0 | 10 % |
| 6 | 3:0 | 7 % |
| 7 | 3:1 | 5 % |
| 8 | 2:2 | 4 % |
| 9 | 4:0 | 4 % |
| 10 | 3:2 | 3 % |
| Rest | | 11 % |

## DIE DREIZEHN JÜNGSTEN MITGLIEDER DER FIFA

Der Weltverband Fifa hat 205 Mitglieder.
Zuletzt wurden aufgenommen:

2004 Neukaledonien

2000 Bhutan

1998 American Samoa, Eritrea, Mongolei, Palästina, Turks and Caicos, US Virgin Islands

1996 Anguilla, Andorra, Guam, Montserrat, British Virgin Islands

## SERIENSIEGER

Lettischer Meister 1991: Skonto Riga
Lettischer Meister 1992: Skonto Riga
Lettischer Meister 1993: Skonto Riga
Lettischer Meister 1994: Skonto Riga
Lettischer Meister 1995: Skonto Riga
Lettischer Meister 1996: Skonto Riga
Lettischer Meister 1997: Skonto Riga
Lettischer Meister 1998: Skonto Riga
Lettischer Meister 1999: Skonto Riga
Lettischer Meister 2000: Skonto Riga
Lettischer Meister 2001: Skonto Riga
Lettischer Meister 2002: Skonto Riga
Lettischer Meister 2003: Skonto Riga
Lettischer Meister 2004: Skonto Riga

*Skonto Riga gewann alle 14 Meisterschaften seit der Unabhängigkeit des Landes und stellte zugleich einen Weltrekord auf. Ähnliche Serien gelangen sonst nur Rosenborg Trondheim in Norwegen mit elf Titeln zwischen 1992 und 2002 und dem BFC Dynamo Berlin mit zehn DDR-Meisterschaften zwischen 1979 und 1988. Die längsten Serien in der Bundesliga schafften der FC Bayern und Borussia Mönchengladbach mit je drei Titelgewinnen hintereinander.*

## WARUM DER FUSSBALL SPRINGT

1. Unaufgepumpt würde ein Fußball auf dem Boden liegen bleiben, denn es ist nicht die Hülle des Balls, die ihn springen lässt. Dafür sorgt der höhere Luftdruck in seinem Inneren. Vor dem Aufprall ist der Druck überall im Ball gleichmäßig, die Deformation erhöht den Druck an jener Stelle, wo der Ball auf den Boden trifft. In Schallgeschwindigkeit (was rund einer Tausendstelsekunde entspricht) verteilt sich der veränderte Druck im Ball. Der Bewegungsimpuls des Balles, der aus seiner Masse und der Geschwindigkeit beim Aufprall zu errechnen wäre, wird bei einem zentralen elastischen Stoß, wie es der Aufprall des Balles auf den Boden ist, in Bewegungsenergie umgewandelt. Der Ball springt.

2. Es ist ein Frosch im Ball.

## DAS GRÖSSTE STADION DER WELT

| | |
|---|---|
| *Offizieller Name* | Estádio Mário Filho (Rio de Janeiro) |
| *Rufname* | Maracana |
| *Eröffnung* | 16. Juni 1950 |
| *Bauzeit* | 22 Monate |
| *Baumaterialien* | 500.000 Säcke Zement |
| | 80.000 $m^3$ Beton |
| | 45.000 $m^3$ Sand |
| | 10.000 t Eisen |
| | 1.004.490 Balken |
| *Arbeitsaufwand* | 11.000 Arbeiter |
| | 7.730.000 Arbeitsstunden |
| *Dach* | 96,5 t Gewicht |
| | 25.200 $m^2$ Fläche |
| | 32 m Höhe |
| *Flutlicht* | 19.118 Lampen |
| *Zuschauerkapazität* | 103.022 |
| | 77.720 (bei Fifa-Spielen, ohne Stehplätze) |
| *Zuschauerrekord* | 199.854 (beim letzten Spiel der WM 1950, Brasilien – Uruguay 1:2)* |

*zugleich auch offizieller Weltrekord

## LANGE KARRIEREN AUF DER TRAINERBANK

| | | |
|---|---|---|
| 50 Jahre | Bill Maley | 1888-1938 Trainer von Celtic Glasgow |
| 44 Jahre | Dred Everiss | 1902-1946 Trainer von West Bromwich Albion |
| 43 Jahre | Guy Roux | 1961-2000, 2001-2005 Trainer von AJ Auxerre |

## ONEIDA FC

Der erste Fußballklub außerhalb Englands wurde 1862 in den USA gegründet. Der Oneida Football Club in Boston entstand sogar noch vor dem ersten schottischen Fußballklub, dem 1867 gegründeten Queen's Park FC in Glasgow. Auch die ersten Klubs in Wales und Nordirland wurden später als der Oneida FC aus der Taufe gehoben. Dessen 17 Gründer sollen angeblich ausnahmslos Engländer gewesen sein und eine Form des Fußballs betrieben haben, die den so genannten »Boston Rules« folgte. Dieses Regelwerk gilt heute aber eher als die Wurzel für American Football, der sich schon Ende des 19. Jahrhunderts in den USA gegenüber dem Fußball durchsetzte.

## SCHÖNE TAGE IN DER ZWEITEN LIGA

### Längste Serie ohne Niederlage

| | | | |
|---|---|---|---|
| 28 Spiele | *Arminia Bielefeld* | 1979/80 | 6.-33. Spieltag |
| 27 Spiele | *FC St. Pauli* | 1976/77 | 12.-38. Spieltag |
| 26 Spiele | *Werder Bremen* | 1980/81 | 16.-41. Spieltag |
| 22 Spiele | *SV Waldhof Mannheim* | 1982/83 | 8.-29. Spieltag |
| 20 Spiele | *Bayer 04 Leverkusen* | 1978/79 | 1.-20. Spieltag |
| 19 Spiele | *Borussia Mönchengladbach* | 1999/00 | 11.-29. Spieltag |

### Längste Siegesserie

| | | | |
|---|---|---|---|
| 12 Spiele | *Darmstadt 98* | 1977/78 | 18.-29. Spieltag |
| 12 Spiele | *Arminia Bielefeld* | 1979/80 | 22.-33. Spieltag |
| 11 Spiele | *1. FC Nürnberg* | 1979/80 | 16.-26. Spieltag |
| 10 Spiele | *Karlsruher SC* | 1986/87 | 19.-28. Spieltag |
| 9 Spiele | *Bayer Leverkusen* | 1978/79 | 1.-9. Spieltag |

## DIE REDE VON GIOVANNI TRAPATTONI

*Am Dienstag, dem 10. März 1998 gab Giovanni Trapattoni, Trainer des FC Bayern München, eine Pressekonferenz, nach der die Welt nicht mehr war wie zuvor. Der italienische Gentleman radebrechte empört über seine Spieler und bereicherte die deutsche Sprache um die Begriffe »Flasche leer« und »Struunz«.*

»Es gibt im Moment in diese Mannschaft, oh, einige Spieler vergessen ihren Profi, was sie sind. Ich lese nicht sehr viele Zeitungen, aber ich habe gehört viele Situationen: 1. Wir haben nicht offensiv gespielt. Es gibt keine deutsche Mannschaft spielt offensiv und die Namen offensiv wie Bayern. Letzte Spiel hatten wir in Platz drei Spitzen: Elber, Jancker und dann Zickler. Wir mussen nicht vergessen Zickler. Zickler ist eine Spitzen mehr Mehmet e mehr Basler. Ist klar diese Wörter, ist möglich verstehen, was ich hab gesagt? Danke. Offensiv, offensiv ist wie machen in Platz.
2. Ich habe erklärt mit diese zwei Spieler: Nach Dortmund brauchen vielleicht Halbzeit Pause. Ich habe auch andere Mannschaften gesehen in Europa nach diese Mittwoch. Ich habe gesehen auch zwei Tage die Training. Ein Trainer ist nicht ein Idiot! Ein Trainer sehen, was passieren in Platz. In diese Spiel es waren zwei, drei oder vier Spieler, die waren schwach wie eine Flasche leer!
Haben Sie gesehen Mittwoch, welche Mannschaft hat gespielt Mittwoch? Hat gespielt Mehmet, oder gespielt Basler, oder gespielt Trapattoni? Diese Spieler beklagen mehr als sie spielen! Wissen Sie, warum die Italien-Mannschaften kaufen nicht diese Spieler? Weil wir haben gesehen viele Male solche Spiel. Haben gesagt, sind nicht Spieler für die italienische Meisters. Struuunz! Strunz ist zwei Jahre hier, hat gespielt zehn Spiele, ist immer verletzt. Was erlauben Strunz?! Letzte Jahre Meister geworden mit Hamann, eh..., Nerlinger. Diese Spieler waren Spieler und waren Meister geworden. Ist immer verletzt! Hat gespielt 25 Spiele in diese Mannschaft, in diese Verein. Muss respektieren die andere Kollegen!
Haben viele nette Kollegen, stellen sie die Kollegen in Frage! Haben keine Mut an Worten, aber ich weiß, was denken über diese Spieler. Mussen zeigen jetzt, ich will, Samstag, diese Spieler mussen zeigen mich, eh..., seine Fans, mussen alleine die Spiel gewinnen. Muss allein die Spiel gewinnen! Ich bin müde jetzt Vater diese Spieler, eh..., verteidige immer diese Spieler. Ich habe immer die Schulde... über diese Spieler. Einer ist Mario, einer, ein anderer ist Mehmet. Strunz dagegen, egal, hat nur gespielt 25 Prozent diese Spiel! (Pause) **Ich habe fertig!**«

## IM WM-FINALE ZU HAUSE

Der Brasilianer MARIO ZAGALLO hat als einziger Mensch fünf Mal an einem WM-Endspiel teilgenommen, 1958 und 1962 als Spieler und anschließend drei Mal als Brasiliens Trainer. Vier Mal durfte er als Sieger den Weltpokal hochhalten, ein Mal ging er als Verlierer.

1958 gegen Schweden 5:2
1962 gegen Tschechoslowakei 3:1
1970 gegen Italien 4:1
1994 gegen Italien 3:2 n. E. (0:0 n.V.)
1998 gegen Frankreich 0:3

## STRAMPES KARTENREKORD

Beim Bundesligaspiel zwischen Borussia Dortmund und dem FC Bayern am 7. April 2001 stellte Schiedsrichter Strampe zwei Kartenrekorde auf. Zum ersten Mal sahen zehn Spieler einer Mannschaft eine Karte, mit Karten für insgesamt 13 Spieler stellten Strampe und die Teams einen neuen Gesamtrekord pro Spiel auf. Die Partie endete 1:1.

GELB

Sunday Oliseh (BVB) · Otto Addo (BVB) · Hasan Salihamidzic (FCB)
Jens Jeremies (FCB) · Mehmet Scholl (FCB) · Giovane Elber (FCB)
Thomas Linke (FCB) · Oliver Kahn (FCB) · Willy Sagnol (FCB)
Sammy Kuffour (FCB)

GELB-ROT

Bixente Lizarazu (FCB)

ROT

Evanilson (BVB)
Stefan Effenberg (FCB)

## LA CHILENA

Der Fallrückzieher, in England BICYCLE KICK (»Fahrradschuss«) und in Frankreich CISEAU (»Schere«) genannt, ist im Spanischen einem Land zugeordnet: Chile. Der Schriftsteller Eduardo Galeano erzählt, dass der Fallrückzieher von Ramón Uzaga in der chilenischen Hafenstadt Talcahuano erfunden und im Jahr 1927 nach Europa exportiert wurde. Nachdem Uzaga seinen Trick im Trikot von Colo Colo Santiago de Chile auch in spanischen Stadien vorgeführt hatte, wurde der Fallrückzieher fortan »der Chilenische« genannt. Nach einer anderen Version der Geschichte hatte Uzaga den Fallrückzieher erstmals bereits im ersten Jahrzehnt des 20. Jahrhunderts in der peruanischen Hafenstadt Callao gezeigt. Er sei ein in Chile arbeitender Spanier gewesen, der den Fallrückzieher 1917 auch in Argentinien vorführte, wo das Kunststück fortan LA CHILENA genannt wurde. 1927 soll dann ein gewisser David Arellano beim Gastspiel von Colo Colo Santiago de Chile in Spanien ebenfalls Fallrückzieher gezeigt haben, weshalb seither auch die Spanier von LA CHILENA sprechen, wenn ein Spieler kopfüber gegen den Ball tritt.

## MIT FORTUNA DÜSSELDORF DURCH DIE LIGEN

Wer die Ligen kennen lernen wollte, musste sich in den letzten zwei Jahrzehnten Fortuna Düsseldorf anschließen, denn kein Klub durchlief so viele Auf- und Abstiege zwischen erster und vierter Klasse. Oder, wie es Radioreporter Manni Breuckmann formulierte:

»Holt die Antidepressiva raus, Fortuna spielt.«

- ↘ 1987 ABSTIEG in die zweite Liga
  - ↗ 1989 AUFSTIEG in die Bundesliga
- ↘ 1992 ABSTIEG in die zweite Liga
- ↘ 1993 ABSTIEG in die Oberliga Nordrhein
  - ↗ 1994 AUFSTIEG in die zweite Liga
  - ↗ 1995 AUFSTIEG in die Bundesliga
- ↘ 1997 ABSTIEG in die zweite Liga
- ↘ 1999 ABSTIEG in die Regionalliga West/Südwest
  - ↗ 2000 QUALIFIKATION für die Regionalliga Nord
- ↘ 2002 Abstieg in die Oberliga Nordrhein
  - ↗ 2004 AUFSTIEG in die Regionalliga Nord

## MANCHESTER UNITEDS SERIE

Nachdem die englischen Klubs den Europapokal bei seiner ersten Austragung in der Saison 1955/56 noch ignoriert hatten, war Manchester United in der folgenden Saison erster Teilnehmer aus England. Mit einem zweistelligen Heimsieg in der ersten Runde über den RSC Anderlecht begann eine der faszinierendsten Serien in der Geschichte der Europapokale: 56 Heimspiele in Folge ohne Niederlage.

| Saison | Nr | | Gegner | Ergebnis |
|---|---|---|---|---|
| 1956/57 | Europapokal der Landesmeister | | | |
| | 1 | 1. Runde | RSC Anderlecht | 10:0 |
| | 2 | 2. Runde | Borussia Dortmund | 3:2* |
| | 3 | 3. Runde | Athletic Bilbao | 3:0* |
| | 4 | Halbfinale | Real Madrid | 2:2 |
| 1957/58 | Europapokal der Landesmeister | | | |
| | 5 | 1. Runde | Shamrock Rovers | 3:2 |
| | 6 | 2. Runde | Dukla Prag | 3:0 |
| | 7 | 3. Runde | Roter Stern Belgrad | 2:1 |
| | 8 | Halbfinale | AC Mailand | 2:1 |
| 1963/64 | Europapokal der Pokalsieger | | | |
| | 9 | 1. Runde | Willem II Tilburg | 6:1 |
| | 10 | 2. Runde | Tottenham Hotspur | 4:1 |
| | 11 | 3. Runde | Sporting Lissabon | 4:1 |
| 1964/65 | Messepokal | | | |
| | 12 | 1. Runde | Djurgården Stockholm | 6:1 |
| | 13 | 2. Runde | Borussia Dortmund | 4:0 |
| | 14 | 3. Runde | FC Everton | 1:1 |
| | 15 | 4. Runde | RC Straßburg | 0:0 |
| | 16 | Halbfinale | Ferencváros Budapest | 3:2 |
| 1965/66 | Europapokal der Landesmeister | | | |
| | 17 | 1. Runde | HJK Helsinki | 6:0 |
| | 18 | 2. Runde | Vorwärts Berlin | 2:1 |

*Manchester, Stadion Maine Road

| Saison | Nr | | Gegner | Ergebnis |
|---|---|---|---|---|
| | 19 | 3. Runde | Benfica Lissabon | 3:2 |
| | 20 | Halbfinale | Partizan Belgrad | 1:0 |
| 1967/68 Europapokal der Landesmeister | | | | |
| | 21 | 1. Runde | Hibernians La Valetta | 4:0 |
| | 22 | 2. Runde | FK Sarajevo | 2:1 |
| | 23 | 3. Runde | Górnik Zabrze | 2:0 |
| | 24 | Halbfinale | Real Madrid | 1:0 |
| | | Finale | Benfica Lissabon | 4:1 |
| 1968/69 Europapokal der Landesmeister | | | | |
| | 25 | 1. Runde | FC Waterford | 7:1 |
| | 26 | 2. Runde | RSC Anderlecht | 3:0 |
| | 27 | 3. Runde | Rapid Wien | 3:0 |
| | 28 | Halbfinale | AC Mailand | 1:0 |
| 1976/77 UEFA-Cup | | | | |
| | 29 | 1. Runde | Ajax Amsterdam | 2:0 |
| | 30 | 2. Runde | Juventus Turin | 1:0 |
| 1977/78 Europapokal der Pokalsieger | | | | |
| | 31 | 1. Runde | AS Saint Etienne | 2:0** |
| | 32 | 2. Runde | FC Porto | 5:2 |
| 1980/81 UEFA-Cup | | | | |
| | 33 | 1. Runde | Widzew Lódz | 1:1 |
| 1982/83 UEFA-Cup | | | | |
| | 34 | 1. Runde | FC Valencia | 0:0 |
| 1983/84 Europapokal der Pokalsieger | | | | |
| | 35 | 1. Runde | Dukla Prag | 1:1 |
| | 36 | 2. Runde | Spartak Varna | 2:0 |
| | 37 | 3. Runde | FC Barcelona | 3:0 |
| | 38 | Halbfinale | Juventus Turin | 1:1 |

**in Plymouth

| Saison | Nr | | Gegner | Ergebnis |
|---|---|---|---|---|
| 1984/85 UEFA-Cup | | | | |
| | 39 | 1. Runde | Raba ETO Györ | 3:0 |
| | 40 | 2. Runde | PSV Eindhoven | 1:0 |
| | 41 | 3. Runde | Dundee United | 2:2 |
| | 42 | 4. Runde | Videoton Shekesfehérvár | 1:0 |
| 1990/91 Europapokal der Pokalsieger | | | | |
| | 43 | 1. Runde | MSC Pécs | 2:0 |
| | 44 | 2. Runde | FC Wrexham | 3:0 |
| | 45 | 3. Runde | Montpellier HSC | 1:1 |
| | 46 | Halbfinale | Legia Warschau | 1:1 |
| | | Finale | FC Barcelona | 2:1 |
| 1991/92 Europapokal der Pokalsieger | | | | |
| | 47 | 1. Runde | Athinaikos Athen | 2:0 |
| | 48 | 2. Runde | Atlético Madrid | 1:1 |
| 1992/93 UEFA-Cup | | | | |
| | 49 | 1. Runde | Torpedo Moskau | 0:0 |
| 1993/94 Champions League | | | | |
| | 50 | 1. Runde | Kispest Honvéd Budapest | 2:1 |
| | 51 | 2. Runde | Galatasaray Istanbul | 3:3 |
| 1994/95 Champions League | | | | |
| | 52 | Gruppe A 1 | IFK Göteborg | 4:2 |
| | 53 | Gruppe A 2 | FC Barcelona | 2:2 |
| | 54 | Gruppe A 3 | Galatasaray Istanbul | 4:0 |
| 1995/96 UEFA-Cup | | | | |
| | 55 | 1. Runde | Rotor Wolgograd | 2:2 |
| 1996/97 Champions League | | | | |
| | 56 | Gruppe C 1 | Rapid Wien | 2:0 |
| | | Gruppe C 2 | Fenerbahçe Istanbul | 0:1 |

Zwölf Minuten vor Schluss schoss der Bosnier Elvir Boliç das entscheidende Tor, trotz des historischen Sieges schied Fenerbahçe in den Gruppenspielen aus.

## DAS SAMMELALBUM VON ARMINIA HANNOVER

In der Saison 2004/05 bot erstmals ein Klub in Deutschland ein eigenes Sammelalbum für Fußballbilder an. Der Oberligist Arminia Hannover offerierte den Besuchern der insgesamt 17 Heimspiele beim Kauf der Stadionzeitung »Arminenpost« (Kaufpreis 50 Cent) jeweils drei Motive. Wegen der großen Nachfrage wurde im Laufe der Saison sogar noch der Kauf der Bilder in Tütchen (sieben Motive für einen Euro) ermöglicht. Neben den Porträts der Spieler gab es auf den 46 unterschiedlichen Motiven auch Spielszenen, mehrteilige Motive von Stadion und Mannschaft sowie ein Porträt des Maskottchens, eines Schweins.

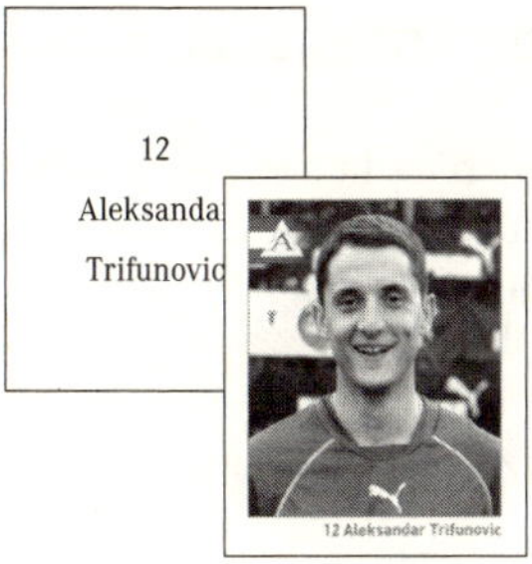

## HAPPELS REKORD

Der Österreicher Ernst Happel gilt zu Recht als einer der großen europäischen Fußballtrainer. Ihm allein gelang es, mit drei unterschiedlichen Mannschaften in drei unterschiedlichen Ländern zunächst den nationalen Titel zu gewinnen und im anschließenden Jahr das Europapokalfinale der Landesmeister zu erreichen.

1970 Feyenoord Rotterdam
1978 FC Brügge
1983 Hamburger SV

Allerdings gewann er nicht alle drei Endspiele, Rotterdam besiegte zwar Celtic Glasgow und der HSV gewann gegen Juventus Turin, aber der FC Brügge unterlag dem FC Liverpool.

## SAMSTAGS UM FÜNF

Zu den populären Irrtümern gehört es, dass der Samstag 15.30 Uhr seit Beginn der Bundesliga die klassische Anstoßzeit ist. Doch nichts könnte falscher sein. Der erste Spieltag der Bundesliga wurde komplett um 17.00 Uhr angepfiffen, im weiteren Verlauf wurden Spiele samstags um 14.15 Uhr, 14.30 Uhr, 15.30 Uhr, 16.30 Uhr, 18.30 Uhr, 19.00 Uhr oder freitags um 19.30 Uhr oder 20.00 Uhr angepfiffen. Erst zum Ende der ersten Spielzeit vereinheitlichten sich die Anstoßzeiten auf Samstag um 17.00 Uhr, mit dem Beginn der Saison 1967/68 setzte der DFB 15.30 Uhr als Regelanstoßzeit fest.

## TRAUMELF DER DDR-OBERLIGA

Zum 40-jährigen Jubiläum der DDR-Oberliga führte die Zeitschrift *Fußballwoche 1989* eine Umfrage nach den besten und populärsten Spielern auf den verschiedenen Positionen durch:

Jürgen Croy
*Sachsenring Zwickau*

Bernd Bransch
*HFC Chemie/ Carl Zeiss Jena*

Hans-Jürgen Dörner
*Dynamo Dresden*

Klaus Urbanczyk
*Chemie Halle/ HFC Chemie*

Konrad Weise
*Carl Zeiss Jena*

Dieter Erler
*SC Wismut Karl-Marx-Stadt/ FC Karl-Marx-Stadt*

Manfred Kaiser
*SC Wismut Karl-Marx-Stadt/ Wismut Aue*

Jürgen Nöldner
*Vorwärts Berlin/ Vorwärts Frankfurt*

Peter Ducke
*Motor Jena/ Carl Zeiss Jena*

Joachim Streich
*Hansa Rostock/ 1. FC Magdeburg*

Günter Schröter
*Dynamo Dresden/ Dynamo Berlin*

## ÖSTERREICHISCHE KLUBS IN EUROPACUPFINALS

Austria Wien ................... 1977/78 Pokalsieger, 0:4 gegen RSC Anderlecht
Austria Salzburg ....................... 1993/94 Uefa-Cup, 0:1 gegen AC Mailand
Rapid Wien ............... 1995/96 Pokalsieger, 0:1 gegen Paris Saint-Germain

## ZWERGENAUFSTAND

Der Pokal hat auch in anderen Ländern seine eigenen Gesetze. Daher schaffen es mitunter sogar Drittligisten bis ins Finale, im Jahr 2000 in Frankreich sogar ein Viertligist. Gegner waren stets Teams aus der höchsten Spielklasse des jeweiligen Landes, sie sind hier zuerst genannt. Die Erstligisten setzten sich in allen Fällen gegen die unterklassigen Gegner durch.

| | | | |
|---|---|---|---|
| Belgien | 1927 | Cercle Brügge - Tubantia Borgerhout | 2:1 |
| Dänemark | 1955 | AGF Aarhus - Chang Aalborg | 4:0 |
| Polen | 1967 | Wisla Krakau - Rakow Czestochowa | 2:0 |
| Rumänien | 1967 | Steaua Bukarest - Foresta Falticeni | 6:0 |
| Dänemark | 1970 | AaB Aalborg - Lyngby BK | 2:1 |
| Norwegen | 1976 | SK Brann Bergen - Sogndal IF | 2:1 |
| Deutschland | 1993 | Bayer Leverkusen - Hertha BSC Amateure | 1:0 |
| Nigeria | 1995 | Shooting Stars Ibadan - Katsina United | 2:0 |
| Frankreich | 1996 | AJ Auxerre - Nîmes Olympique | 2:1 |
| Frankreich | 2000 | FC Nantes - Calais RUFC (vierte Liga!) | 2:1 |
| Frankreich | 2001 | RC Straßburg - Amiens SCF | 0:0 n.V. 5:4 n.E |
| Deutschland | 2001 | FC Schalke 04 - 1. FC Union Berlin | 2:0 |
| Portugal | 2002 | Sporting Lissabon - Leixões Porto | 1:0 |
| Brasilien | 2002 | SC Corinthians São Paulo - Brasiliense FC Taguatinga | 2:1, 1:1* |

*Der gesamte Pokalwettbewerb inklusive der Finalpartien wurde in Hin- und Rückspielen ausgetragen.

## LUXEMBURGS LANGE LEIDEN

Die luxemburgische Nationalmannschaft hatte zum ersten Mal in ihrer Geschichte zwei Mal hintereinander gewonnen, als sie bei einem Turnier in Indonesien Anfang Mai 1980 erst Thailand und dann Südkorea besiegte. Doch für diesen Erfolg sollte Luxemburg lange leiden müssen. Es schloss sich nämlich eine Serie von 32 Niederlagen an, die erst knapp fünf Jahre später mit einem 0:0 gegen Island beendet wurde. Bis zum nächsten Sieg sollte es jedoch insgesamt 76 Spiele und mehr als 15 Jahre dauern. Am 6. September 1995 erbarmte sich Malta, als Luxemburg in La Valetta mit 1:0 endlich wieder gewann und damit die dunkelste Serie einer Nationalmannschaft vorüber war.

## LOB DER SCHLAUHEIT

In der Wunderwelt der Fußballlieder wird manch Seltsames gesungen, aber nie ist derart die Schlauheit gelobt worden wie in diesem Song über den Hamburger SV aus dem Jahr 1984:

*»Wir sind schlau, wir sind Fans vom HSV.*
*Jeden Tag denken wir an HSV.*
*Nicht an Bayern oder Werder*
*Nicht an Stuttgart nicht an Köln*
*Wir sind schlau, wir sind Fans vom HSV.*
*Rotherbaum, wir erinnern uns genau,*
*Charly Dörfel, Uwe Seeler war'n 'ne Schau,*
*Kevin Keegan wunderbar,*
*Kaiser Franz der Superstar,*
*Wir sind schlau, wir sind Fans vom HSV!*

*Samstag ziehen wir ins Volksparkstadion*
*Und wir treiben unsere Elf dann ganz nach vorn,*
*Felix Magath, Uli Stein, Manni, Mile die hau'n rein,*
*Unsere Jungs sind die größte Sensation.*

*O-o-o-o-o-oh-oh-ohh usw. (gesummt)*
*Wir zusammen siegen nach wie vor,*
*Mach kein Scheiß, los vorwärts noch ein Tor - noch ein Tor!*
*Deutscher Meister immer wieder*
*Mit den Farben schwarz-weiß-blau,*
*Wir für euch, ihr für uns - HSV!«*

(Interpret: Michael Petersen und die Kuddels von der Elbe,
Melodie nach: Slade - »My oh my«)

## DIE DREI SCHLIMMSTEN SONGS, DIE BEHARRLICH IN FUSSBALLSTADIEN GESPIELT WERDEN

1. We are the Champions - Queen
2. Simply the best - Tina Turner
3. We will rock you - Queen

## NAMENSWECHSELREKORD

Überall in Osteuropa wurden bestehende Fußballklubs aufgelöst oder umbenannt, als dort die sozialistische Ordnung etabliert war. Der VfB Leipzig etwa wurde zu Lokomotive Leipzig oder AC Kispesti zu Honvéd Budapest. Doch kein anderer Klub erlebte eine Namensodyssee wie der rumänische Meister von 1930, JUVENTUS BUKAREST. Nachdem der Klub 1946/47 noch unter altem Namen antreten durfte, firmierte er in der folgenden Spielzeit als DISTRIBUTIA BUKAREST. Auch die Vereinfarben wechselten von Rot-Blau zu Weiß-Schwarz, blieben aber in der Saison 1948/49, als der Klub in PETROLUL BUKAREST umbenannt wurde. Im Herbst des Jahres wurde eine Übergangsrunde ausgetragen, um die Saison fortan im Jahresrhythmus spielen zu können. In dieser kurzen Runde wurde Petrolul zu COMPETROL BUKAREST, 1950 hieß er dann zunächst PARTIZANUL BUKAREST und 1951 FLACARA BUKAREST. Im folgenden Jahr wurde der gesamte Klub in die Ölstadt Ploiesti delegiert, doch schon im ersten Jahr stieg FLACARA PLOIESTI ab. 1953 schaffte der Klub den Wiederaufstieg, spielte ab 1956 als ENERGIA PLOIESTI. Doch auch dieser Name hielt nur eine Saison vor, denn im folgenden Jahr erhielt der Klub seinen neunten und endgültigen Namen: PETROLUL PLOIESTI. Neue Vereinsfarben gab es auch, im neuen Blau-Gelb-Weiß gewann der Klub die rumänische Meisterschaft, verteidigte den Titelgewinn anschließend und holte den Titel 1965/66 noch ein drittes Mal.

## FÜNF TORE IN EINEM BUNDESLIGASPIEL GESCHOSSEN UND DOCH VERLOREN

BORUSSIA MÖNCHENGLADBACH
am 7. Juni 1969
bei Werder Bremen
5:6
Halbzeit 3:4

VFL BOCHUM
am 18. September 1976
gegen Bayern München
5:6
Halbzeit 3:0

## DIE BESTEN GEGEN BAYERN

### Die erfolgreichsten Gegner des Rekordmeisters in der Bundesliga

| | | |
|---|---|---|
| 1. Werder Bremen | *23 Siege* | 20 Unentschieden in 77 Spielen |
| 2. 1. FC Köln | *21 Siege* | 18 Unentschieden in 72 Spielen |
| 3. 1. FC Kaiserslautern | *21 Siege* | 13 Unentschieden in 76 Spielen |
| 4. Eintracht Frankfurt | *19 Siege* | 18 Unentschieden in 70 Spielen |
| 5. Borussia Mönchengladbach | *18 Siege* | 21 Unentschieden in 75 Spielen |
| 6. Borussia Dortmund | *17 Siege* | 23 Unentschieden in 71 Spielen |
| 7. Schalke 04 | *16 Siege* | 21 Unentschieden in 61 Spielen |
| 8. VfB Stuttgart | *14 Siege* | 16 Unentschieden in 74 Spielen |
| 9. Hamburger SV | *14 Siege* | 16 Unentschieden in 79 Spielen |
| 10. Bayer Leverkusen | *13 Siege* | 10 Unentschieden in 51 Spielen |

Kein Bundesligist hat eine positive Bundesligabilanz gegen die Bayern. Statistisch gesehen sind die Stuttgarter Kickers der erfolgreichste Bundesligagegner der Bayern, denn von vier Spielen gewannen sie zwei und verloren zwei, haben also eine ausgeglichene Bilanz.

## VIELE ST. PAULIS

Der FC St. Pauli gilt in Deutschland als der Prototyp des »anderen Fußballklubs«. Da es solche auch in anderen Ländern gibt, werden sie mit dem Klub aus Hamburg verglichen.

Das St. Pauli Schwedens: HAMMARBY IF
Das St. Pauli Österreichs: WIENER SPORT-CLUB
Das St. Pauli Norwegens: VALERENGA IF OSLO
Das St. Pauli Italiens: AS LIVORNO

## OTTMAR HITZFELD ALS TORJÄGER

Bis heute hält der nach Titeln erfolgreichste deutsche Vereinstrainer auch einen Torrekord. Im Trikot des VfB Stuttgart erzielte OTTMAR HITZFELD am 37. Spieltag der Saison 1976/77 beim 8:0 über Jahn Regensburg *sechs Tore*. Er ist damit bis heute in der zweiten Liga der einzige Spieler, dem das gelungen ist.

## DIE SPIELE DES ÖSTERREICHISCHEN WUNDERTEAMS

»Da habt's euer Schmieranski-Team«, hatte der österreichische Coach Hugo Meisl unwirsch gesagt und den versammelten Journalisten im Ring-Café in Wien die Aufstellung auf den Tisch geknallt, die sie schon seit längerem gefordert hatten. Mit Schall, Gschweidl und Sindelar gemeinsam im Sturm und wieder mit Hiden im Tor und Zischek am linken Flügel. Auf dem Zettel standen noch die schon bewährten Kräfte Mock und Horvath, die aber verletzungsbedingt absagen mussten, weshalb am 16. Mai 1931 gegen Schottland an ihrer Stelle Braun und Vogl einliefen. Die Schotten galten als Lehrmeister der Flachpasskombinationen, die vom »Wunderteam« zur »Wiener Schule« weiter entwickelt werden sollten – das »Scheiberlspiel«. An diesem Tag aber wurden sie mit 5:0 besiegt. Acht Tage später siegte dieselbe österreichische Elf gegen Deutschland in Berlin mit 6:0 und kehrte mit neuem Namen zurück: »Wunderteam« schrieben die deutschen Zeitungen. Selbst die einzige Niederlage, das knappe 3:4 in England, das damals noch als bestes Team der Welt galt, wurde wie ein Sieg gefeiert. Erst nach fast zwei Jahren ging die Ära der in ganz Europa bewunderten Mannschaft mit einem 1:2 daheim gegen die Tschechoslowakei zu Ende.

| | | | |
|---|---|---|---|
| 16.5.1931 | Wien | Schottland | 5:0 |
| 24.5.1931 | Berlin | Deutschland | 6:0 |
| 16.6.1931 | Wien | Schweiz | 2:0 |
| 13.9.1931 | Wien | Deutschland | 5:0 |
| 4.10.1931 | Budapest | Ungarn | 2:2 |
| 29.11.1931 | Basel | Schweiz | 8:1 |
| 20.3.1932 | Wien | Italien | 2:1 |
| 24.4.1932 | Wien | Ungarn | 8:2 |
| 22.5.1932 | Prag | Tschechoslowakei | 1:1 |
| 17.7.1932 | Stockholm | Schweden | 4:3 |
| 2.10.1932 | Budapest | Ungarn | 3:2 |
| 23.10.1932 | Wien | Schweiz | 3:1 |
| 7.12.1932 | London | England | 3:4 |
| 11.12.1932 | Brüssel | Belgien | 6:1 |
| 12.2.1933 | Paris | Frankreich | 4:0 |

Ende des Wunderteams:

| | | | |
|---|---|---|---|
| 9.4.1933 | Wien | Tschechoslowakei | 1:2 |

## ÜBER DIE SCHWIERIGKEIT, EINEN ELFMETER ZU HALTEN

Die Fläche eines Tores beträgt fast 18 Quadratmeter, ein Torwart kann davon mit ausgestreckten Armen nur ungefähr ein Drittel abdecken. Beim Elfmeter erreichen die Schützen beim Schuss zwischen 70 und 130 km/h, der Ball braucht zwischen 570 und 305 Millisekunden für die elf Meter bis zur Torlinie. Wenn ein Torwart so schnell reagiert wie ein Sprinter auf den Startschuss, also nach etwa 150 Millisekunden, hat der Ball also möglicherweise schon die Hälfte des Weges hinter sich. Außerdem ist er noch immer drei Meter vom Ball entfernt, sollte der Schütze präzise geschossen haben.

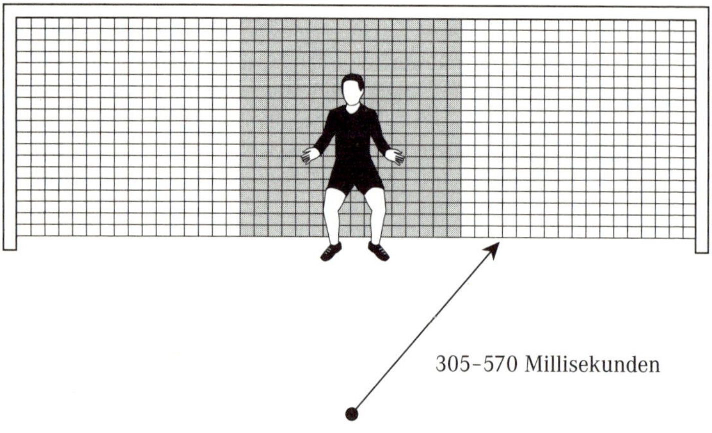


## 40 PUNKTE SIND MEHR ALS GENUG

Seit Jahren gehört es zu den klassischen Behauptungen von Spielern, Trainern und Managern in der Bundesliga, dass erst einmal 40 Punkte gegen den Abstieg gesammelt werden müssten. Dabei haben seit Einführung der Drei-Punkte-Regel zumeist deutlich weniger Punkte gereicht:

Je ein Mal: 31, 33, 34 PUNKTE
Zwei Mal: 38 PUNKTE
Je drei Mal: 36 UND 37 PUNKTE

## SELTSAME SPIELE 4

*Korruption oder Spielabsprachen konnten in keinem der hier aufgeführten Spiele nachgewiesen werden. In schäbiger Erinnerung blieben sie aber so wie der peinliche 1:0-Sieg der deutschen Mannschaft bei der WM 1982 (siehe: Seltsame Spiele 1).*

▪ Bei der Weltmeisterschaft 1978 in Argentinien brauchten die Gastgeber in der Zwischenrunde einen Sieg mit vier Toren Unterschied, um Brasilien noch zu überholen und ins Finale zu kommen. Wirklich besiegten sie eine erstaunlich wehrlose Mannschaft aus Peru mit 6:0, erreichten das Endspiel und schlugen dort Holland mit 3:1. Kurz danach bewilligte die argentinische Nationalbank einen Kredit für Peru, außerdem erhielt das Land eine größere Getreidelieferung von La Plata.

▪ Auf dem Weg zur Endrunde der Europameisterschaft 1984 in Frankreich brauchte Spanien im letzten Spiel gegen Malta einen Sieg mit elf Toren Unterschied, um sich noch zu qualifizieren. Nachdem es zur Halbzeit nur 3:1 stand, erzielten die Spanier noch die fehlenden neun Tore, siegten mit 12:1 und fuhren auf Kosten der erstaunten Holländer nach Frankreich.

▪ Punktgleich gingen Tabellenführer 1. FC Köln und Borussia Mönchengladbach in den letzten Spieltag der Saison 1977/78. Köln hatte ein um zehn Treffer besseres Torverhältnis und musste zum Absteiger St. Pauli, während Gladbach mit Borussia Dortmund ein Team aus dem unteren Mittelfeld empfing. Das peinliche Saisonfinale wurde zum Wettschießen: Gladbach siegte mit 12:0, Köln mit 5:0. Hätten die Kölner in Hamburg nur mit 2:0 gewonnen, wäre Gladbach noch vorbeigezogen. Dortmunds Trainer Otto Rehhagel wurde entlassen und Torhüter Endrulat spielte nie mehr in der Bundesliga.

▪ Ziemlich passiv ging es am letzten Spieltag der Saison 1992/93 in Italien zu, als der AC Mailand auf den Abstiegskandidaten Brescia traf. Milan brauchte nur einen Punkt, um sich die Meisterschaft zu sichern. Brescia ging davon aus, dass ein Remis sie vor dem Abstieg bewahren würde. So tat sich mehr als 80 Minuten lang nichts, bis Albertini eher aus Versehen das 1:0 für den AC Mailand erzielte. Zwei Minuten später hatten die Gäste schon ausgeglichen, nachdem sich vor ihnen geheimnisvoll viel Platz aufgetan hatte. Dann wurde abgepfiffen und Milan war Meister. Brescia aber war abgestiegen, denn die Konkurrenten im Abstiegskampf hatten gesiegt.

## SCHUHGRÖSSEN

| | |
|---|---|
| Pelé | 38 |
| Birgit Prinz | 40 |
| Lothar Matthäus | 41 |
| Franz Beckenbauer | 41,25 |
| Gerd Müller | 41,5 |
| Alessandro del Pierro | 41,5 |
| Uwe Seeler | 41,5 |
| Fritz Walter | 42,5 |
| Michael Ballack | 42,5 |
| David Beckham | 42,75 |
| Helmut Rahn | 43 |
| Zinedine Zidane | 43,5 |
| Günter Netzer | 47 |

## FÜR MEHRERE LÄNDER

Im Lauf der Fußballgeschichte hat es einige Spieler gegeben, die Länderspiele für mehr als ein Land absolvierten. Der berühmteste von ihnen war sicherlich LOUIS MONTI, der 1930 mit Argentinien das WM-Finale gegen den Gastgeber Uruguay noch verlor, vier Jahre später in Frankreich mit Italien aber den Titel gewann.

*Für drei Länder spielten jedoch nur drei Spieler:*

JOCK KENNAWAY: Schottland, Kanada, USA
LADISLAV KUBALA: Ungarn, Tschechoslowakei, Spanien
ALFREDO DI STEFANO: Argentinien, Kolumbien, Spanien

*Dazu kommen noch drei weitere Spieler, deren Auftreten in wechselnden Ländermannschaften mit gravierenden politischen Veränderungen zu tun hatte:*

JOSEF BICAN: Österreich, Tschechoslowakei, Mähren
JURI NIKOFOROV: UdSSR, Ukraine, Russland
AKHRIK TSVEIBA: UdSSR, Ukraine, Russland

## DER IRRE KAMPF UMS EIGENTOR

Als Grenada zum Länderspiel in Bridgetown, Barbados antrat, war die Ausgangslage klar: Barbados musste das letzte Gruppenspiel im Karibik-Pokal 1994 gegen Grenada mit zwei Toren Unterschied gewinnen, um die Finalrunde zu erreichen. Mitte der zweiten Halbzeit war das Wunschergebnis erzielt, als einem Verteidiger von Barbados ein Eigentor zum 2:1-Zwischenstand unterlief. In diesem Moment dämmerte den Spielern und Betreuern von Barbados, dass es für sie vielleicht besser wäre, sich in die Verlängerung zu retten, als nur mit 2:1 zu gewinnen. Die Regeln des Turniers sahen nämlich vor, dass ein Golden Goal in der Verlängerung doppelt zählt.

Dazu musste Barbados die eigene Führung jedoch erst einmal ausgleichen, und so drosch einer ihrer Spieler in der 87. Minute den Ball ins eigene Tor. Jetzt blieben dem Team aus Grenada in den letzten drei Minuten nur zwei Möglichkeiten, entweder selbst zur 3:2-Führung zu treffen oder, was viel wahrscheinlicher war, zum 2:3 ins eigene Tor zu schießen, was eine Verlängerung mit Golden Goal und einen Zwei-Tore-Sieg für Barbados ausschloss.

Doch bevor Grenada das eigene Tor attackieren konnte, sahen sie es schon vom Gegner gedeckt. So verrannen die letzten Minuten mit den chaotischen Versuchen Grenadas, mal ins eigene und mal ins gegnerische Tor zu treffen, und mit den Anstrengungen von Barbados, beide Tore zu sichern. Das Spiel endete in der regulären Spielzeit mit 2:2, doch bereits in der vierten Minute der Verlängerung gelang Barbados wirklich das Golden Goal zum 3:2, das als 4:2 gerechnet wurde und den damit verbundenen Trip zur Finalrunde auf Trinidad bedeutete.

James Clarkson, der Trainer von Grenada, sagte: »Wer sich diese Regelung ausgedacht hat, ist ein Kandidat fürs Irrenhaus. Unsere Spieler wussten nicht, in welche Richtung sie angreifen sollten. Im Fußball sollte man doch eigentlich Tore gegen und nicht für einen Gegner schießen.«

## DIE WM-SONGS

*1990* Un' estate italiana – Edoardo Bennato & Gianna Nannini

*1994* Gloryland – Daryl Hall & John Oates

*1998* La copa de la vida – Ricky Martin

*2002* Boom – Anastacia

## KEINE TIERE

**ADLER**, Thomas (Bayer Uerdingen)
**BÄR**, Manfred (Schalke 04)
**BUTT**, Jörg (Bayer Leverkusen)
**FALTER**, Peter (Bayer Uerdingen)
**FINK**, Thorsten (FC Bayern München)
**FROSCH**, Walter (FC St. Pauli)
**FUCHS**, Fritz (1. FC Kaiserslautern)
**GEIER**, Winfried (Schalke 04)
**HÄHNCHEN**, Karlheinz (1. FC Köln)
**HAHN**, Paul (Bayer Uerdingen)
**HIRSCH**, Dietmar (MSV Duisburg)
**HUMMEL**, Gerhard (1. FC Nürnberg)
**KÄFER**, Martin (SC Freiburg)
**KALB**, Jürgen (Eintracht Frankfurt)
**VOGEL**, Thomas (SC Freiburg)
**WILD**, Tasso (Hertha BSC)
**WOLF**, Dirk (Eintracht Frankfurt)
**ZANDER**, Thomas (Hertha BSC)

## BRÜDER IN UNTERSCHIEDLICHEN NATIONALTEAMS

JOHN GOODALL, 14 Länderspiele für England (1888–1898)
und ARCHIBALD GOODALL, 10 Länderspiele für Irland (1899–1904)

DAVE HOLLINS, 11 Länderspiele für Wales (1962–1966)
und JOHN HOLLINS, 1 Länderspiel für England (1966)

CHRISTIAN VIERI, 31 Länderspiele für Italien (seit 1997)*
und MAX VIERI, 6 Länderspiele für Australien (seit 2004)*

*noch aktiv

## MEHR ALS FÜNF TORE IN EINEM LÄNDERSPIEL

| | | | |
|---|---|---|---|
| Archie Thompson, Australien | 13 Tore | beim 31:0 gegen American-Samoa | 2001 |
| Sophus Nielsen, Dänemark | 10 Tore | beim 17:1 gegen Frankreich | 1908 |
| Gottfried Fuchs, Deutschland | 10 Tore | beim 16:0 gegen Russland | 1912 |
| David Zdrilic, Australien | 8 Tore | beim 31:0 gegen American-Samoa | 2001 |
| Gyorgy Sarosi, Ungarn | 7 Tore | beim 8:3 gegen Tschechoslowakei | 1937 |
| Wilhelm Hahnemann, Deutschland | 6 Tore | beim 13:0 gegen Finnland | 1940 |
| John Aloisi, Australien | 6 Tore | beim 22:0 gegen Tonga | 2001 |
| Eduardo Chacho Gonzalez, Spanien | 6 Tore | beim 13:0 gegen Bulgarien | 1933 |
| Imre Schlosser, Ungarn | 6 Tore | beim 9:0 gegen die Schweiz | 1911 |
| József Takács, Ungarn | 6 Tore | beim 13:1 gegen Frankreich | 1927 |

Einziger deutscher Nationalspieler, der überdies noch fünf Tore in einem Spiel schoss, ist Otto Siffling (beim 8:0 über Dänemark 1937).

## DIE TORGEFÄHRLICHSTEN DEFENSIVSPIELER ALLER ZEITEN

Nach Treffern in Erstligaspielen

| Name | Heimatland | Zeitraum | Spiele | Tore |
|---|---|---|---|---|
| 1. Ronald Koeman | Niederlande | 1980–1997 | 533 | 193 |
| 2. Daniel Alberto Passerella | Argentinien | 1974–1989 | 451 | 134 |
| 3. Fernando Hierro | Spanien | 1987–2004 | 515 | 109 |
| 4. Egardo Bauza | Argentinien | 1977–1992 | 499 | 108 |
| 5. Paul Breitner | Deutschland | 1970–1983 | 369 | 103 |
| 6. Laurent Blanc | Frankreich | 1987–2003 | 500 | 95 |
| 7. José Rafael Albrecht | Argentinien | 1960–1977 | 506 | 95 |
| 8. Frank Sauzée | Frankreich | 1983–2002 | 483 | 89 |
| 9. Juan Domingo Antonio Rocchia | Argentinien | 1970–1983 | 396 | 86 |
| 10. Derk Schneider. | Niederlande | 1965–1983 | 451 | 80 |
| 11. Bernard Dietz | Deutschland | 1970–1987 | 495 | 77 |
| 12. Adriaan Mansveld | Niederlande | 1964–1982 | 505 | 77 |
| 13. Manfred Kaltz | Deutschland | 1971–1990 | 594 | 77 |
| 14. Gary Lloyd | Wales | 1992–2003 | 373 | 76 |
| 15. Enzo Héctor Trossero | Argentinien | 1972–1987 | 518 | 76 |

Seit es Fußball gibt, versuchen Spieler und Trainer das Glück auf ihre Seite zu bringen. Der FC Everton kam 1907 dank der guten Einflüsse einer schwarzen Katze ins Pokalfinale, verlor aber, als die Glücksbringerin krank wurde. Da hatte es die Mannschaft des FC Burnley besser, sie reiste mit einer Katze aus Porzellan.

Doch dies sind eher zarte Beeinflussungen des Schicksal verglichen mit jener, die Peter auf der Heyde in seinem Buch »Has anybody got a whistle?« beschreibt. Beim Ligaspiel zwischen AmaZulu aus Durban und Moroka Swallows aus Johannesburg ging es 1994 für die Gastgeber um den südafrikanischen Meistertitel, AmaZulu hingegen war im gesicherten Mittelfeld der Tabelle. Entsprechend überlegen waren die Swallows, es gelang dem Team in der ersten Halbzeit trotz phantastischer Chancen jedoch kein Tor. Es war wie verhext! Genau das nahmen die Reservisten der Swallows in der Halbzeitpause wörtlich. Erst spielten sie sich nur den Ball zu, stürzten dann jedoch unter lautem Geschrei auf das Tor zu, auf das ihr Team nach dem Wechsel stürmen würde. Sie wollten den Bann brechen, den der Gegner durch Muti, die afrikanische Form von Voodoo, verursacht hatte. Als sie am Tor angekommen waren, hatten jedoch bereits bewaffnete Ordner die Torlinie gesichert und verteidigten sie minutenlang mit Beinen, Armen und Schlagstöcken, bis es einem der Swallows-Reservisten endlich gelang, den Ball ins Tor zu schießen. Jubelnd drehten die Gäste ab, da schnappte sich einer der Ordnungshüter den Ball, der über die Linie geflogen war, und stach mit einem Messer auf ihn ein. Die Entzauberung sollte gleich wieder entzaubert werden, was auch gelang. Die Swallows vergaben auch nach der Pause unglaublich viele Torchancen, und AmaZulu machte aus einem Konter den einzigen Treffer des Spiels. Moroka Swallows verlor auch das nächste Spiel und verpasste die Meisterschaft.

Wer das für typisch afrikanischen Aberglauben halten sollte, sei an den Fall des traditionsreichen englischen Klubs Derby County erinnert, der in der Saison 1992/93 neun von zwölf Heimspielen verloren hatte. Erklärt wurde das dadurch, dass in grauer Vorzeit der Ort des Stadions ein Platz gewesen wäre, an dem sich Zigeuner regelmäßig niedergelassen hätten. Als das durch den Stadionbau nicht mehr möglich war, hätten sie die Stätte verflucht. Die Hellseherin Adeline Lee hob den Fluch auf, von den verbleibenden elf Heimspielen gewann Derby County acht und verlor nur noch eines.

## DIE STEHENDE NULL

Huub Stevens forderte als Trainer von Schalke 04: »Die Null muss stehen.« In einer bemerkenswerten Serie von neun Heimspielen des Uefa-Cups folgte seine Mannschaft dieser Aufforderung, bis Inter Mailand im Viertelfinale 97/98 beim 1:1 im Parkstadion ein Treffer gelang.

| | | |
|---|---|---|
| | 1996/97 | |
| 1. Runde | 10. September 1996 gegen Roda Kerkrade | 3:0 |
| 2. Runde | 15. Oktober 1996 gegen Trabzonspor | 1:0 |
| Achtelfinale | 3. Dezember 1996 gegen den FC Brügge | 2:0 |
| Viertelfinale | 4. März 1997 gegen den FC Valencia | 2:0 |
| Halbfinale | 22. April 1997 gegen CD Teneriffa | 2:0 n.V. |
| Finale | 7. Mai 1997 gegen Inter Mailand | 1:0 |
| | 1997/98 | |
| 1. Runde | 16. September 1997 gegen Hajduk Split | 2:0 |
| 2. Runde | 21. Oktober 1997 gegen RSC Anderlecht | 1:0 |
| Achtelfinale | 9. Dezember 1997 gegen SC Braga | 2:0 |

## SIEGREICHE VERLIERER

Den 1999 zum letzten Mal ausgetragenen Europacup der Pokalsieger holten fünf Mannschaften, ohne in ihrem Land Pokalsieger gewesen zu sein. Der AC Florenz gewann 1960/61 sogar gleich den ersten Wettbewerb, obwohl er das italienische Pokalfinale gegen Juventus Turin verloren hatten, die Turiner traten als Meister im Landesmeisterpokal an. Auch die Glasgow Rangers siegten 1971/72, obwohl sie gegen den ewigen Rivalen Celtic das 71er Pokalfinale in einem Wiederholungsspiel verloren hatten, profitierten aber vom Meisterschaftsgewinn von Celtic. Der RSC Anderlecht holte den Titel 1977/78, nachdem er im belgischen Pokalfinale dem Meister FC Brügge unterlegen war. Dynamo Tiflis gewann als Verlierer des sowjetischen Pokalfinales von 1980 den Europapokal 1980/81. Allerdings war Tiflis nicht dem Meister unterlegen, das Endspiel war jedoch erst nach dem Meldedatum der Uefa ausgetragen worden, weshalb der Besserplatzierte in der Liga bei den Cupsiegern gemeldet wurde. Schließlich gewann der FC Barcelona 1996/97, nachdem der Klub das Endspiel 1996 um den Copa del Rey gegen den spanischen Meister Atlético Madrid verloren hatte.

## ANGST BEIM ELFMETERSCHIESSEN 4

### Die Elfmeterschiessen des 1. FC Köln im DFB-Pokal

1971/72 .........Halbfinale bei Schalke 04 2:5, 5:6 n.E.* .......................................*verloren*
1990/91 .........Finale gegen Werder Bremen 1:1, 3:4 n.E. .......................................*verloren*
1993/94 .........3. Runde bei den Bayern München Amateuren 0:0, 4:5 n.E. .....*verloren*
1995/96 .........1. Runde bei der SpVgg Beckum 0:0, 3:4 n.E. ...............................*verloren*
2003/04 .........Achtelfinale gegen SpVgg Greuther Fürth 1:1, 1:3 n.E. ..............*verloren*
2004/05 .........2. Runde gegen Hansa Rostock 3:3, 2:4 n.E. ...................................*verloren*

* damals wurde der Wettbewerb mit Hin- und Rückspielen ausgetragen, Köln hatte die erste Partie 4:1 gewonnen.

## HALLENMEISTER

Zu den eher umstrittenen Vergnügungen zählte der Hallenfußball, wo zwischen 1988 und 2000 eine Art Meisterschaft ausgetragen wurde, 2001 der so genannte DFB-Hallenpokal und seitdem nur noch regionale Turniere. Vermisst wurde eine Meisterschaft weder von den Spielern noch von den Fans. Als Titelträger des Jahres 2000 wurde nachträglich Fürth festgelegt, nachdem sich Borussia Mönchengladbachs Spieler Quido Lanzaat als gedopt erwies. Dem Finalsieger Borussia wurde der Titel daher aberkannt.

**2001 in Dortmund**
SpVgg Unterhaching

**2000 in München**
SpVgg Greuther Fürth

**1999 in Dortmund**
Borussia Dortmund

**1998 in München**
FC Hansa Rostock

**1997 in München**
1. FC Kaiserslautern

**1996 in Dortmund**
TSV 1860 München

**1995 in München**
Karlsruher SC

**1994 in Dortmund**
Bayer 04 Leverkusen

**1993 in München**
1. FC Köln

**1992 in München**
Borussia Dortmund

**1991 in Dortmund**
Borussia Dortmund

**1990 in Dortmund**
Borussia Dortmund

**1989 in Dortmund**
SV Werder Bremen

**1988 in Frankfurt/Main**
Bayer 05 Uerdingen

## DIE GRÖSSE DER TROPHÄEN

Der kleinste Pokal ist der begehrteste:

| | | |
|---|---|---|
| 1. Champions League | 74 | cm |
| 2. Uefa-Cup | 65 | cm |
| 3. Pokal der Pokalsieger | 60 | cm* |
| 4. Deutsche Meisterschaft | 59 | cm |
| 5. DFB-Pokal | 52 | cm |
| 6. Europameister | 50,5 | cm |
| 7. Weltmeister | 36 | cm |

*wird nicht mehr ausgespielt

## WASSER LASSEN

Bei der Dopingprobe nach einem Bundesligaspiel muss der dazu ausgeloste Spieler mindestens 75 Milliliter Urin lassen. 50 Milliliter davon werden für die A-Probe und 25 Milliliter für die B-Probe abgefüllt. Treten unerwartete Schwierigkeiten auf, reichen auch 60 Milliliter (A-Probe: 40, B-Probe: 20). Darüber entscheidet der Dopingarzt.

## DIE SCHNELLSTEN TREFFER IN WM-SPIELEN

| | | | | |
|---|---|---|---|---|
| 11 Sekunden | Hakan Sükür, Türkei | 2002 | Spiel um Pl. 3 | gegen Südkorea 3:2 |
| 15 Sekunden | Vaclav Masek, ČSSR | 1962 | Vorrunde | gegen Mexiko 1:3 |
| 25 Sekunden | Ernst Lehner, Deutschland | 1934 | Spiel um Pl. 3 | gegen Österreich 3:2 |
| 27 Sekunden | Bryan Robson, England | 1982 | Vorrunde | gegen Frankreich 3:1 |
| 37 Sekunden | Bernard Lacombe, Frankreich | 1978 | Vorrunde | gegen Italien 1:2 |
| 50 Sekunden | Adalbert Desu, Rumänien | 1930 | Vorrunde | gegen Peru 3:1 |
| 52 Sekunden | Celso Ayala, Paraguay | 1998 | Vorrunde | gegen Nigeria 3:1 |

In der WM-Qualifikation 1993 traf Davide Gualteri aus San Marino noch schneller. Im Heimspiel gegen England bezwang der Beamte den englischen Keeper David Seaman schon nach neun Sekunden. England siegte trotzdem noch mit 7:1, verpasste aber die Qualifikation für die Endrunde in den USA.

## DIE LETZTE MEISTERSCHAFT

Es ist schön, wenn man schon mal die Meisterschaft gewonnen hat, selbst wenn man hier und da ein wenig auf Wiederholung warten muss. Diese Erstligisten leben am längsten in der Warteschleife.

84 Jahre NAC Breda, Holland
78 Jahre Newcastle United, England
73 Jahre FC Motherwell, Schottland
70 Jahre Betis Sevilla, Spanien
64 Jahre FC Bologna, Italien
59 Jahre Beleneses Lissabon, Portugal
51 Jahre FC Lille, Frankreich
46 Jahre Schalke 04, Deutschland
37 Jahre SK Lyn Oslo, Norwegen

## TRANSFERREKORD

Kein Klub in der Geschichte des Fußballs bewegte so viel Geld wie Juventus Turin im Sommer 2001, und angesichts der allgemeinen Geschäftsentwicklung wird es dabei vorerst wohl auch bleiben.

Einkäufe
Gianluigi Buffon ............ von AC Parma ............ für 50.200.000 €
Pavel Nedved ............ von Lazio Rom ............ für 40.800.000 €
Lilian Thuram ............ von AC Parma ............ für 35.350.000 €
Marcello Salas ............ von Lazio Rom ............ für 11.420.000 €
Gesamtausgaben ............ 137.770.000 €

Verkäufe
Zinedine Zidane ............ an Real Madrid ............ für 75.000.000 €
Pippo Inzaghi ............ an AC Mailand ............ für 40.900.000 €
Edwin Van Der Saar ............ an FC Fulham ............ für 10.300.000 €
Gesamteinnahmen ............ 126.200.000 €

Ausgabenüberschuss ............ 14.570.000 €

Gesamtumsatz ............ 253.970.000 €

## DEUTSCHLANDS JÜDISCHE NATIONALSPIELER

### Gottfried Fuchs 3.5.1889–25.2.1972

beginnt das Fußballspielen beim Düsseldorfer FC 1899, wechselt 1908 zum Karlsruher FV und gewinnt mit dem Klub zwei Jahre später die Deutsche Meisterschaft. Sechs Spiele in der deutschen Nationalmannschaft zwischen 1911 und 1912, darunter der 16:0-Rekordsieg gegen Russland bei den Olympischen Spielen in Stockholm. Fuchs trifft zehn Mal, ein bis heute gültiger Rekord. Der erfolgreiche Geschäftsmann zieht 1926 von Karlsruhe nach Berlin, 1937 Emigration in die Schweiz. Dort 1939 als »feindlicher Ausländer« interniert und von der Abschiebung bedroht, am 23. Mai 1940 Visum für Kanada, wo er auch nach dem Krieg bleibt. Nach dem Zweiten Weltkrieg schreibt Bundestrainer Sepp Herberger gelegentlich an Fuchs, weil der sein Jugendidol war.

### Julius Hirsch 7.4.1892–8.5.1945

spielt beim Karlsruher FV und bei der SpVgg Fürth und wird mit beiden Klubs Deutscher Meister (1910 bzw. 1914). Der Stürmer kommt in sieben Länderspielen zum Einsatz, darunter bei den Partien während der Olympischen Spiele in Stockholm. Soldat im Ersten Weltkrieg, ausgezeichnet mit dem Eisernen Kreuz. Wird 1933 arbeitslos, findet anschließend nur gelegentlich Arbeit. Springt 1938 aus einem fahrenden Zug und kommt wegen Depressionen zeitweise in die Psychiatrie. Lässt sich 1939 von seiner evangelischen Frau scheiden, um diese und die gemeinsamen Kinder vor Verfolgung zu schützen. Wird am 1. März 1943 nach Auschwitz deportiert und am 8. Mai 1945 offiziell für tot erklärt.

## AUSLÄNDISCHE BUNDESLIGATRAINER

| | |
|---|---|
| Österreich | 10 |
| Holland | 9 |
| Jugoslawien | 8 |
| Ungarn | 5 |
| Schweiz, Kroatien, Belgien, Dänemark, Italien | 2 |
| Türkei, Bosnien, Frankreich, Polen | 1 |

von insgesamt 275

## ÄLTESTE BESTEHENDE FANCLUBS

Löwenclub Dachau, 1860 München, 1967 • Dröschederfeld, Borussia Dortmund, 1968
Die Königsblauen Wittenberg, Schalke 04, 1969 • Bochumer Jungs, VfL Bochum, 1972
Den Tuddel, Borussia Mönchengladbach, 1972 • Ossis, Werder Bremen, 1978

## NACHBARSCHAFTSDUELLE

SCHOTTLAND

| | | |
|---|---|---|
| FC Dundee | ← 200 Meter → | Dundee United |
| Falkirk | ← 750 Meter → | East Stirlingshire |

ENGLAND

| | | |
|---|---|---|
| Nottingham Forest | ← 300 Meter → | Notts County |
| FC Liverpool | ← 770 Meter → | FC Everton |
| FC Chelsea | ← 2400 Meter → | FC Fulham |

## KÜRZEL BENELUX

Der KRC Genk im belgisch-holländisch-deutschen Dreiländereck entstand im Jahr 1998 aus einer Fusion von zwei traditionsreichen Vereinen, dem KFC Winterslag und THOR Waterschei, beide Stadtteilklubs in Genk. Der Name THOR leitete sich nicht, wie man meinen könnte, vom germanischen Gott des Donners ab, sondern ist eine Abkürzung: Tot Heil Onzer Ribbenkast, was auf Deutsch »Zum Wohl unseres Brustkorbs« heißt.

In den Niederlanden sind derlei Akronyme noch weitaus häufiger:

DWS (Door Wilskracht Sterk) Amsterdam = Durch Willenskraft stark ▪ DOSKO (Door Ons Samenspel Komt Overwining) Bergen op Zoom = Durch unser Zusammenspiel zum Sieg ▪ AGOVV (Apeldoorns Voetbalvereniging Alleen Gezamenlijk Oefenen Voert Verder) = Apeldoornscher Fußballverein allein gemeinsames Training bringt weiter ▪ ADO (Alles Door Oefening) Den Haag = Alles durch Training ▪ RKC (Rooms-Katholieke Combinatie) Waalwijk = Römisch-Katholische Kombination

## NEGATIVER TABELLENFÜHRER

Am 22. Spieltag der Saison 1993/94 gelingt dem MSV Duisburg nach einem 1:0-Sieg über Werder Bremen ein bis heute einmaliger Coup. Zum ersten Mal schafft eine Mannschaft den Sprung auf den ersten Platz der Tabelle, obwohl sie ein negatives Torverhältnis hat. Das ist in diesem Fall umso bemerkenswerter, als schon fast zwei Drittel der Saison gespielt sind.

| | | | | | | |
|---|---|---|---|---|---|---|
| 1. MSV Duisburg | 22 | 10 | 7 | 5 | 29:30 Tore | 27–17 Punkte |

Die Tabellenführung hält aber nur sieben Tage, nach einem 0:4 beim FC Bayern fällt der MSV Duisburg auf den vierten Platz zurück und beendet die Saison als Neunter.

## PUNKTSPIELE ZWISCHEN DUBLIN, BRISTOL UND LIVERPOOL IN SÜDAMERIKA

Zwischen 1908 und 1912 spielten Dublin und Bristol in einer Liga, dann stieg zunächst Dublin und ein Jahr später Bristol ab. Dublin jedoch schaffte den Wiederaufstieg und spielte zwischen 1920 und 1923 gegen Liverpool. All das fand in Uruguay statt, denn die drei genannten Klubs kommen aus der Hauptstadt Montevideo und benannten sich nach Klubs, die in Südamerika getourt waren. Der 1915 gegründete FC Liverpool spielt heute noch in der ersten Liga des Landes.

## DIE BEKANNTESTEN ENTFÜHRUNGEN

| Spieler, Heimatland | Monat/Jahr | Entführungsopfer | frei durch |
|---|---|---|---|
| Alfredo di Stefano, Argentinien | August 1963 | selbst entführt | befreit |
| Romário, Brasilien | Mai 1994 | Vater | 7 Mio. Dollar |
| Jorge Campos, Mexiko | Februar 1999 | Vater | 200.000 Dollar |
| Kakha Kaladze, Georgien | Mai 2001 | Bruder | Schicksal ungeklärt |
| Juan Riquelme, Argentinien | April 2002 | Bruder | 160.000 Dollar |
| Robinho, Brasilien | November 2004 | Mutter | unbekannt |
| Grafite, Brasilien | Februar 2005 | Mutter | befreit |
| Rogerio, Brasilien | März 2005 | Mutter | unbekannt |
| Luis Fabiano, Brasilien | März 2005 | Mutter | unbekannt |

## HANDZEICHEN DER SCHIEDSRICHTER

Verwarnung

Tor

Indirekter Freistoß

Elfmeter

Eckball

Abstoß

## DIE FIESESTEN AUSSCHREITUNGEN BEIM WELTPOKAL

Bevor der Weltpokal 1980 zum Finalort Tokio wechselte, wurde er zwischen dem europäischen Gewinner des Landesmeisterpokals und dem Gewinner der Copa America in Hin- und Rückspielen ausgetragen, die in Südamerika allerdings zu so gewalttätigen Spielen vor feindseligem Publikum wurden, dass im Laufe der siebziger Jahre die Europäer immer häufiger nicht mehr antraten.

1963 FC Santos – AC Mailand
Maldini (Mailand) und Ismael (Santos) fliegen vom Platz, Torwart Balzarini wird verletzt heruntergetragen.

1967 Racing Buenos Aires – Celtic Glasgow
Beim Entscheidungsspiel in Montevideo Platzverweise für Johnstone, Hughes, Lennox und Basile. Weitere Herausstellungen für Rulli und Auld, die sich aber weigern, den Platz zu verlassen.

1968 Estudiantes de la Plata – Manchester United
Carlos Bilardo öffnet mit einem gezielten Tritt das Bein von Bobby Charlton bis zum Knochen.

1970 Estudiantes de la Plata – Feyenoord Rotterdam
Carlos Pachamé zertritt die Brille von Joop van Daale, nachdem der das Siegtor für die Holländer erzielt hat.

1972 Independiente Buenos Aires – Ajax Amsterdam
Johan Cruyff kehrt mit zertretenem Knöchel heim.

## DER GEHÖRLOSE TORJÄGER

Cliff Bastin war einer der großen Stars der Mannschaft von Arsenal London, die in den dreißiger Jahren den englischen Fußball dominierte. Er gewann fünf Meistertitel, zwei Mal den Pokal und wurde zu 21 Spielen der englischen Nationalmannschaft berufen. Das ist umso bemerkenswerter, weil er fast taub war. Bastin konnte aufgrund einer ererbten Schwerhörigkeit die Rufe seiner Mannschaftskameraden nicht hören.

## HERBERGERISMEN

Der ehemalige deutsche Nationaltrainer Sepp Herberger
wusste die Wahrheiten des Fußballs so zu formulieren,
dass sie den Klang ewiger Gültigkeit bekamen:

DER BALL IST RUND
DAS SPIEL DAUERT 90 MINUTEN
ELF FREUNDE SOLLT IHR SEIN
DIE LEUTE GEHEN INS STADION, WEIL SIE NICHT WISSEN, WIE ES AUSGEHT
NACH DEM SPIEL IST VOR DEM SPIEL
DAS NÄCHSTE SPIEL IST IMMER DAS SCHWERSTE
DER SCHNELLSTE SPIELER IST DER BALL

## BRASILIANISCHE NAMENSLYRIK

Arthur Antunes Coimbra - ZICO
Carlos Caetano Bledorn Verri - DUNGA
Edson Arantes des Nascimento - PELÉ
Eduardo Gonzalves de Andrade - TOSTAO
Edvaldo Izidio Neto - VAVA
Jair Ventura Filho - JAIRZINHO
José Roberto da Silva Júnior - ZÉ ROBERTO
José Roberto da Gama de Oliveira - BEBETO
Luiz Nazário de Lima - RONALDO
Manoel Francisco das Santos - GARRINCHA
Marcos Evangelista de Moares - CAFÚ
Raimundo Souza Vieira de Olivera - RAÍ
Romário de Souza Faria Filho - ROMÁRIO
Ronaldo de Assis Moreira - RONALDINHO
Sócrates Brasileiro Sampaio der Souza Vieira de Olivera - SÓCRATES
Vitor Borba Ferreira - RIVALDO
Emerson Ferreira da Rosa - EMERSON
Valdir Pereira - DIDI
Antonio Filho de Oliveira - CARECA
José Leonidas da Silva - LEONIDAS
Tomasz Soarez da Silva - ZIZINHO
José Eli de Miranda - ZITO

## WHITE HORSE FINAL

Am 28. April 1923 wurde das englische Pokalfinale erstmals im neuen Empire Stadion im Londoner Vorort Wembley ausgetragen. Niemand wusste, wie viele Besucher zum Spiel zwischen West Ham United und den Bolton Wanderers in das noch nicht ganz fertige Stadion kommen würden, das einmal 120.000 Zuschauer fassen sollte. 32.527 Zuschauer hatten sich im Vorverkauf Eintrittskarten besorgt, also wurde am Tag des Spiels Werbung dafür gemacht und den Besuchern »viel Platz und ein exzellenter Blick aufs Spielfeld« versprochen. Die Werbung funktionierte, die Menschen kamen in unglaublicher Zahl. Weitere 90.520 Zuschauer bezahlten an den Tageskassen, aber Zehntausende überrannten die Eingänge, bis schätzungsweise 200.000 Zuschauer das Stadion überfüllten. Immer mehr von ihnen kamen notgedrungen auf den Rasen, aber auch um einen Blick auf den König in seiner Loge zu erhaschen. Gespielt werden konnte nicht, weil kein Platz auf dem Rasen war – bis die Polizei kam. Constable PC George A. Storey auf seinem Schimmel »Billie« wurde an jenem Nachmittag zu einer Legende, weil er hoch zu Ross die geduldigen Zuschauer zumindest an den Seitenrand zurückdrängte. Dort standen sie schließlich so dicht, dass der Ball nicht einmal ins Aus gehen konnte. Trotzdem wurde die Partie mit nur 44 Minuten Verspätung angepfiffen, und Bolton schlug West Ham mit 2:0.

## PREIS FÜR EINE NICHT ERMÄSSIGTE STEHPLATZKARTE AUF DER SÜDTRIBÜNE DES WESTFALENSTADIONS IN DORTMUND

| | | | | | |
|---|---|---|---|---|---|
| 1976/77 | 8 DM | 1986/87 | 12 DM | 1996/97 | 15 DM |
| 1977/78 | 8 DM | 1987/88 | 12 DM | 1997/98 | 15 DM |
| 1978/79 | 8 DM | 1988/89 | 12 DM | 1998/99 | 15 DM |
| 1979/80 | 8 DM | 1989/90 | 12 DM | 1999/00 | 15 DM |
| 1980/81 | 10 DM | 1990/91 | 9,50 DM | 2000/01 | 15 DM |
| 1981/82 | 10 DM | 1991/92 | 9,50 DM | 2001/02 | 15 DM |
| 1982/83 | 10 DM | 1992/93 | 12 DM | 2002/03 | 8 € |
| 1983/84 | 10 DM | 1993/94 | 12 DM | 2003/04 | 9,50 € |
| 1984/85 | 12 DM | 1994/95 | 14 DM | 2004/05 | 10 € |
| 1985/86 | 12 DM | 1995/96 | 15 DM | 2005/06 | 11 € |

## CALMUNDS ECK

Eine der lustigsten Hervorbringungen deutscher Fußballfanzines der frühen neunziger Jahre findet sich in *Hennes*, einem Fanzine des 1. FC Köln, das leider nur drei Ausgaben lang erschien. Dort wurde der damalige Manager des Lokalrivalen Bayer Leverkusen, Reiner Calmund, mit einer fiktiven Version des berühmten Fragebogens verspottet, der jahrelang im inzwischen eingestellten Magazin der FAZ von Prominenten ausgefüllt wurde. Der 1. FC Köln wollte daraufhin den Verkauf des Fanzines unterbinden, Calmund selbst war eher belustigt.

*Wo möchten Sie leben?*
Im Schlaraffenland

*Was ist für Sie das vollkommene Glück?*
Ein gebratenes Wildschwein, fünf Liter Lambrusco und eine Schüssel Schokoladenpudding

*Welche Eigenschaften schätzen Sie an einer Frau am meisten?*
Ihre Kochkünste und ihre Bereitschaft zu teilen

*Was wäre für Sie das größte Unglück?*
Eine Magen-Darm-Grippe

*Ihr Traum vom Glück?*
In einer Abmagerungskur nur 12 Kilo zuzunehmen

*Ihr Lieblingstier?* Coq au vin

*Ihre Lieblingsblume?*
Die Pilsblume

*Ihr Lieblingsschriftsteller?*
Max Inzinger

*Ihre Lieblingsmusiker?*
Meat Loaf, Ivan Rebroff, Placido Domingo

*Ihr Lieblingsfilm?*
Das große Fressen

*Ihre Lieblingsfarbe?*
Fleischfarben

*Ihr Lieblingsmaler?*
Rubens

*Was verabscheuen Sie am meisten?*
Diäten

*Ihre gegenwärtige Geistesverfassung?*
Hungrig

*Die größte Heldentat der Geschichte?*
Die wundersame Brotvermehrung

*Ihr Hauptcharakterzug?*
Unstillbarer Hunger

*Was möchten Sie gerne sein?*
Testesser

*Welchen Fehler entschuldigen Sie am meisten?*
Wenn jemand mit den Fingern isst

*Ihr Lieblingsschauspieler?*
Bud Spencer, Marlon Brando (der Ältere)

*Ihre Lieblingsschauspielerin?*
Trude Herr

*Ihr Lieblingspolitiker?*
Pfälzer Saumagen

*Ihr Motto?*
Essen, als wär's das letzte Ma(h)l

*Ihr Traum vom Glück?*
Ungesättigte Fettsäuren

## AZZURRO/ORANJE

Oft spielen Nationalmannschaften in den Farben ihres Landes, doch sowohl die holländische als auch die italienische treten in der ihres Königshauses an. Das Azurblau der italienischen Trikots ist die Farbe des Königshauses Savoyen, das in der italienischen Einigung führend war. Während des Faschismus trug die Nationalmannschaft bei Auswärtsspielen gelegentlich schwarze Ausweichtrikots, um ihre Verbundenheit mit den Faschisten zu dokumentieren, die sich Schwarzhemden nannten. Die orangenfarbenen Trikots des holländischen Teams entsprechen der Farbe des Königshauses Oranje.

## DAS SPIEL DES JAHRHUNDERTS

Text einer Erinnerungstafel am Aztekenstadion in Mexiko City:

EL ESTADIO AZTECA, RINDE HOMENAJE A LAS
SELECCIONES DE:
ITALIA (4) Y ALEMANIA (3)
PROTAGONISTAS EN EL MUNDIAL DE 1970,
DEL »PARTIDO DEL SIGLO«
17 DE JUNIO DE 1970

Das Aztekenstadion ehrt die Auswahlmannschaften
von Italien (4) und Deutschland (3) bei der WM 1970
Protagonisten des »Spiels des Jahrhunderts« 17. Juni 1970

## FUSSBALLSPIELER, DIE BEI VERKEHRSUNFÄLLEN ZU TODE KAMEN

| | |
|---|---|
| MAURICE BANACH | Deutschland |
| LAURIE CUNNINGHAM | England |
| KASZIEMIR DEYNA | Polen |
| DIRCEU | Brasilien |
| LUTZ EIGENDORF | Deutschland |
| ROMMEL FERNÁNDEZ | Panama |
| JUANITO | Spanien |
| GIGI MERONI | Italien |
| GAETANA SCIREA | Italien |
| OTILINO TENORIA | Ekuador |
| URRUTI | Spanien |
| ROLAND WABRA | Deutschland |

## DIE BEKANNTESTEN PARTNERINNEN VON FRANZ BECKENBAUER

Brigitte Beckenbauer (geb. Wittmann)
Diane Sandmann
Sybille Beckenbauer (geb. Weimer)
Heidi Burmester

## JUGOSLAWISCHE AUSLANDSPROFIS 1993/94

| | |
|---|---|
| Griechenland | 56 |
| Deutschland | 46 |
| Belgien | 39 |
| Frankreich | 37 |
| Portugal | 34 |
| Spanien | 31 |
| Österreich | 26 |
| Zypern | 21 |
| Türkei | 17 |
| Italien | 7 |
| GESAMT: | 314 |

## HOOLIGANSPRACHE

Mit dem Aufkommen der Hooligans in Deutschland entstand auch eine eigene Begrifflichkeit, um die Erlebnisse vom Wochenende adäquat zu beschreiben.

*Althauer* - erfahrener Hooligan
*Backenfutter* - Ohrfeigen
*Boxerei (auch: Hauerei)* - Aufeinandertreffen von Hooligangruppen
*gepflegter Hass* - besondere Rivalität
*gerade machen* - mutig sein
*Gerstenkaltschale* - Bier
*Gute* - harte Jungs
*keine Grüße* - (meist in Kleinanzeigen der Fanzines) Ausdruck besonderer Missachtung
*Kindermob* - Gruppe von jungen und weniger ernst zu nehmenden Hooligans
*klatschen* - verprügeln
*langen Schuh machen* - flüchten
*Lutscher (auch: Läufer)* - Feigling
*Mob* - Gruppe von Hooligans
*stiefeln* - am Boden Liegenden treten

## SELTSAMER BOYKOTT

Nach dem Einmarsch sowjetischer Truppen 1968 in Prag weigerte sich zunächst Celtic Glasgow aus Protest gegen die Okkupation, im Europacup der Landesmeister gegen Ferencváros Budapest zu spielen. Nachdem der AC Mailand ebenfalls aus Protest nicht gegen die Bulgaren von Levski Sofia spielen wollte, wiederholte die Uefa die Auslosung für den Wettbewerb der Landesmeister und den der Pokalsieger auf regionaler Basis. So sollte zunächst ausgeschlossen werden, dass Teams aus dem Westen und aus dem Ostblock gegeneinander spielen. Dagegen wiederum protestierten die sozialistischen Staaten, und Dynamo Kiew, Levski Sofia, Ferencváros Budapest, Carl Zeiss Jena und Ruch Chorzów aus Polen zogen ihre Meldung zurück. Nur Roter Stern Belgrad, Steaua Bukarest und der tschechoslowakische Meister Spartak Trnava verweigerten den Boykott. Auch der tschechoslowakische Pokalsieger Slovan Bratislava spielte mit und gewann im Finale gegen Barcelona den Europapokal der Pokalsieger. Es war der erste Gewinn eines Europacups für ein Team aus Osteuropa.

## DIE ZULU-KICKER

Im Herbst 1879 trat eine Stadtauswahl von Sheffield im Stadion an der Bramall Lane gegen eine Auswahl von Zulu-Kriegern an. Die Gäste, angeführt von ihrem König Cetewayo, legten Speere und Schilde am Spielfeldrand ab und spielten dann groß auf. Gegen die damals besten Fußballspieler der Welt siegten sie 5:4. Während des Spiels verwischten sich durch den Schweiß jedoch die geschwärzten Gesichter, und auch der letzte Zuschauer erkannte, dass es sich um als Zulus verkleidete heimische Spieler handelte. Sie sammelten auf diese Weise Geld für die Witwen und Waisen jener englischen Soldaten, die zehn Wochen zuvor bei verlustreichen Schlachten gegen Zulus in Südafrika gefallen waren. Die Zulu-Kicker absolvierten noch einige weitere Spiele und perfektionierten ihr Auftreten, bis der Fußballverband sie stoppte, weil sie angeblich das Spiel in Misskredit brachten.

## UNABSTEIGBAR

Diese Klubs sind seit der Gründung nationaler Ligen in ihrem Land nie abgestiegen:

| | |
|---|---|
| 1890 | Celtic Glasgow |
| | Glasgow Rangers |
| | Cliftonville FC |
| | Glentoran Belfast |
| | Linfield FC |
| 1900 | Peñarol Montevideo |
| 1901 | Ferencváros Budapest |
| 1911 | Austria Wien |
| | Rapid Wien |
| 1921 | Bohemians Dublin |
| 1928 | Athletic de Bilbao |
| | FC Barcelona |
| | Real Madrid |
| 1929 | Inter Mailand |
| | Juventus Turin |
| | SK Tirana |
| 1931 | River Plate Buenos Aires |
| | Independiente Buenos Aires |
| | Boca Juniors Buenos Aires |
| 1932 | Hajduk Split |
| 1933 | Colo Colo Santiago de Chile |
| 1934 | APOEL Nikosia |
| 1936 | Dynamo Kiew |
| | Dynamo Moskau |
| 1937 | Levski Sofia |
| 1938 | Benfica Lissabon |
| | FC Porto |
| | Sporting Lissabon |
| 1948 | Independiente Santa Fé |
| | Millonarios Bogotá |
| | Al-Ahly Kairo |
| | Zamalek Kairo |
| 1950 | Maccabi Tel Aviv |
| 1963 | Hamburger SV |

## WELTSCHIEDSRICHTER DES JAHRES

Gewählt wird der Sieger von der International Federation of Football History & Statistic.

| | | |
|---|---|---|
| 1987 | Romualdo Arppi Filho | *Brasilien* |
| 1988 | Michel Vautrot | *Frankreich* |
| 1989 | Michel Vautrot | *Frankreich* |
| 1990 | José Roberto Ramiz Wright | *Brasilien* |
| 1991 | Peter Mikkelsen | *Dänemark* |
| 1992 | Aron Schmidhuber | *Deutschland* |
| 1993 | Peter Mikkelsen | *Dänemark* |
| 1994 | Sándor Puhl | *Ungarn* |
| 1995 | Sándor Puhl | *Ungarn* |
| 1996 | Sándor Puhl | *Ungarn* |
| 1997 | Sándor Puhl | *Ungarn* |
| 1998 | Pierluigi Collina | *Italien* |
| 1999 | Pierluigi Collina | *Italien* |
| 2000 | Pierluigi Collina | *Italien* |
| 2001 | Pierluigi Collina | *Italien* |
| 2002 | Pierluigi Collina | *Italien* |
| 2003 | Pierluigi Collina | *Italien* |
| 2004 | Markus Merk | *Deutschland* |

## ABSTÜRZE IN DER BUNDESLIGA

| Saison | Klub | Hinrundenplatzierung | Endstand | Differenz |
|---|---|---|---|---|
| 1991/92 | MSV Duisburg | 7 | 19* | -12 |
| 1966/67 | Hamburger SV | 2 | 14 | -12 |
| 1970/71 | Rot-Weiß Essen | 8 | 18* | -10 |
| 1967/68 | TSV München 1860 | 3 | 12 | -9 |
| 1986/87 | VfB Stuttgart | 4 | 12 | -8 |
| 1983/84 | Fortuna Düsseldorf | 6 | 14 | -8 |
| 1995/96 | Bayer Leverkusen | 6 | 14 | -8 |
| 1978/79 | FC Schalke 04 | 7 | 15 | -8 |
| 1995/96 | VfB Stuttgart | 3 | 10 | -7 |

*Absteiger

## STADIEN AM FLUSS

STADE ABBÉ DESCHAMPS, AUXERRE - an der Yonne
EWOOD PARK, BLACKBURN - am Darwen
WESERSTADION, BREMEN - an der Weser
LTU-ARENA, DÜSSELDORF - am Rhein
CRAVEN COTTAGE, FULHAM - an der Themse
BAYARENA, LEVERKUSEN - an der Dhünn
ESTÁDIO DO RESTELO, LISSABON - am Tejo
ESTADIO VICENTE CÁLDERON, MADRID - am Manzanares
LUSHNIKI PARK, MOSKAU - an der Moskwa
CITY GROUND, NOTTINGHAM - am Trent
STADION NIEDERRHEIN, OBERHAUSEN - an der Emscher
STADIO OLYMPICO, ROM - am Tiber
HILLSBOROUGH STADIUM, SHEFFIELD - am Don
STADION AM ZOO, WUPPERTAL - an der Wupper

## TRAINER MIT DEN MEISTEN LÄNDERSPIELEN

| | | | | |
|---|---|---|---|---|
| Bora Milutinovic* | 276 | Mexiko | 104 | 1983-1997 |
| | | Costa Rica | 9 | 1990 |
| | | USA | 96 | 1991-1995 |
| | | Nigeria | 11 | 1997-1998 |
| | | China | 46 | 2000-2002 |
| | | Honduras | 10 | 2003-2004 |
| Francisco Maturana* | 172 | Kolumbien | 75 | 1987-1994 |
| | | Equador | 42 | 1995-1997 |
| | | Costa Rica | 11 | 1999 |
| | | Peru | 14 | 1999-2000 |
| | | Kolumbien | 30 | 2001-2003 |
| Sepp Herberger | 167 | Deutschland | | 1936-1964 |
| Hugo Meisl | 155 | Österreich | | 1912-1937 |
| Helmut Schön | 148 | Saarland | 9 | 1953-1956 |
| | | Deutschland | 139 | 1964-1978 |
| Sepp Piontek | 148 | Haiti | 5 | 1977 |
| | | Dänemark | 115 | 1979-1990 |
| | | Türkei | 28 | 1990-1993 |

* Karriere noch nicht beendet

## DIE ERSTE LIGA DER WELT

1888 startete in England The Football League, die erste Liga der Welt, in der Teams in einem geordneten Spielplan in Hin- und Rückspielen gegeneinander antraten. Die zwölf Gründungsmitglieder einigten sich erst im Laufe der Saison darauf, Siege mit zwei Punkten sowie Unentschieden mit einem Punkt zu bewerten. Preston, der erste Fußballmeister überhaupt, beendete die Saison ungeschlagen.

| | Tore | Punkte |
|---|---|---|
| 1. Preston North End | 74:15 | 40-4 |
| 2. Aston Villa | 61:43 | 29-15 |
| 3. Wolverhampton Wanderers | 50:37 | 28-16 |
| 4. Blackburn Rovers | 44:26 | 26-18 |
| 5. Bolton Wanderers | 63:59 | 22-22 |
| 6. West Bromwich Albion | 40:46 | 22-22 |
| 7. Accrington | 48:38 | 20-24 |
| 8. Everton | 35:46 | 20-24 |
| 9. Burnley | 42:62 | 17-27 |
| 10. Derby County | 41:61 | 16-28 |
| 11. Notts County | 40:73 | 12-32 |
| 12. Stoke City | 26:51 | 12-32 |

## DIE ERSTEN AUSLÄNDER

Als die Bundesliga 1963/64 in ihre erste Saison startete, hatten die 16 Klubs nur sechs ausländische Profis unter Vertrag, von denen gerade einmal zwei zu Saisonbeginn in die neue Liga gewechselt waren. Fast alle waren bei ihren Vereinen erfolgreich.

WILHELM HUBERTS, Österreich, Eintracht Frankfurt, 29 Spiele, 19 Tore*
DRAGOMIR ILIC, Jugoslawien, Werder Bremen, 4 Spiele (Torwart)
CO PRINS, Holland, 1. FC Kaiserslautern, 23 Spiele, 6 Tore**
PETAR RADENKOVIC, Jugoslawien, 1860 München, 30 Spiele (Torwart)
AYKUT ÜNYAZICI, Türkei, Eintracht Braunschweig, 8 Spiele, kein Tor
HEINZ VERSTEEG, Holland, MSV Duisburg, 30 Spiele, 10 Tore

* war von Hungaria New York gekommen **war von Ajax Amsterdam gekommen

## SCHLAGZEILEN IM REVIER

In der regionalen Sportzeitung *Reviersport*, die sonntags und donnerstags im Ruhrgebiet erscheint, wird die Kunst der Schlagzeile auf besondere Weise gepflegt.

> WSV-»Zigaretten-Anzünder« glühten Morales-Team weg
> Störche weggebraten!
> Mega Standard-Boomerang
> Keine Schießbudeneuphorie
> Dotterweiches Defensivspektakel
> Die Suche nach dem Eigelb
> Kein »Weißwurst-Wirbel« bei »Keller-Kollegen«
> »Skandalöse Vergewaltigung«
> Alien Czyszczon
> Arie van Lent duschte »Verwaltungs-Zebras« ab
> »Kellerkampf-Task-Force« mit sprudelnder Personal-Pipeline
> Offenes Messer gegen die »Blauäugigkeit«
> Punkte-»Gebimmel« in Timmel
> Gegen Club aus Bank-Metropole endlich Sieges-Konto ermitteln
> Pfui! Ohne Herz ins Desaster
> »Schmalhans« Asamoahs Küchengeheimnis
> »Monster-Ossis« am Boden flach legen
> Tierischer Trier-Terror tabu!
> »Störche« mit Dreierfutter, Youngster mit Frust-Packung
> Nach Ärger Spitzen-Feuer! Franken abfackeln
> Gnadenbrot gegen Aufstiegs-Hafer! RWE muss das Menue-Angebot ändern

## SIEBZEHNMETER

In seinem Buch »Elfmeter« berichtet René Martens von einem Siebzehnmeter bei der Weltmeisterschaft 1930 in Uruguay. Der Mexikaner Manuel Rosas musste damals gegen Argentinien zwei Elfmeter aus 17 Metern Entfernung schießen. Da im Stadion kein Strafstoßpunkt markiert worden war, maß der bolivianische Referee Ulysses Saudeco den Abstand selber ab – und landete außerhalb des Strafraums. Rosas verwandelte zwei Mal, aber jeweils erst im Nachschuss. Mexiko unterlag dennoch 3:6.

## AFRIKAMEISTER

Die Afrikameisterschaft ist als kontinentaler Wettbewerb das Pendant zur Europa- oder Südamerikameisterschaft. Sie wurde erstmals 1957 und wird seit 1968 regelmäßig alle zwei Jahre ausgetragen. Bislang haben 13 verschiedene Länder die Afrikameisterschaft gewonnen, Rekordsieger sind Ägypten, Ghana und Kamerun mit je vier Titeln.

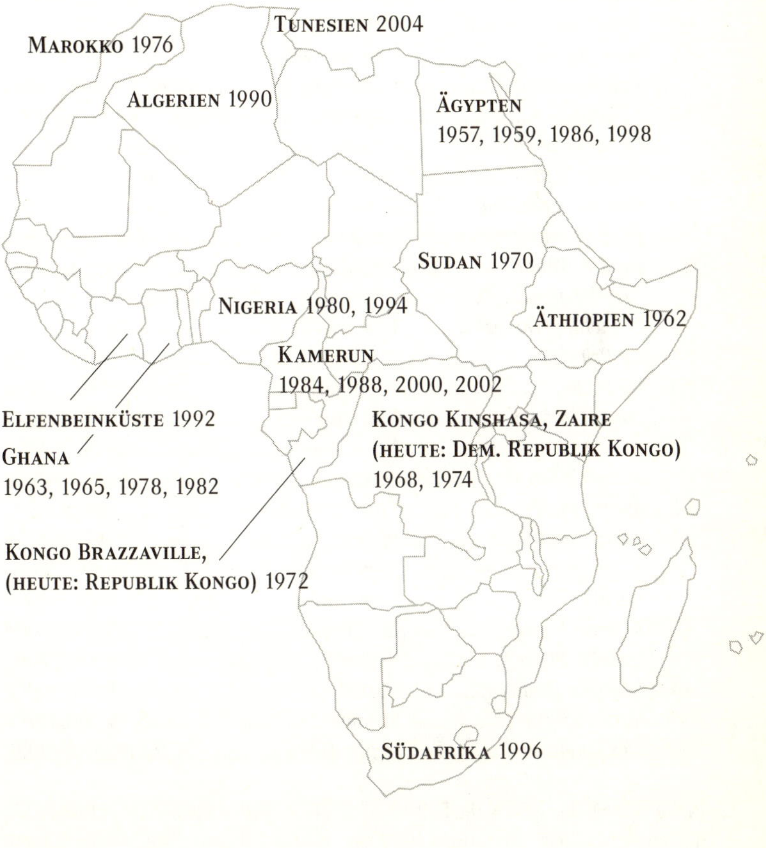

## UNSCHLAGBAR

Die weltweit längsten Serien ohne Niederlage in Ligaspielen:

| Spiele | Klub | Land | Zeitraum |
|---|---|---|---|
| 108 | *ASEC Abidjan* | Elfenbeinküste | 1989-6/1994 |
| 104 | *Steaua Bukarest* | Rumänien | 8/1986-9/1989 |
| 85 | *Espérance Tunis* | Tunesien | 10/1997-4/2001 |
| 62 | *Celtic Glasgow* | Schottland | 11/1915-4/1917 |
| 60 | *Union Saint-Gilloise* | Belgien | 1/1933-2/1935 |
| 59 | *Boca Juniors* | Argentinien | 4/1924-6/1927 |
| | *Pyunik Eriwan* | Armenien | 10/2002-11/2004 |
| 58 | *AC Mailand* | Italien | 5/1991-3/1993 |
| | *Olympiakos Piräus* | Griechenland | 10/1972-4/1974 |
| | *Skonto Riga* | Lettland | 10/1993-5/1996 |
| 56 | *Benfica Lissabon* | Portugal | 10/1976-9/1978 |
| | *Peñarol Montevideo* | Uruguay | 8/1966-9/1969 |
| 55 | *Dalian Wanda* | China | 9/1995-12/1997 |
| | *Gray's Farm* | Antigua | 10/1997-10/2000 |
| | *Schachtjor Donezk* | Ukraine | 7/2000-8/2002 |
| 54 | *CE Principat* | Andorra | 3/1997-9/1999 |
| 53 | *FC Porto* | Portugal | 10/1994-3/1996 |
| | *Silkes Kratovo* | Mazedonien | 4/1995-3/1997 |
| 52 | *Ajax Amsterdam* | Niederlande | 8/1994-1/1996 |
| | *Zamalek Kairo* | Ägypten | 12/2002-11/2004 |
| 51 | *Sparta Prag* | Tschechoslowakei | 1920-1923 |
| 50 | *Barry Town FC* | Wales | 3/1997-9/1998 |
| | *Roter Stern Belgrad* | Jugoslawien | 11/1999-3/2001 |
| | *Racing Club* | Argentinien | 9/1913-5/1916 |
| 49 | *Arsenal London* | England | 5/2003-10/2004 |
| | *Levadia Maardu* | Estland | 7/1999-5/2001 |
| 48 | *Beşiktaş Istanbul* | Türkei | 4/1991-12/1992 |
| | *Kareda Siauliai* | Litauen | 8/1997-5/1999 |
| | *San Lorenzo* | Argentinien | 5/1926-12/1927 |

In der Bundesliga gelang die längste Serie ohne Niederlage dem Hamburger SV, der zwischen dem 30. Januar 1982 und dem 29. Januar 1983 in 36 Spielen ungeschlagen blieb.

## HERTHAS SCHWERE JAHRE

Zwischen 1926 und 1931 qualifizierte sich Hertha BSC sechs Mal hintereinander für das Endspiel um die Deutsche Meisterschaft, gewann den Titel jedoch erst im fünften Finale zum ersten Mal.

| | | |
|---|---|---|
| 1926 | 1:4 | gegen SpVgg Fürth |
| 1927 | 0:2 | gegen 1. FC Nürnberg |
| 1928 | 2:5 | gegen Hamburger SV |
| 1929 | 2:3 | gegen SpVgg Fürth |
| 1930 | 5:4 | gegen Holstein Kiel |
| 1931 | 3:2 | gegen München 1860 |

Damit begann ein Warten, das bis heute nicht vorüber ist. Hertha erreichte kein Endspiel mehr, kam in der Bundesliga bestenfalls auf einen dritten Platz und wartet so lang auf den Titel wie kein anderer Bundesligist, der schon einmal deutscher Meister war: 75 Jahre.

## EIN LYRISCHER NATIONALTRAINER

Streit gab es in Mexiko in den Tagen vor dem heiligen Fest des Jahres 1993. Die deutschen Nationalspieler mochten nicht mehr mit den mitreisenden Reportern sprechen, die sie nach den Leistungen auf der Nord- und Mittelamerikareise hart kritisiert hatten. Da trat Bundestrainer Berti Vogts vor die Presse und sprach eine Art gereimter Weihnachtsbotschaft:

*»Ein bisschen mehr Friede*
*und weniger Streit,*
*ein bisschen mehr Güte*
*und weniger Neid,*
*ein bisschen mehr Liebe*
*und weniger Hass,*
*ein bisschen mehr Wahrheit,*
*das wäre doch was …«*

Ein dichtender Nationaltrainer, dachte alle Welt, doch erwies sich einige Tage später, dass Vogts nur den Volksdichter Peter Rosegger zitiert hatte. Das Länderspiel in Mexiko-City endete torlos.

## BUNTE LIGA

Im Zuge der so genannten Alternativkultur entstanden ab Mitte der siebziger Jahre in vielen Städten Bunte Ligen, die sich bewusst vom Deutschen Fußball-Bund absetzten, um einen Fußball jenseits althergebrachter Vereinsmeierei zu propagieren. Das wurde nicht zuletzt in der Namensgebung zum Ausdruck gebracht, die dem Humorverständnis der Zeit entsprach.

| | |
|---|---|
| *Hinter Mailand* | *Spiel mir das Lied vom Tor* |
| *Beethovens Elfte* | *Eintracht Zwietracht* |
| *Juventus Urin* | *Schönwetter Allstars* |
| *Deutschland** | *Kurzschluss Osram Heynckes* |
| *Juventus Senile* | *Fortuna Unglück* |
| *Rote Nullen* | *Prinzip Hoffnung* |

*damit jeder mal für Deutschland spielen kann

## VÄTER UND SÖHNE BEI WM-ENDRUNDEN

| Vater | Sohn |
|---|---|
| Roger Rio, Frankreich 1934 | Patrice Rio, Frankreich 1978 |
| Martin Ventolrá, Spanien 1934 | José Martin, Mexiko 1970 |
| Mario Perez, Mexiko 1950 | Mario Perez, Mexiko 1970 |
| Domingos Da Guia, Brasilien 1938 | Ademir II, Brasilien 1974 |
| Vicente Asensi, Spanien 1950 | Juan Manuel Asensi, Spanien 1978 |
| Cesare Maldini, Italien 1962 | Paolo Maldini, Italien 1990ff. |
| Manuel Sanchis, Spanien 1966 | Manuel Sanchis, Spanien 1990 |
| Jean Djorkaeff, Frankreich 1966 | Youri Djorkaeff, Frankreich 1998 |
| Julio Montero, Uruguay 1970 | Paolo Montero, Uruguay 2002 |
| Bum-Kun Cha, Südkorea 1986 | Du-Ri Cha, Südkorea 2002 |

## EIN UNSELIGER HATTRICK

Am 23. Dezember 1995 besiegte der belgische Rekordmeister RSC Anderlecht das Team von Germinal Ekeren mit 4:2, Staf Van Den Buys traf *drei Mal* – ins eigene Tor.

Es müssen nicht immer Löwen, Drachen oder Adler sein, Fußballheraldik bietet weit mehr Möglichkeiten.

| | |
|---|---|
| Antilope | Bush Bucks, Südafrika |
| Delfin | AS Vita Kinshasa, Kongo |
| Einhorn* | Glenovan FC, Nordirland |
| Elster | Newcastle United, England |
| Eule | Tecolotes Guadalajara, Mexiko |
| Fledermaus | FC Valencia, Spanien |
| Fuchs | Leicester City, England |
| Geißbock | 1. FC Köln, Deutschland |
| Hahn | Tottenham Hotspur, England |
| Hirsch | Mansfield Town, England |
| Känguru | Bohemians Prag, Tschechien |
| Kolibri | Colibríes der Cuernavaca, Mexiko |
| Krokodil | Olympique Nîmes, Frankreich |
| Lamm | Preston North End, England |
| Liverbird** | FC Liverpool, England |
| Luchs | Toronto Lynx, Kanada |
| Möwe | Brighton & Hove Albion, England |
| Pferd | FC Twente Enschede, Holland |
| Puma | U.N.A.M., Mexiko |
| Reiher | ADO Den Haag, Holland |
| Rind | FC Dallas, USA |
| Schafsbock | Derby County, England |
| Schwalbe | Cardiff City, Wales |
| Seepferdchen | AC Cesena, Italien |
| Stachelschwein | Asante Kotoko Kumasi, Ghana |
| Stier | AC Turin, Italien |
| Tiger | Ulsan Hyundai Horang-i, Südkorea |
| Wespe | Chicago Sting, USA |
| Wildkatze | Enugu Rangers, Nigeria |
| Wildschwein | CS Sedan, Frankreich |
| Wölfin | AS Rom, Italien |
| Zebra | MSV Duisburg, Deutschland |

*Fabeltier **Fabeltier aus dem Stadtwappen von Liverpool

## DIE ZEHN AM SCHLECHTESTEN BESUCHTEN BUNDESLIGASPIELE

| | | | | |
|---|---|---|---|---|
| 1. | Tasmania Berlin - Borussia Mönchengladbach | 19. Spieltag | 1965/66 | 827 |
| 2. | Rot-Weiß Oberhausen - Offenbacher Kickers | 34. Spieltag | 1972/73 | 1.000 |
| 3. | Tasmania Berlin - Werder Bremen | 29. Spieltag | 1965/66 | 1.200 |
| | VfB Stuttgart - Fortuna Düsseldorf | 34. Spieltag | 1971/72 | 1.200 |
| 5. | Tasmania Berlin - MSV Duisburg | 27. Spieltag | 1965/66 | 1.500 |
| | Tennis Borussia Berlin - Wuppertaler SV | 33. Spieltag | 1974/75 | 1.500 |
| 7. | Tasmania Berlin - Borussia Neunkirchen | 33. Spieltag | 1965/66 | 2.000 |
| | Borussia Neunkirchen - Karlsruher SC | 34. Spieltag | 1965/66 | 2.000 |
| | Alemannia Aachen - 1. FC Kaiserslautern | 30. Spieltag | 1969/70 | 2.000 |
| | Wuppertaler SV - VfB Stuttgart | 25. Spieltag | 1974/75 | 2.000 |

## KARTENZAUBER

Am 11. Juni 2002 besiegte die deutsche Nationalmannschaft in Shizuoka das Team aus Kamerun mit 2:0 und qualifizierte sich damit fürs Achtelfinale. Der spanische Referee Antonio Lopez Nieto stellte dabei einen Rekord für Spiele bei WM-Endrunden auf, als er 12 Gelbe Karten (Kahn, Frings, Ballack, Hamann, Ziege, Jancker, N'Djitap, Song, Tchato, Laurén, Foé, Olembé) und zwei Gelb-Rote (Ramelow und Suffo) zeigte.

## HITLISTE DER WM-SPIELE

| | | | |
|---|---|---|---|
| 1. | Lothar Matthäus | Deutschland | 25 Spiele |
| 2. | Paolo Maldini | Italien | 23 Spiele |
| 3. | Diego Maradona | Argentinien | 21 Spiele |
| | Uwe Seeler | Deutschland | 21 Spiele |
| | Wladislav Zmuda | Polen | 21 Spiele |
| 6. | Grzegorz Lato | Polen | 20 Spiele |
| 7. | Wolfgang Overath | Deutschland | 19 Spiele |
| | Karl-Heinz Rummenigge | Deutschland | 19 Spiele |
| | Berti Vogts | Deutschland | 19 Spiele |

## ERSTE LANDESMEISTER

| | | |
|---|---|---|
| 1889 | England | Preston North End |
| 1891 | Schottland | Dumbarton/ Glasgow Rangers* |
| 1891 | Argentinien | Saint Andrews |
| 1894 | USA | Baltimore Orioles |
| 1896 | Belgien | FC Lüttich |
| 1896 | Tschechische Republik | CFK Kickers Prag/Deutscher FC Prag** |
| 1896 | Schweden | Örgryte IS |
| 1898 | Holland | RAP Amsterdam |
| 1898 | Italien | FC Genua 1893 |
| 1900 | Uruguay | Peñarol Montevideo |
| 1901 | Ungarn | Budapest TC |
| 1903 | Deutschland | VfB Leipzig |
| 1903 | Mexiko | Orizaba |
| 1906 | Paraguay | Guarani |
| 1908 | Finnland | Unitas Helsinki |
| 1910 | Malta | Floriana La Valetta |
| 1910 | Luxemburg | Racing Club |
| 1912 | Österreich | Rapid Wien |
| 1912 | Dänemark | KB Kopenhagen |
| 1912 | Island | KR Reykjavík |
| 1914 | Bolivien | The Strongest |
| 1922 | Portugal | FC Porto |
| 1925 | Bulgarien | Vladisvlav Varna |
| 1928 | Griechenland | Aris Saloniki |
| 1930 | Albanien | SK Tirana |
| 1933 | Chile | Magallanes |
| 1933 | Frankreich | Olympique Lille |
| 1949 | Ägypten | Al-Ahly Kairo |
| 1956 | Ghana | Hearts of Oak |
| 1960 | Senegal | Jeanne d'Arc |
| 1968 | Madagaskar | Fitarikandro |
| 1970 | Mauritius | FC Dodo |
| 1971 | Brasilien | Atletico Mineiro |
| 1972 | Nigeria | Mighty Jets |
| 1994 | Vanuatu | Tafea FC |

* Titel wurde geteilt ** Frühjahrs-/Herbstmeister

## BEMERKENSWERTE VERLETZUNGEN

SANTIAGO CANIZARES, FC VALENCIA
Der Torhüter musste auf die Weltmeisterschaft 2002 verzichten, weil ihm die Scherbe einer zerbrochenen Flasche Aftershave eine Sehne im Fuß durchschnitten hatte.

GEORG DAMJANOFF, HANNOVER 96
Der Stürmer musste 1976 für ein Spiel aussetzen, nachdem ihm ein Teekessel auf den Fuß gefallen war. Den Spott seines Trainers Fifi Kronsbein gab's obendrauf: »Zum ersten Mal trinkt er kein Bier, schon verletzt er sich.«

KEVIN KEEGAN, FC LIVERPOOL
Fiel mehrere Spiele lang aus, nachdem er mit seinem großen Zeh im Badewannenabfluss stecken geblieben war.

MICHAEL SCHULZ, WERDER BREMEN
Der Teilzeit-Hausmann trug den Müll raus und holte sich dabei einen Hexenschuss.

ALLAN MULLERY, TOTTENHAM HOTSPUR
Der englische Nationalspieler verpasste 1964 eine Länderspielreise, weil er sich ebenfalls einen Hexenschuss zuzog – beim Zähneputzen.

STEFAN KUNTZ, 1. FC KAISERSLAUTERN
Vertrat sich beim Verlassen des Mannschaftsbusses den Fuß: Bänderriss.

DARIUS VASSELL, ASTON VILLA
Der englische Nationalstürmer handelte sich 2003 durch Selbstbehandlung eine Blutvergiftung ein, er hatte eine Blutblase aufgestochen.

PETER NIELSEN, BORUSSIA MÖNCHENGLADBACH
Der Däne griff nach der Fernbedienung seines Fernsehers und kugelte sich die Schulter aus.

DAVID SEAMAN, ARSENAL LONDON
Auch der englische Nationaltorwart kugelte sich seine Schulter aus, beim Angeln.

## ANGST BEIM ELFMETERSCHIESSEN 5

Große Titel, die nach einem Elfmeterschießen vergeben wurden:

WELTMEISTERSCHAFT
1994 Brasilien - Italien 0:0 n.V., 3:2 n.E.

EUROPAMEISTERSCHAFT
1976 ČSSR - Deutschland 2:2 n.V., 5:3 n.E.

CHAMPIONS LEAGUE
2001 FC Bayern München - FC Valencia 1:1 n.V., 5:4 n.E.

UEFA-CUP
1988 Bayer Leverkusen - Espanyol Barcelona 3:0 n.V., 3:2 n.E.
1997 Inter Mailand - Schalke 04 1:0 n.V., 1:4. n.E.

## DIE ZUSAMMENSETZUNG EINES FUSSBALLTRIKOTS

Heute ist fast jedes Fußballtrikot aus Polyester. Polyester ist der Gattungsbegriff für eine UV-beständige, sehr reiß- und abriebfeste Kunstfaser. Sie dehnt sich kaum und behält daher ihre Form, sie nimmt fast keine Feuchtigkeit auf und trocknet daher sehr schnell, was Polyesterstoffe besonders für den Einsatz im Fußball eignet. Unangenehm ist die Neigung zur statischen Aufladung.

## TORLOS

Im Frühjahr 2004 beendete MAX EBERL bei Borussia Mönchengladbach seine Karriere von 102 Bundesliga- und 111 Zweitligaspielen mit einem Rekord: Der Außenverteidiger blieb in allen Partien ohne Tor.

## WELTFUSSBALLER DES JAHRES

| | |
|---|---|
| 1988 | Marco van Basten (Niederlande/AC Mailand) |
| 1989 | Marco van Basten (Niederlande/AC Mailand) |
| 1990 | Lothar Matthäus (Deutschland/Inter Mailand) |
| 1991 | Lothar Matthäus (Deutschland/Inter Mailand) |
| 1992 | Marco van Basten (Niederlande/AC Mailand) |
| 1993 | Roberto Baggio (Italien/Juventus Turin) |
| 1994 | Romário (Brasilien/FC Barcelona) |
| 1995 | George Weah (Liberia/AC Mailand) |
| 1996 | Ronaldo (Brasilien/FC Barcelona) |
| 1997 | Ronaldo (Brasilien/FC Barcelona-Inter Mailand) |
| 1998 | Zinedine Zidane (Frankreich/Juventus Turin) |
| 1999 | Rivaldo (Brasilien/FC Barcelona) |
| 2000 | Zinedine Zidane (Frankreich/Juventus Turin) |
| 2001 | Luis Figo (Portugal/Real Madrid) |
| 2002 | Ronaldo (Brasilien/Inter Mailand-Real Madrid) |
| 2003 | Zinedine Zidane (Frankreich/Real Madrid) |
| 2004 | Ronaldinho (Brasilien/FC Barcelona) |

## KEEPER OHNE GEGENTOR

### Weltweit

Pereira de Matos ........... FC São Paulo ............. 1977/78 ........ 1.816 Minuten*
Danny Verlinden ........... FC Brügge .................. 3-9/1990 .......... 1.390 Minuten

### In Länderspielen

Dino Zoff ........................ Italien ............... 9/1972-6/1974 .......... 1.142 Minuten

### Bundesliga

Timo Hildebrandt ......... VfB Stuttgart .................... 2003 ............ 825 Minuten

* Die Serie ist umstritten, weil darin wohl auch Spiele in der lokalen Liga von São Paulo mit erfasst sind. Für die Serie in einer höchsten Spielklasse gilt daher wohl der Rekord von Danny Verlinden. (Kein Rekordhalter ist der Portugiese Vitor Baia, obwohl er es auf mehrere beeindruckende Serien ohne Gegentor gebracht hat: 1.191 Minuten 1991/92, 1.005 Minuten 1995/96 und 715 Minuten 1989.)

## DIE RELEGATION

Zwischen 1975 und 1981 stiegen die Meister der zweiten Ligen Nord und Süd direkt in die Bundesliga auf, der dritte Aufsteiger wurde zwischen den beiden Zweiten aus Nord und Süd ermittelt. Nachdem die zweite Liga ab 1982 eingleisig spielte, gab es bis 1991 Relegationsspiele zwischen dem Dritten der zweiten Liga und dem Drittletzten der Bundesliga:

| | | | | |
|---|---|---|---|---|
| 1975 | FK Pirmasens - BAYER UERDINGEN | 4:4 | 0:6 | |
| 1976 | 1. FC Nürnberg - BORUSSIA DORTMUND | 0:1 | 2:3 | |
| 1977 | Arminia Bielefeld - 1860 MÜNCHEN | 4:0 | 0:4 | 0:2 |
| 1978 | 1. FC NÜRNBERG - Rot-Weiß Essen | 1:0 | 2:2 | |
| 1979 | SpVgg Bayreuth - BAYER UERDINGEN | 1:1 | 1:2 | |
| 1980 | KARLSRUHER SC - Rot-Weiß Essen | 5:1 | 1:3 | |
| 1981 | Kickers Offenbach - EINTR. BRAUNSCHWEIG | 1:0 | 0:2 | |
| 1982 | Kickers Offenbach - BAYER LEVERKUSEN* | 0:1 | 1:2 | |
| 1983 | BAYER UERDINGEN - Schalke 04* | 3:1 | 1:1 | |
| 1984 | MSV Duisburg - EINTRACHT FRANKFURT* | 0:5 | 1:1 | |
| 1985 | 1. FC SAARBRÜCKEN - Arminia Bielefeld* | 2:0 | 1:1 | |
| 1986 | Fortuna Köln - BORUSSIA DORTMUND* | 2:0 | 1:3 | 0:8 |
| 1987 | FC HOMBURG* - FC St. Pauli | 3:1 | 1:2 | |
| 1988 | Darmstadt 98 - WALDHOF MANNHEIM* | 3:2 | 1:2 | 0:0 n.V. 4:5 n.E. |
| 1989 | EINTRACHT FRANKFURT* - 1. FC Saarbrücken | 2:0 | 1:2 | |
| 1990 | 1. FC Saarbrücken - VFL BOCHUM* | 0:1 | 1:1 | |
| 1991 | FC St. Pauli* - STUTTGARTER KICKERS | 1:1 | 1:1 | 1:3 |

Versalien: Aufsteiger   * Bundesligist

## ZAHL UNTERSCHIEDLICHER MEISTER (1986–2005)

| | |
|---|---|
| Schweiz, Bulgarien, Polen, Island: | 9 |
| Italien, Frankreich, Dänemark, Irland: | 8 |
| England, Marokko, Finnland: | 7 |
| Deutschland, Spanien, Belgien, Griechenland, Zypern: | 6 |
| Portugal, Rumänien, Norwegen: | 4 |
| Holland, Türkei, Ägypten, Ghana: | 3 |
| Schottland: | 2 |

## TOLLE ERKLÄRUNGEN

»*Meine Spieler sind Intellektuelle, sie haben den Tod von Mao noch nicht verkraftet.*« Uwe Klimaschewski, Trainer des FC Homburg, erklärt im Herbst 1976 eine Niederlage seiner Mannschaft.

»*Am Samstag hätten wir gewonnen.*« Verteidiger Alan Hansen erklärt, warum der FC Liverpool den Titel gegen Arsenal verlor. Das Spiel fand freitags statt.

»*Das war eine Schutzschwalbe. Ich dachte damals, dass Dirk Schuster mich voll umhauen würde.*« Andreas Möller erklärt nachträglich, warum er sich 1995 im Strafraum des Karlsruher SC fallen ließ, als der Verteidiger nahte.

»*Ich bin im Grunde rausgeflogen, weil ich zu gut war.*« Hermann Gerland erklärt seine Entlassung beim 1. FC Nürnberg im April 1990.

»*Notwendig faire Brutalität.*« Christian Beeck, Kapitän von Energie Cottbus, erklärt, warum er einen am Boden liegenden Gegner trat.

»*Ich habe gehalten wie ein Arsch, sonst wären wir Weltmeister.*« Toni Schumacher erklärt die deutsche Niederlage im WM-Finale 1986 gegen Argentinien.

»*Zu viele Spieler haben versucht, ein Tor zu schießen.*« Gerard Houllier erklärt 2004, kurz vor seiner Entlassung beim FC Liverpool, warum sein Team nicht traf.

## LATEIN – DEUTSCH

ARMINIA – Herrmann
BORUSSIA – Preußen
ALEMANNIA – Deutschland
WORMATIA – Worms
WESTFALIA – Westfalen
CONCORDIA – Eintracht
VIKTORIA – Sieg
FRISIA – Friesland

## DIE HÖCHSTEN NIEDERLAGEN DER DEUTSCHEN NATIONALMANNSCHAFT

| Resultat | am | in | gegen |
|---|---|---|---|
| 0:9 | 16. März 1909 | Oxford | England |
| 0:6 | 24. Mai 1931 | Berlin | Österreich |
| 3:8 | 20. Juni 1954 | Basel | Ungarn* |
| 0:5 | 13. September 1931 | Wien | Österreich |
| 2:6 | 23. November 1913 | Antwerpen | Belgien |
| 1:5 | 20. April 1908 | Berlin | England |
| 1:5 | 29. Juni 1912 | Stockholm | Österreich** |
| 1:5 | 24. September 1939 | Budapest | Ungarn |
| 1:5 | 1. September 2001 | München | England |
| 1:5 | 28. April 2004 | Bukarest | Rumänien |
| 0:4 | 24. Juli 1999 | Guadalajara | Brasilien*** |

*Weltmeisterschaft **Olympische Spiele ***Confederations Cup

## DIE GRÖSSTEN STÄDTE, DIE NIE EINEN BUNDESLIGISTEN HATTEN

1. Bonn - 311.000
2. Wiesbaden - 272.000
3. Augsburg - 259.000
4. Chemnitz - 250.000*
5. Halle/Saale - 240.000*
6. Kiel - 233.000
7. Magdeburg - 227.000*
8. Lübeck - 212.000
9. Erfurt - 201.000*
10. Hagen - 200.000
11. Kassel - 194.000
12. Hamm - 185.000
13. Herne - 172.000
14. Mülheim/Ruhr - 170.000
15. Osnabrück - 166.000
16. Solingen - 165.000
17. Ludwigshafen/Rhein - 163.000
18. Oldenburg - 159.000
19. Neuss - 152.000
20. Potsdam - 145.000*
21. Heidelberg - 143.000
22. Paderborn - 142.000
23. Würzburg - 132.000
24. Regensburg - 128.000
25. Recklinghausen - 123.000
26. Göttingen - 123.000
27. Heilbronn - 121.000
28. Bottrop - 120.000
29. Ingolstadt - 120.000
30. Pforzheim - 119.000

*Städte, die Klubs in der DDR-Oberliga hatten

### Dukla Prag

Der Name des ehemaligen Armeesportklubs sollte an einen Ort in den Karpaten erinnern, in dessen Nähe während des Zweiten Weltkriegs viele Hundert russische und tschechoslowakische Soldaten starben. Sie eroberten dort gemeinsam im Herbst 1944 einen Bergpass von der deutschen Wehrmacht.

### Sheffield Wednesday

Die Gründer des Klubs trafen sich immer mittwochs zum Fußballspielen.

### Twente Enschede

Twente ist ein Teil der holländischen Provinz Overijssel.

### FC Jazz Pori

Benannt nach dem jährlichen Jazzfestival, zu dem Zehntausende Besucher in die westfinnische Hafenstadt kommen.

### FC Crystal Palace

Gegründet von den Besitzern des Glaspalastes, der anlässlich der Weltausstellung im Londoner Hyde Park aufgestellt und dann in den Stadtteil Croydon verlegt wurde, woher der Klub stammt.

### FC Port Vale

Der Klub aus dem englischen Stoke-on-Trent wurde nach dem Ort benannt, wo er gegründet wurde, dem Port Vale House.

### Hertha BSC Berlin

Die Idee zur Namensgebung kam von einem der Vereinsgründer, Fritz Lindner, der eine offensichtlich beeindruckende Fahrt auf einem Ausflugsdampfer gemacht hatte. Dieser hieß Hertha, und sein Schornstein war in den Reedereifarben Blau und Weiß angestrichen.

### FC Palestino

Der Klub wurde 1920 in Santiago de Chile von Einwanderern aus Palästina gegründet und stand lange nur Arabern offen. Das hat sich geändert, aber der Klub gehört inzwischen einem Konsortium arabischstämmiger Geschäftsleute.

FK Obilic Belgrad

Obilic ist ein Kriegsheld und Teil der komplizierten serbischen Mythologie um das Kosovo, die auf die Schlacht auf dem Amselfeld von 1389 zurückgeht. Damals unterlagen die Serben den Ottomanen, und ihr Land stand fortan unter türkischer Herrschaft. Allerdings starb in dieser Schlacht auch der türkische Sultan durch die Hand von Milos Obilic, wie er in den Legenden genannt wurde. Der 1924 gegründete Klub war nach dem Ende des Zweiten Weltkriegs einige Jahre umbenannt worden, weil die Erinnerung an den serbischen Helden Obilic im sozialistischen Staat als nicht opportun galt. Bekannt wurde der lange Zeit unbedeutende Klub, als er Anfang der 90er Jahre in die höchste Spielklasse aufstieg und 1997 sogar Meister wurde. Finanziert wurde er durch den Kriegsverbrecher Zeljko Raznjatovic, genannt Arkan, der im Januar 2000 ermordet wurde.

Alania Wladikawkas

Alania ist der Name der Provinz Ossetien im lokalen Dialekt.

FC St. Mirren

Nach dem Schutzpatron der schottischen Stadt Paisley benannt, wo der Klub zu Hause ist.

Paniónios Athen

Der Klub wurde 1890 in Izmir gegründet, auf dem Gebiet der heutigen Türkei. Nach der Vertreibung der Griechen wurde der Klub in Athen fortgeführt, sein Name erhebt den Anspruch auf die gesamte kleinasiatische Region Ionien.

## ÄLTESTE SCHIEDSRICHTER BEI WELTMEISTERSCHAFTEN

| | | |
|---|---|---|
| 53 Jahre 236 Tage | *George Reader*, England | WM 1950 |
| 51 Jahre 284 Tage | *Mario Vianna*, Brasilien | WM 1954 |
| 50 Jahre 140 Tage | *Alfred Birlem*, Deutschland | WM 1938 |
| 50 Jahre 72 Tage | *Jack Mowat*, Schottland | WM 1958 |
| 50 Jahre 34 Tage | *Antonio Márquez*, Mexiko | WM 1986 |
| 50 Jahre 3 Tage | *Leo Lemesic*, Jugoslawien | WM 1958 |

Inzwischen gilt eine Altersbeschränkung von 46 Jahren.

## SOCCER VS. FOOTBALL

Im Dezember 2004 benannte sich der australische Fußballverband, der zuvor Australian Soccer Association hieß, in Football Federation Australia um. Damit gibt es nur noch acht Fußballverbände, die Soccer im Namen tragen, um sich von einem anderen Fußballcode in ihrem Land abzusetzen. USA und Kanada, wo mit Football nicht Fußball, sondern American bzw. Canadian Football gemeint ist, außerdem Neuseeland, wo Australian Football populärer als Fußball ist, sowie fünf Kleinstverbände in der Einflusszone der USA (Virgin Islands Soccer Association, Wallis & Futuna Soccer Federation, Northern Marianas Pacific Islands Soccer Federation, Nauru A.S.A. und die American Samoa Soccer Association). Der Name Soccer ist jedoch keineswegs ein amerikanischer Begriff, er wurde Ende des 19. Jahrhunderts in England zunächst als Abgrenzung zu Rugby Football benutzt. Aus der Silbe »assoc« in Association Football wurde dabei Soccer.

## MASKOTTCHEN

| Name | Figur | Verein |
|---|---|---|
| ERWIN | Bergmann | Schalke 04 |
| HERMANN | Dinosaurier | Hamburger SV |
| HERTHINHO | brasilianischer Bär | Hertha BSC |
| RITTER EISENHEART | Ritter | Union Berlin |
| WÖLFI | Wolf | VfL Wolfsburg |
| BERNI | Bär | FC Bayern München |
| JÜNTHER | Fohlen | Borussia Mönchengladbach |
| FRITZLE | Krokodil | VfB Stuttgart |
| GROTIFANT | Elefant | KFC Uerdinden |
| FÜCHSLE | Fuchs | SC Freiburg |
| BRIAN THE LION | Löwe | Bayer Leverkusen |
| LÖWE | Löwe | München 1860 |
| ROTER TEUFEL | Teufel | 1. FC Kaiserslautern |
| HENNES | Geißbock (lebend) | 1. FC Köln |
| RITTER FRÄNKIE | Franke | 1. FC Nürnberg |
| CHARLY | Adler | Eintracht Frankfurt |
| ENNATZ | Zebra | MSV Duisburg |
| SCHACHTSCHEISSER | | Erzgebirge Aue |
| PANDA | Panda-Bär | Wacker Burghausen |

## DIE ECKFAHNE

Die Eckfahne ist obligatorisch.

Der Viertelkreis hat einen Radius von einem Meter.

## DIE ABSTIEGE DES ANDY KÖPKE

1996 war Andreas Köpke der Torwart jener deutschen Nationalmannschaft, die in England Europameister wurde. Überhaupt brachte er es auf 59 Länderspiele und ist damit der Keeper mit den drittmeisten Einsätzen im deutschen Team. Zugleich stieg Köpke jedoch so oft ab wie kein anderer deutscher Nationalspieler.

**1981** mit Holstein Kiel, Abstieg aus der zweiten Liga
**1984** mit dem SC Charlottenburg, Abstieg aus der zweiten Liga
**1986** mit Hertha BSC, Abstieg aus der zweiten Liga
**1994** mit dem 1. FC Nürnberg, Abstieg aus der Bundesliga
**1996** mit Eintracht Frankfurt, Abstieg aus der Bundesliga
**1999** mit dem 1. FC Nürnberg, Abstieg aus der Bundesliga

## KURZNAMIG

Die Bundesligaspieler **Aas**, **But**, **Eck**, **Epp**, **Flo**, **Jol**, **Kos**, **Lux**, **Max**, **May**, **Miß**, **Nix**, **Ott**, **Rau**, **Six**, **Ulm**, **Veh**, **Zeh** sowie je zweimal **Cha**, **Löw** und **Voß** wären gemeinsam jene mit den kürzesten Namen, wäre am 27. Spieltag der Saison 1970/71 in Kaiserslautern nach 64 Minuten beim Stand von 0:0 nicht

**Jürgen Ey**

beim FC Bayern München eingewechselt worden. Der Stürmer spielte nur die anschließenden 26 Minuten, in denen die Gäste noch mit 1:2 verloren. Ey wechselte am Saisonende für zwei Jahre nach Österreich, wo er 1972 mit Rapid Wien Pokalsieger wurde. Anschließend stürmte Ey noch einige Jahre für Hessen Kassel und den FSV Bergshausen.

## DIE ERMITTLUNG DER FIFA-WELTRANGLISTE

Seit August 1993 stellt der Weltfußballverband Fifa eine Rangliste der Nationalmannschaften auf. Über den Umstand von Sieg, Unentschieden oder Niederlage hinaus geht in die Berechnung der Rangliste auch ein, wie hochrangig der Gegner war, von welchem Kontinent er kommt, aus welchem Anlass und wo gespielt wurde. Erzielte Tore werden ebenfalls eingerechnet, sodass ein Sieg zwischen zehn und dreißig Punkten wert sein kann.

Pro Jahr und Mannschaft werden nur die sieben besten Resultate vollumfänglich berücksichtigt. Ältere Resultate werden kontinuierlich gelöscht, sodass sie nach acht Jahren aus der Berechnung verschwinden. Damit wird der aktuelle Erfolg stärker gewichtet als vergangene Resultate.

*Die Multiplikatoren für den Anlass des jeweiligen Spiels haben folgende Werte:*
- Freundschaftsspiele x 1.00
- Qualifikation für eine Kontinentalmeisterschaft x 1.50
- WM-Qualifikation x 1.50
- Endrunde einer Kontinentalmeisterschaft x 1.75
- Fifa-Confederations Cup x 1.75
- WM-Endrunde x 2.00

*Die Gewichtungsfaktoren für den jeweiligen kontinentalen Fußballverband:*

EUROPA x 1.00 • SÜDAMERIKA x 0.99 • AFRIKA x 0.96
MITTELAMERIKA x 0.94 • ASIEN x 0.93 • OZEANIEN x 0.93

Spielen Mannschaften aus zwei verschiedenen Kontinenten gegeneinander, so wird der Gewichtungsfaktor als Mittelwert aus den beiden Konföderationsgewichtungen festgesetzt.

*Die Berechnung der Punktzahl, welche einer Mannschaft für ein Spiel gutgeschrieben wird, basiert somit auf den folgenden Kriterien:*
- Den Punkten für Sieg, Unentschieden oder Niederlage
- plus den Punkten für die in diesem Spiel erzielten Tore
- minus den Punkten für die erhaltenen Gegentreffer
- plus einem Bonus für die Auswärtsmannschaft
- multipliziert mit dem Gewichtungsfaktor des betreffenden Wettbewerbs
- multipliziert mit dem Gewichtungsfaktor der Kontinentalstärke

Als weiteres Kriterium wird noch die Anzahl der Spiele herangezogen, welche eine Mannschaft in einem gegebenen Zeitraum bestritten hat. Außerdem kommen in erster Linie jene Spiele in die Wertung, welche in den zwölf vorangegangenen Monaten ausgetragen wurden. Die Leistungen in den vorhergehenden Jahren bleiben jedoch nicht unberücksichtigt. Grundsätzlich wird, wie eingangs schon gesagt, die Punktzahl der aktuellen Jahresperiode mit den sieben vorangegangenen Jahren in eine Mischrechnung eingefügt. Je weiter ein berücksichtigtes Jahr zurückliegt, desto weniger wird es in der Kalkulation gewichtet. Auf diese Weise werden ältere Resultate laufend aus den Berechnungen eliminiert.

*Halbwegs anschaulich wird das durch ein Berechnungsbeispiel:*
Im hier vorliegenden Fall treffen zwei unterschiedlich starke Mannschaften bei einem kleinen Freundschaftsturnier auf neutralem Boden aufeinander. Aus Gründen der Übersichtlichkeit werden in den folgenden Beispielen weder Auswärtsbonus, noch Kontinental- und Status-Multiplikatoren verwendet.

*Vor dem Turnier weisen die Teams folgende Punktzahlen auf:*
▪ Team A: 630 Punkte ▪ Team B: 500 Punkte.
Mannschaft A wäre demnach klarer Favorit. Die folgende Tabelle enthält drei mögliche Spielausgänge zwischen dem starken Team A und dem etwas schwächeren Team B:

| | A – B | | A – B | | A – B | |
|---|---|---|---|---|---|---|
| | 3 : 1 | | 1 : 3 | | 2 : 2 | |
| Sieg/Niederlage | +17.4 | +2.6 | -2.6 | +22.6 | +7.4 | +12.6 |
| Tore von Team A | +5.4 | -3.6 | +2.3 | -1.6 | +4.1 | -2.7 |
| Tore von Team B | -1.8 | +2.7 | -4.1 | +6.2 | -3.1 | +4.7 |
| Total | +21.0 | +1.7 | +/-0 | +27.2 | +8.4 | +14.6 |

Aus der Tabelle wird ersichtlich, dass Team A im Falle eines 3:1-Erfolgs 21.0 Punkte gutgeschrieben würden. Als favorisiertes Team erhält die Mannschaft für den Sieg selbst aber nur 17.4 Punkte. Das als schwächer klassifizierte Team B erhält immerhin noch 1.7 Punkte gutgeschrieben. Hätte Team B das Spiel gewonnen, so würde es 27.2 Punkte erhalten, während der negative Punktesaldo von Team A auf 0 Punkte aufgerundet wird. Bei einem 2:2 Unentschieden würde das als schwächer eingestufte Team B etwas mehr Punkte erhalten als Team A.

## DAS WUNDER VON BERN (GESPIELT)

Auch im Kino war »Das Wunder von Bern« von Regisseur Sönke Wortmann ein großer Erfolg. Die deutsche Mannschaft spielte im Endspiel in folgender Besetzung.

JO STOCK als Toni Turek
HOLGER DEXNE als Horst Eckel
CHRISTIAN BROOS
als Werner Kohlmeyer
ANDREAS BATH als Werner Liebrich
JAN HOLLAND als Karl Mai
SIMON VERHOEVEN
als Ottmar Walter
MARTIN BRETSCHNEIDER
als Hans Schäfer
SYLVESTER PEZENA als Jupp Posipal
TOBIAS HARTMANN
als Max Morlock
SASCHA GÖPEL als Helmut Rahn
KNUT HARTWIG als Fritz Walter

*Auf der Bank*
PETER FRANKE als Sepp Herberger
CHRISTIAN LEONARD
als Karl-Heinz Metzner
GOTTHARD LANGE als Alfred Pfaff
DIRK SZCZEPANIAK als Berni Klodt
MATTHIAS SELLMANN
als Fritz Laband
THOMAS STODULKA
als Heinz Erhardt
JENS BUSCH als Hans Bauer
MICHAEL HERKENDELL
als Richard Herrmann
ALEXANDER VON MOERS
als Uli Biesinger
THOMAS GEERLINGS
als Heinz Kubsch
MARKUS MOZIN
als Heinz Kwiatowski
TORSTEN ROTHER als Paul Mebus

## DAS VEREINSEMBLEM DES FC BAYERN

Im Laufe der mehr als hundertjährigen Geschichte des FC Bayern München ist das Emblem mehrfach überarbeitet worden.

## LIGASTART

Einer der Gründe für den weltweiten Erfolg des Fußballs war die Gründung nationaler Ligen, in denen der Landesmeister ausgespielt wurde.

| | |
|---|---|
| England | 1888 |
| Schottland | 1890 |
| Irland | 1890 |
| Ungarn | 1901 |
| Uruguay | 1901 |
| Dänemark | 1913 |
| Österreich | 1924 |
| Schweden | 1925 |
| Spanien | 1928 |
| Italien | 1929 |
| Finnland | 1930 |
| Frankreich | 1932 |
| Chile | 1932 |
| Rumänien | 1934 |
| Ägypten | 1959 |
| Niederlande | 1957 |
| Griechenland | 1960 |
| DDR | 1949 |
| Norwegen | 1961 |
| BR Deutschland | 1963 |

## DAVID BECKHAMS TÄTOWIERUNGEN

UNTERER RÜCKEN

Schriftzug: *Brooklyn* (sein erster Sohn und sein erstes Tattoo)

ZWISCHEN UND AUF DEN SCHULTERBLÄTTERN

Schutzengel

ÜBER DEN SCHULTERBLÄTTERN

Schriftzug: *Romeo* (zweiter Sohn)

LINKER UNTERARM INNENSEITE

Schriftzug auf Hindi: *Victoria* (Name seiner Frau)

LINKER UNTERARM UNTER DEM NAMEN SEINER FRAU

Schriftzug: *Ut Amem et Foveam* (»Damit ich liebe und juble«)

RECHTER UNTERARM

*VII*

(seine Rückennummer bei Manchester United und im Nationalteam)

RECHTER UNTERARM

Schriftzug: *Perfectio in Spiritu*

(Biblischer Begriff für »spirituelle Perfektion«)

RECHTER TRIZEPS

Engel, Schriftzug: *In the face of adversity* (»Angesichts der Not«)

NACKEN

Kreuz mit Schwingen

## LOB DER BESCHEUERTHEIT

Im Herbst 2004 kamen die Fans des 1. FC Köln zu einer Einsicht, die bald von allen im Stadion mit Begeisterung gesungen wurde:

*»Erst steigen wir ab*
*Dann steigen wir auf*
*Dann steigen wir ab*
*Dann steigen wir wieder auf*
*Das finden wir lustig*
*Weil wir bescheuert sind«*

Melodie: »Polonaise Blankenese«

## FÜR DEUTSCHLAND UND DEUTSCHLAND

Sie spielten für die A-Mannschaft des DFB und des DFV der DDR:

| | | | |
|---|---|---|---|
| Ulf Kirsten | 100 | DFV 49 | DFB 51 |
| Matthias Sammer | 74 | DFV 23 | DFB 51 |
| Andreas Thom | 61 | DFV 51 | DFB 10 |
| Thomas Doll | 47 | DFV 29 | DFB 18 |
| Dariusz Wosz | 24 | DFV 7 | DFB 17 |
| Olaf Marschall | 17 | DFV 4 | DFB 13 |
| Heiko Scholz | 8 | DFV 7 | DFB 1 |
| Dirk Schuster | 7 | DFV 4 | DFB 3 |

Spieler aus der DDR konnten nach der WM 1990 im nun gesamtdeutschen Team spielen. Franz Beckenbauer kündigte an, dass die deutsche Nationalmannschaft auf Jahrzehnte nicht zu schlagen sei.

## BRÜDER IN DER DEUTSCHEN NATIONALMANNSCHAFT

ALLOFS, *Klaus und Thomas*
WALTER, *Fritz und Ottmar*
RUMMENIGGE, *Karl-Heinz und Michael*
HOENESS, *Dieter und Uli*
KREMERS, *Helmut und Erwin*
FÖRSTER, *Karlheinz und Bernd*

## VIERTELSKLUBS

Bei diesen Klubs ist ihr Name der des Stadtteils, aus dem sie kommen:

| | |
|---|---|
| Feyenoord Rotterdam | Boavista Porto |
| FC Schalke 04 (Gelsenkirchen) | RSC Anderlecht (Brüssel) |
| Benfica Lissabon | Boca Juniors Buenos Aires |
| Widzew Lódz | Ferencváros Budapest |
| Bröndby IF (Kopenhagen) | Servette Genf |
| Beşiktaş Istanbul | FC Chelsea London |

## BESUNGENE SPIELER

| Songtitel | Interpret | Jahr |
|---|---|---|
| *Gib den Ball zu Uwe Seeler* | Billy Sanders | 1965 |
| *Pelé* | Peggy March | 1975 |
| *Beckenbauer, Beckenbauer* | Alan & Denise | 1983 |
| *Rummenigge* | Alan & Denise | 1983 |
| *Hansi Müllers Schniedelwutz* | Walter Elf | 1987 |
| *Der Afro von Paul Breitner* | Die Ärzte | 1996 |
| *Gospel für Andy Brehme* | Lotto King Karl | 1996 |
| *Jörg Sievers Blues* | Fury in the Slaughterhouse | 1997 |
| *Diego Maradona** | Becks Pistols | 1998 |
| *Anton Polster Du bist leiwand* | DJ DSL | 1999 |

*In Argentinien, Spanien, Italien und England sind noch rund 30 weitere Songs über Diego Maradona veröffentlicht worden.

## UNSENSIBLER ABPFIFF

Im Vorrundenspiel der Weltmeisterschaft 1978 stand es bis zur Schlussminute zwischen Brasilien und Schweden 1:1, als eine Flanke in den schwedischen Strafraum flog und Zico zum Siegtreffer einköpfte. Es war aber nur ein vermeintlicher Siegtreffer, denn Schiedsrichter Clive Thomas hatte abgepfiffen, als der Ball in der Luft war. So verpasste Brasilien den Sieg, den Gewinn der Gruppe und in der Zwischenrunde, wo man auf Gastgeber Argentinien traf, das Finale.

## AFRIKAS TORHÜTER DES 20. JAHRHUNDERTS

1. Joseph Antoine Bell ........ *Kamerun*
2. Thomas N'Kono ........ *Kamerun*
3. Sadok Attouga ........ *Tunesien*
4. Badou Zaki ........ *Marokko*
5. Mwemba Kazadi ........ *Dem. Rep. Kongo*
6. Jacques Songo'o ........ *Kamerun*
7. Bruce Grobelaar ........ *Zimbabwe*
8. Ahmed Shoubeir ........ *Ägypten*
9. Alain Gouaméné ........ *Elfenbeinküste*
10. Peter Rufai ........ *Nigeria*

## DIE 13ER

Eigentlich gilt die 13 als Unglückszahl, dennoch gab es in der Spielzeit 2004/05 fast bei allen Bundesligisten einen Spieler mit der Rückennummer 13. Wer damit glücklich wurde, mag jeder selbst entscheiden...

Gustavo Nery - *Werder Bremen*
Michael Ballack - *Bayern München*
Daniel Bierofka - *Bayer Leverkusen*
Christian Tiffert - *VfB Stuttgart*
Christian Vander - *VfL Bochum*
Leonhard Haas - *Hamburger SV*
Tim Sebastian - *Hansa Rostock*
Joris van Hout - *Borussia Mönchengladbach*
Fredi Bobic - *Hertha BSC*
Stefan Müller - *SC Freiburg*
Thomas Brdaric - *VfL Wolfsburg*
Roman Wallner - *Hannover 96*
Ciriaco Sforza - *1. FC Kaiserslautern*
Mario Cantaluppi - *1. FC Nürnberg*
Michael Fink - *Arminia Bielefeld*
Ohne: *Dortmund, Schalke, Mainz*

## HIERARCHIE IM KLUBFUSSBALL DER DDR

Die Fußballvereine in der DDR waren in großem Maße vom gesellschaftlichen Rang ihrer Träger abhängig, ob das nun Polizei, Armee oder große Kombinate waren. Für Vorteile im Ringen um die Zuteilung von Geldern sowie der besten Spieler konnten auch ranghohe Politiker an der Vereinsspitze sorgen. Die hier aufgeführte Listung folgt dem Historiker Hanns Leske (aus: Erich Mielke, die Stasi und das runde Leder, Göttingen 2004).

| | |
|---|---|
| Vereine der bewaffneten Organe | Vorwärts Berlin (bis 1971)<br>BFC Dynamo Berlin<br>SG Dynamo Dresden |
| FCs mit Politbüromitgliedern bzw. mit starken Trägerbetrieben | FC Carl Zeiss Jena<br>1. FC Magdeburg<br>FC Hansa Rostock<br>HFC Chemie |
| FCs ohne Politbüromitglieder | 1. FC Lokomotive Leipzig<br>FC Karl-Marx-Stadt<br>FC Rot-Weiß Erfurt<br>1. FC Union Berlin |
| Betriebssportgemeinschaften mit starken Trägerbetrieben | BSG Wismut Aue<br>BSG Chemie Leipzig<br>BSG Stahl Riesa<br>BSG Sachsenring Zwickau<br>BSG Energie Cottbus |
| Betriebssportgemeinschaften zwischen Oberliga und zweiter Liga | z.B. BSG Motor Suhl, BSG Stahl Brandenburg, BSG Lok Stendal, BSG Fortschritt Bischofswerda |

## HERBSTMEISTER, DIE NICHT MEISTER WURDEN

| | |
|---|---|
| 1970/71 | Bayern München |
| 1971/72 | Schalke 04 |
| 1978/79 | 1. FC Kaiserslautern |
| 1980/81 | Hamburger SV |
| 1981/82 | 1. FC Köln |
| 1985/86 | Werder Bremen |
| 1986/87 | Hamburger SV |
| 1990/91 | Werder Bremen |
| 1991/92 | Eintracht Frankfurt |
| 1992/93 | Bayern München |
| 1993/94 | Eintracht Frankfurt |
| 2000/01 | Schalke 04 |
| 2001/02 | Bayer Leverkusen |

## TORE OHNE PAUSE

Torschützen in mindestens zehn Ligaspielen hintereinander

| | | Spiele | Tore | Saison |
|---|---|---|---|---|
| Juan Pedro Young | Peñarol Montevideo | 15 | 22 | 1933 |
| Tor Henning Hamre | Flora Tallinn | 15 | 21 (4*) | 2003 |
| Peter Dubovsky | Slovan Bratislava | 13 | 18 (8*) | 1991/92 |
| Tom Philipson | Wolverhampton Wanderers | 13 | unbekannt | 1926/27 |
| Valeriano López | Deportivo Cali | 12 | 23 | 1949 |
| Hamza Idriss Falatah | Al-Ittihad | 12 | 17 (3*) | 1998/99+ |
| José Saturnino Cardozo | Toluca | 11 | 20 (1*) | 2002 |
| Eugéne Nio-Léa | AS St. Etienne | 11 | 16 | 1956/57 |
| Gabriel Batistuta | AC Florenz | 11 | 13 (5*) | 1994/95 |
| Marco Negri | Glasgow Rangers | 10 | 23 (3*) | 1997/98 |
| Mariano Martín | FC Barcelona | 10 | 19 | 1942/43+ |
| Mário Jardel | FC Porto | 10 | 19 (3*) | 1999/2000 |
| Bertram Freeman | FC Everton | 10 | 17 | 1908/09 |
| Ruud van Nistelrooy | Manchester United | 10 | 15 (5*) | 2002/03+ |
| Thomas Allofs | 1. FC Köln | 10 | 14 | 1983/84+ |
| Enzio Pascutt | FC Bologna | 10 | 12 | 1962/63 |
| Ronaldo | FC Barcelona | 10 | 11 (5*) | 1986/87+ |
| Mark Viduka | Celtic Glasgow | 10 | 11 (3*) | 1999/2000 |

+ Serie ging in die folgende Saison weiter *Elfmeter

## ÄLTESTE SPIELER BEI EINER WM

| | | |
|---|---|---|
| 42 Jahre 39 Tage | *Roger Milla*, Kamerun | WM 1990 |
| 41 Jahre 0 Tage | *Pat Jennings*, Nordirland* | WM 1986 |
| 40 Jahre 292 Tage | *Peter Shilton*, England* | WM 1990 |
| 40 Jahre 133 Tage | *Dino Zoff*, Italien** | WM 1982 |
| 39 Jahre 334 Tage | *Jim Leighton*, Schottland* | WM 1998 |
| 39 Jahre 260 Tage | *Angel Labruna*, Argentinien | WM 1958 |
| 39 Jahre 259 Tage | *Joseph-Antoine Bell*, Kamerun* | WM 1994 |
| 39 Jahre 145 Tage | *Stanley Matthews*, England | WM 1954 |

*Torhüter **Torhüter Zoff ist auch ältester Spieler in einem Finale und ältester Weltmeister.

## TORFLUT

32. Spieltag der Bundesligasaison 1983/84 am 11./12. Mai 1984:

| | | |
|---|---|---|
| Kickers Offenbach - Werder Bremen | 3:7 | (1:2) |
| 1. FC Nürnberg - Hamburger SV | 1:6 | (1:3) |
| Bayern München - 1. FC Kaiserslautern | 5:2 | (2:2) |
| 1. FC Köln - Borussia Dortmund | 5:2 | (0:2) |
| Borussia Mönchengladbach - Bayer Uerdingen | 7:1 | (2:0) |
| VfL Bochum - Bayer Leverkusen | 2:1 | (1:0) |
| Waldhof Mannheim - Arminia Bielefeld | 0:2 | (0:0) |
| Eintracht Braunschweig - Fortuna Düsseldorf | 4:1 | (3:0) |
| VfB Stuttgart - Eintracht Frankfurt | 2:2 | (2:0) |

Nie wurden an einem Spieltag der Bundesliga
mehr Tore (53) geschossen.

## FARBSKALA DER BUNDESLIGAGESCHICHTE

Rot-Weiss: 13 Klubs
Blau-Weiss: 12 Klubs
Grün-Weiss: 3 Klubs
Schwarz-Weiss: 3 Klubs
Schwarz-Gelb: 3 Klubs
Rot-Blau: 3 Klubs
Blau-Schwarz: 2 Klubs
Schwarz-Weiss-Blau: 2 Klubs
Schwarz-Weiss-Grün: 2 Klubs
Rot-Weiss-Schwarz: 1 Klub
Rot-Schwarz-Weiss: 1 Klub
Blau-Gelb: 1 Klub
Braun-Weiss: 1 Klub
Lila-Weiss: 1 Klub
Grün-Schwarz: 1 Klub

Bei zwei Farben wurde die Reihenfolge der Farben nicht unterschieden.

## VERBANDSPRÄSIDENTEN

| DFB | UEFA | FIFA |
|---|---|---|
| Prof. Dr. Ferdinand Hueppe<br>(1900-1904) | | Robert Guérin<br>(1904-1906) |
| Friedrich-Wilhelm Nohe<br>(1904-1905) | | Daniel Burley Woolfall<br>(1906-1918) |
| Gottfried Hinze<br>(1905-1925) | | |
| Felix Linnemann<br>(1925-1945) | | Jules Rimet<br>(1921-1954) |
| Dr. Peco Bauwens<br>(1945-1962) | Ebbe Schwartz<br>(1954-1962) | Rodolphe W. Seeldrayers<br>(1954-1955) |
| Dr. Hermann Gösmann<br>(1962-1975) | Gustav Wiederkehr<br>(1962-1972) | Arthur Drewry<br>(1955-1961) |
| Hermann Neuberger<br>(1975-1992) | Artemio Franchi<br>(1972-1983) | Sir Stanley Rous<br>(1961-1974) |
| Egidius Braun<br>(1992-2001) | Jacques Georges<br>(1984-1992) | João Havelange<br>(1974-1998) |
| Gerhard Mayer-Vorfelder<br>(seit 2001) | Lennart Johannsson<br>(seit 1992) | Joseph S. Blatter<br>(seit 1998) |
| Theo Zwanziger<br>(mit Vorfelder seit 2004) | | |

## ZWEI LÄNDER, ZWEI NAMEN

Der Brasilianer José Altafini wurde mit seiner Nationalmannschaft 1958 Weltmeister. Damals nannte er sich in seinem Heimatland Mazzola, eine Verneigung vor seinem Vorbild Valentino Mazzola, der 1949 beim Flugunglück des AC Turin umgekommen war. Nach dem Turnier in Schweden wechselte der Stürmer vom FC São Paulo zum AC Mailand und legte mit dem Transfer seinen Künstlernamen ab. 1962 lief er bei der Weltmeisterschaft in Chile für Italien auf.

## ANDERE DEUTSCHE MEISTER

*In seiner Anfangszeit hatte der Deutsche Fußball-Bund durchaus kein Monopol auf die Austragung von Meisterschaften. Es gab in Konkurrenz zum DFB auch politische oder konfessionelle Gruppen, die eigene Meister ermittelten.*

### Arbeiter Turn- und Sportbund

Der ATSB ermittelte von 1920 bis zur »Machtergreifung« der Nationalsozialisten im Jahr 1933 eigene Meister und spielte 77 Länderspiele aus. Prominentester Spieler war Erwin Seeler von Lorbeer 06 Hamburg, der Vater von Dieter und Uwe Seeler. Als er zum bürgerlichen SC Victoria Hamburg wechselte, wurde Erwin Seeler in der sozialdemokratischen Presse als »verirrter Proletarier« kritisiert.

1920 *TSV Fürth* · 1921 *VfL Südost Leipzig-Stötteritz*
1922 *VfL Südost Leipzig-Stötteritz* · 1923 *VfL Südost Leipzig-Stötteritz*
1924 *Dresdner SV 1910* · 1925 *Dresdner SV 1910* · 1926 *Dresdner SV 1910*
1927 *Dresdner SV 1910* · 1928 *Pankower SC Adler*
1929 *SC Lorbeer 06 Hamburg* · 1930 *TuS Nürnberg-Ost*
1931 *SC Lorbeer 06 Hamburg* · 1932 *TuS Nürnberg-Ost*

### Deutsche Jugendkraft

Konfessionell geprägter Sport sollte in den Vereinen der 1920 gegründeten katholischen Deutschen Jugendkraft gespielt werden. Auch die DJK wurde 1933 aufgelöst, heute spielen die Vereine unter dem Dach des DFB.

1921 *DJK Essen-Katernberg* · 1924 *DJK Essen-Katernberg*
1927 *DJK Essen-Katernberg* · 1932 *DJK Sparta Nürnberg*

### Deutsche Turnerschaft

Das komplizierte Verhältnis zwischen Turnern und Fußballspielern führte 1924 zu einer Trennung zwischen Turnvereinen und Sportklubs. Einige Turnvereine behielten jedoch ihre Fußballabteilungen und spielten eigene Meister aus.

1925 *MTV Fürth* · 1926 *MTV Fürth* · 1927 *TV 1861 Forst* · 1928 *Harburger TB 1865*
1929 *TV 1846 Mannheim* · 1930 *Kruppsche TG Essen*

### Kampfgemeinschaft für Rote Sporteinheit

Der »Rotsport« war 1930 als eine kommunistische Abspaltung vom ATSB entstanden und wurde 1933 verboten. Vorher spielte eine deutsche Auswahlmannschaft von Rotkickern noch 44 Spiele in der Sowjetunion.

1931 *Dresdner SV 1910* · 1932 *Dresdner SV 1910*

## VOKABELHEFT

| | |
|---|---|
| Schachtjor Donezk → | Bergarbeiter Donezk |
| Osasuna Pamplona → | Gesundheit Pamplona |
| Reipas Lahti → | Frischauf Lahti |
| Nottingham Forest → | Nottingham Wald |
| Brann Bergen → | Feuer Bergen |
| Östers Växjö → | Osten Växjö |
| Radnicki Nis → | Arbeiter Nis |
| Rayo Vallecano → | Blitz Vallecano |
| Vitoria Guimares → | Sieg Guimares |
| En Avant Guingamp → | Vorwärts Guingamp |
| Ruch Chorzów → | Bewegung Chorzów |
| Pogon Szczecin → | Verfolgung Szczecin |
| Steaua Bukarest → | Stern Bukarest |
| Lyn Oslo → | Blitz Oslo |
| Maritimo Funchal → | Seemann Funchal |
| Chmel Blsany → | Hopfen Blsany |
| Jeunesse Esch → | Jugend Esch |

## SCHÖNE FUSSBALLWÖRTER

Der Fußball hat einige eigene Wörter hervorgebracht und andere ganz für sich in Beschlag genommen, deren Reiz man sich kaum entziehen kann:

*Abseitsfalle, Ballbesitz, Bogenlampe, dribbeln, Fallrückzieher, Flutlicht, Hackentrick, Heimspiel, Kantersieg, kurzes Eck, Rasenheizung, raumöffnend, Schienbeinschoner, schlenzen, Schussbein, Seitfallzieher, toter Ball*

## DIE MEISTERSCHALE

Der Name jedes neuen Titelträgers in Deutschland wird in die Meisterschale eingraviert. Gelegentlich muss sie erweitert werden, wenn kein Platz mehr zur Verfügung steht. Zuletzt war das 1981 der Fall, die nächste Erweiterung steht an, nachdem der Name des Deutschen Meisters 2019 eingraviert worden ist.

## DEUTSCHE VEREINE, DIE AUS WIRTSCHAFTLICHEN GRÜNDEN AUFGELÖST WURDEN

Nicht selten haben sich Klubs bei dem Versuch übernommen, in höhere Klassen aufzusteigen, und bekamen dann ihre finanziellen Probleme nicht mehr in den Griff. Die hier genannten Vereine gingen Konkurs oder in die Insolvenz, wurden aber zumeist unter neuem, nur leicht verändertem Namen neu gegründet.

Tasmania Berlin, 1973
Würzburger FV 04, 1981
Union Solingen, 1990
Blau-Weiß 90 Berlin, 1992
SV Wiesbaden 1899, 1994
Wacker 04 Berlin, 1994
1. FC Recklinghausen, 1996
Hellweg Lütgendortmund, 1997
Hessen Kassel, 1998
Eintracht Gelsenkirchen-Horst, 1999
FC Gütersloh, 2000
SV Rotthausen, 2000
Göttingen 05, 2003

## DIE MEISTEN LIGASPIELE

| | | | |
|---|---|---|---|
| BELGIEN | Raymond Mommens | 614* | Lebbekke, Lokeren, Charleroi |
| DEUTSCHLAND | Karl-Heinz Körbel | 602 | Eintracht Frankfurt |
| ENGLAND | Peter Shilton | 1.005* | Leicester, Stoke, Nottingham, Southampton, Derby Plymouth, Leyton |
| FRANKREICH | Jean-Luc Ettori | 601 | AS Monaco |
| HOLLAND | Pim Doesburg | 687 | Sparta Rotterdam, PSV Eindhoven |
| ITALIEN | Dino Zoff | 570 | Juventus Turin |
| PORTUGAL | Eusébio | 715 | Benfica Lissabon |
| SPANIEN | Andoni Zubizarreta | 622 | Bilbao, Barcelona, Valencia |

*nicht nur Erstligaspiele

## UNTER EINEM GUTEN STERN

Die Sternkreiszeichen deutscher Fußballklubs (nach Gründungsdatum)

| | | |
|---|---|---|
| WASSERMANN | ♒ | Werder Bremen, 1. FC Köln, Energie Cottbus, SpVgg Unterhaching, Rot-Weiß Erfurt |
| FISCHE | ♓ | Bayern München, Mainz 05, Eintracht Frankfurt, Eintracht Trier |
| WIDDER | ♈ | Schalke 04, Hannover 96, Dynamo Dresden, VfB Lübeck, 1. FC Saarbrücken, VfL Osnabrück, Erzgebirge Aue |
| STIER | ♉ | 1. FC Nürnberg, Arminia Bielefeld, München 1860, Fortuna Düsseldorf, Sportfreunde Siegen, FC St. Pauli, SC Paderborn 07 |
| ZWILLINGE | ♊ | Bayer Leverkusen, SC Freiburg, 1. FC Kaiserslautern, LR Ahlen, Karlsruher SC, Darmstadt 98, Offenbacher Kickers |
| KREBS | ♋ | VfL Bochum, Rot-Weiß Essen, Wuppertaler SV |
| LÖWE | ♌ | Borussia Mönchengladbach, Hertha BSC |
| JUNGFRAU | ♍ | VfB Stuttgart, VfL Wolfsburg, SpVgg Greuther Fürth, Stuttgarter Kickers |
| WAAGE | ♎ | Hamburger SV, MSV Duisburg, Holstein Kiel |
| SKORPION | ♏ | Wacker Burghausen |
| SCHÜTZE | ♐ | Rot-Weiß Oberhausen, Alemannia Aachen, Eintracht Braunschweig, KFC Uerdingen |
| STEINBOCK | ♑ | Borussia Dortmund, Hansa Rostock, Union Berlin, Chemnitzer FC |

## LÄNDERSPIELBILANZEN DER DEUTSCHEN NATIONALMANNSCHAFT, DIE NICHT MEHR ZU KORRIGIEREN SIND

| | | | | |
|---|---|---|---|---|
| Böhmen-Mähren | *0 Siege* | *1 Unentschieden* | *0 Niederlagen* | *4:4 Tore* |
| DDR | *0 Siege* | *0 Unentschieden* | *1 Niederlage* | *0:1 Tore* |
| Saarland | *2 Siege* | *0 Unentschieden* | *0 Niederlagen* | *6:1 Tore* |

Diese Länder existieren nicht mehr als eigenständige politische Einheit.

## KÖNIGE DER KÖNIGE

Die erste Zahl gibt an, wie oft ein Spieler insgesamt Torschützenkönig gewesen ist. Danach sind die Länder aufgeführt, in denen der Spieler erfolgreich war. Die Jahreszahlen schließlich nennen den Zeitraum seiner Spielerkarriere.

| | | | |
|---|---|---|---|
| 13 | *Romário* | Brasilien/Niederlande/Spanien | 1986-2001 |
| 12 | *Josef Bican* | Österreich/Tschechoslowakei | 1933-1950 |
| 11 | *Pelé* | Brasilien | 1957-1973 |
| 10 | *Imre Schlosser* | Ungarn | 1907-1917 |
| 9 | *Arthur Friedenreich* | Brasilien | 1912-1929 |
| | *Gunnar Nordahl* | Schweden/Italien | 1942-1955 |
| 8 | *Atilio Ceferino García* | Uruguay | 1938-1946 |
| | *Alfredo Di Stefano* | Argentinien/Kolumbien/Spanien | 1947-1959 |
| | *Ferenc Puskás* | Ungarn/Spanien | 1947-1964 |
| | *Uwe Seeler* | Deutschland | 1954-1964 |
| | *Sotirios Kaifas* | Zypern | 1971-1982 |
| | *Cabinho* | Mexiko | 1975-1985 |
| | *Zico* | Brasilien | 1975-1983 |
| 7 | *Luis Artime* | Argentinien/Uruguay | 1962-1971 |
| | *Eusébio* | Portugal | 1963-197? |
| | *Gerd Müller* | Deutschland | 1966-1978 |
| | *Kunishige Kamamoto* | Japan | 1968-1978 |
| | *Carlos Bianchi* | Argentinien/Frankreich | 1971-1981 |
| | *Fernando Morena* | Uruguay | 1973-1982 |
| | *Armin Krings* | Luxemburg | 1981-1993 |
| | *Víctor Hugo Antelo* | Bolivien | 1984-1999 |

## ARMEEMANNSCHAFTEN

Im ehemaligen Ostblock gehörten Armeesportklubs zu den wichtigsten Vereinen. Hier die jeweils größten aus verschiedenen Ländern:

| | |
|---|---|
| ALBANIEN | *Partizan Tirana* |
| BULGARIEN | *CSKA Sofia* |
| ČSSR | *Dukla Prag* |
| DDR | *Vorwärts Frankfurt* |
| JUGOSLAWIEN | *Partizan Belgrad* |
| POLEN | *Legia Warschau* |
| RUMÄNIEN | *Steaua Bukarest* |
| UdSSR | *CSKA Moskau* |
| UNGARN | *Honvéd Budapest* |

## AJAX-SCHULE

Kein anderer europäischer Klub hat so viele Spieler in den internationalen Transferkreislauf eingespeist wie der holländische Rekordmeister Ajax Amsterdam. Der erste Profi, der Ajax ins Ausland verließ, war Co Prins, der 1963 zum 1. FC Kaiserslautern wechselte und dort zu einer Legende wurde. In Schwung kamen die Auslandstransfers nach 1973, als Johan Cruyff von Ajax zum FC Barcelona wechselte. Wohl kein anderer europäischer Klub hat so viele herausragende Spieler auf dem Zenit ihrer Fähigkeiten abgegeben wie Ajax.

*Johan Cruyff, Johan Neeskens, Frank und Ronald de Boer, Jari Litmanen* (FC Barcelona), *Johnnie Rep, Frank Arnesen* (FC Valencia), *Horst Blankenburg* (Hamburger SV), *Gerrie Mühren, Finidi George* (Betis Sevilla), *Sören Lerby, Jan Wouters* (FC Bayern München), *Jan Molby* (FC Liverpool), *Marco van Basten, Edgar Davids, Winston Bogarde, Michael Reiziger, Patrick Kluivert* (AC Mailand), *Sonny Silooy* (Racing Paris), *Wim Jonk, Nwanko Kanu, Andy van der Meyde* (Inter Mailand), *Clarence Seedorf* (Sampdoria Genua), *Marc Overmars* (Arsenal London), *Edwin van der Sar, Sunday Oliseh, Zlatan Ibrahimovic* (Juventus Turin), *Benni McCarthy* (Celta Vigo), *Dani* (Benfica Lissabon), *Jesper Gronkjaer* (Chelsea), *Christian Chivu* (AS Rom).

## 149:0

Der 149:0-Sieg von AS Aeroport de Madagascar (ADEMA) über Stade Olympique de l'Emyrne (SOE) ist der wahrscheinlich höchste Sieg in der Geschichte des Fußballs, sicherlich aber der höchste auf dem Niveau einer obersten Spielklasse. Das Spiel am 31. Oktober 2002 war das letzte der Playoffs zur Ermittlung des Meisters von Madagaskar. Vorjahrestitelträger SOE, im afrikanischen Landesmeisterpokal sensationell bis ins Achtelfinale gekommen, konnte den nationalen Titel nicht mehr verteidigen, ADEMA stand schon vor der Partie als neuer madagassischer Meister fest. Aus Sicht von SOE-Trainer Ratsarazaka Ratsimandresy waren die Schiedsrichterentscheidungen bei den vorangegangenen Partien jedoch nicht korrekt gewesen. Seine Mannschaft protestierte dagegen, indem sie 90 Minuten lang Eigentor auf Eigentor schoss. Angeführt von Kapitän Mamisoa Razafindrakoto erzielten die Spieler von SOE im Schnitt alle 36 Sekunden einen Treffer, woran sie der Gegner nicht hindern konnte, denn er kam schließlich nur beim Anstoß zu einer der Halbzeiten an den Ball.

## DIE SS STRASSBURG SPIELT UM DIE DEUTSCHE MEISTERSCHAFT

Nach der Besetzung des Elsass war dort 1940 ein neuer Sportbereich eingerichtet worden, deren Sieger um die Deutsche Meisterschaft mitspielte. In der zweiten Spielzeit gewann die SG SS Straßburg, die aus dem Fußballklub Frankonia Straßburg entstanden war, den Titel. Alle Fußballspieler der Stadt, die Mitglieder in der SS waren, mussten dorthin wechseln.

### Qualifikation

10.5.1942 Tivoli-Stadion, Straßburg ............................. 12.000 Zuschauer
*SG SS Straßburg - Stuttgarter Kickers* ............................. 2:0 (1:0)

### Vorrunde

24.5.1942 RSC-Platz Straßburg-Meinau ............................. 12.000 Zuschauer
*SG SS Straßburg - Schweinfurt 05* ............................. 2:1 (0:0)

### Viertelfinale

7.6.1942 Glückauf-Kampfbahn, Gelsenkirchen ........... 30.000 Zuschauer
*Schalke 04 - SG SS Straßburg* ............................. 6:0 (3:0)

## BRITISCHE MASSE

Zu den – aus unserer Sicht – Seltsamkeiten des Fußballs gehören die Maßangaben. Das Tor ist 2,44 m hoch und nicht 2,50 m, die Mauer muss beim Freistoß 9,15 m entfernt sein und nicht neun oder zehn Meter. All das geht auf die englischen Wurzeln des Spiels zurück, denn diese Festlegungen wurden in Yard und Foot getroffen, was nach der Übertragung ins metrische System auch bei den Spielfeldabmessungen »krumme Zahlen« ergibt.

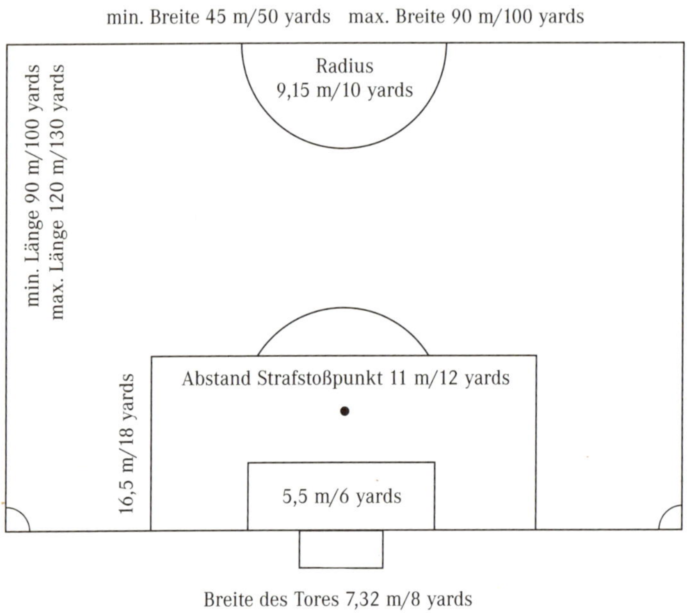


## AUSWÄRTSFERNFAHRT

Die größte Entfernung in der Geschichte des Europapokals waren die 5.456 km zwischen Cardiff City aus Wales und Torpedo Moskau. Die Russen verlegten das Viertelfinalrückspiel im Pokalsiegerwettbewerb 1967/68 wegen schlechten Wetters nach Taschkent im heutigen Usbekistan. Danach war noch ein Entscheidungsspiel in Augsburg fällig, das Torpedo gewann.

## ZUSCHAUERMAGNETEN

Die durchschnittliche Zuschauerzahl und die des bestbesuchten Klubs in der Saison 2004/05 bzw. 2004 in Ländern (*), die ihre Saison mit dem Kalenderjahr beenden:

| Land | Gesamtschnitt | Bestbesuchter Klub | Zuschauerschnitt |
|---|---|---|---|
| Azerbeidschan | 1.623 | *FK Khazar Lenkoran* | 5.388 |
| Belgien | 9.715 | *FC Brügge* | 24.432 |
| Bulgarien | 2.763 | *CSKA Sofia* | 4.813 |
| Dänemark | 7.617 | *FC Kopenhagen* | 18.110 |
| Deutschland | 37.771 | *Borussia Dortmund* | 77.294 |
| England | 33.899 | *Manchester United* | 67.748 |
| Estland* | 176 | *Merkuur Tartu* | 408 |
| Finnland* | 2.614 | *TPS Turku* | 3.822 |
| Frankreich | 21.392 | *Olympique Marseille* | 52.996 |
| Griechenland | 5.928 | *AEK Athen* | 26.928 |
| Italien | 25.649 | *AC Mailand* | 62.836 |
| Kasachstan* | 4.741 | *FK Irtisk Pavlodar* | 8.456 |
| Kroatien | 2.682 | *Hajduk Split* | 7.750 |
| Lettland* | 750 | *Metalurgs Liepaja* | 1.945 |
| Niederlande | 16.237 | *Ajax Amsterdam* | 48.571 |
| Norwegen* | 7.966 | *Rosenborg Trondheim* | 17.383 |
| Österreich | 6.757 | *Rapid Wien* | 14.718 |
| Polen | 5.230 | *Pogon Szczecin* | 9.846 |
| Portugal | 8.968 | *FC Porto* | 32.563 |
| Rumänien | 6.564 | *Politehnica Timisoara* | 18.000 |
| Russland* | 11.574 | *FK Krylia Samara* | 25.500 |
| Schottland | 15.659 | *Celtic Glasgow* | 57.943 |
| Schweden* | 9.764 | *Malmö FF* | 20.061 |
| Schweiz | 8.305 | *FC Basel* | 24.928 |
| Serbien-Montenegro | 1.978 | *Roter Stern Belgrad* | 4.533 |
| Slowenien | 823 | *Mura Murska Sobota* | 1.394 |
| Spanien | 28.590 | *Real Madrid* | 70.304 |
| Tschechien | 3.860 | *Baník Ostrau* | 8.028 |
| Ungarn | 3.265 | *USC Debrecen* | 6.347 |
| Wales | 274 | *Rhyl* | 591 |
| Weißrußland* | 1.977 | *FK Gomel* | 3.967 |
| Zypern | 2.864 | *APOEL Nikosia* | 7.714 |

## EUROPÄISCHER ARBEITSMARKT

Spieler aus 39 europäischen Ländern waren für die Gruppenspiele der Champions League 2004/05 gemeldet.

| | |
|---|---|
| 95 | Spanien |
| 94 | Frankreich |
| 84 | Italien |
| 57 | Holland |
| 51 | England |
| 47 | Deutschland |
| 37 | Portugal |
| 36 | Griechenland, Tschechien |
| 28 | Ukraine |
| 24 | Israel |
| 23 | Belgien |
| 22 | Norwegen, Türkei |
| 16 | Serbien/Montenegro |
| 15 | Russland, Schottland |
| 13 | Kroatien |
| 12 | Irland |
| 11 | Rumänien |
| 10 | Schweden |
| 7 | Slowenien |
| 6 | Dänemark, Polen, Slowakei |
| 5 | Schweiz |
| 4 | Finnland |
| 3 | Bosnien, Bulgarien, Nordirland, Wales |
| 2 | Albanien, Georgien, Island, Lettland, Litauen, Ungarn, Zypern |
| 1 | Weißrussland |

## WOHIN DIE EUROPAPOKALE GINGEN

Die Gewinner der zwischen 1955 und 2005 ausgespielten Europapokalwettbewerbe (Champions League, Uefa-Cup und bis 2002 Pokalsieger) verteilten sich auf 15 Länder.

1 .........England, Italien .......... je 27 Pokale
2 .........Spanien .......... 26 Pokale
3 .........Deutschland .......... 15 Pokale
4 .........Holland .......... 11 Pokale
5 .........Schottland, UdSSR* .......... je 3 Pokale
6 .........Frankreich, Jugoslawien*, Schweden .......... je 2 Pokale
7 .........ČSSR*, DDR*, Rumänien, Türkei, Ungarn, Russland .......... je 1 Pokal

*Titelgewinne fielen in die Zeit vor der politischen Neuordnung Europas.

## BOMBENKRIEG

Der Victoria Park von Hartlepool United war das einzige englische Fußballstadion, das im Ersten Weltkrieg beschädigt wurde. Die Haupttribüne wurde im November 1916 von einem Zeppelin aus getroffen. Nach Kriegsende versuchte der Klub erfolglos eine Kompensation von 2.500 Pfund bei der deutschen Regierung einzuklagen. Im Zweiten Weltkrieg wurde das Stadion bei Luftangriffen erneut stark beschädigt.

## DIE MEISTEN EIGENTORE IN DER BUNDESLIGA

| | |
|---|---|
| 1. MANFRED KALTZ (Hamburger SV) | 6 |
| 2. PER RÖNTVED (Werder Bremen) | 5 |
| 3. FRANZ BECKENBAUER (Bayern München) | 4 |
| KARLHEINZ GEILS (Bremen/Bielefeld/Köln/Hannover) | 4 |
| TOMASZ HAJTO (Duisburg/Schalke/Nürnberg) | 4 |
| WILFRIED HANNES (Mönchengladbach) | 4 |
| THOMAS HELMER (Bielefeld/Dortmund/Bayern) | 4 |
| DITMAR JAKOBS (Oberhausen/TeBe/MSV/HSV) | 4 |
| UWE KLIEMANN (Oberhausen/Frankfurt/Hertha) | 4 |
| MICHAEL KLINKERT (Schalke/Mönchengladbach) | 4 |
| LUDWIG MÜLLER (Nürnberg/Gladbach/Hertha) | 4 |
| WALTER OSWALD (St. Pauli/Bochum) | 4 |
| GERD ZIMMERMANN (Gladbach/Fort. Köln/D'dorf) | 4 |

## WECHSELJAHRE

| | | | | |
|---|---|---|---|---|
| 1967/68 | 1. | *1. FC Nürnberg* | 17. | 1968/69 |
| 1968/69 | 2. | *Alemannia Aachen* | 18. | 1969/70 |
| 1994/95 | 4. | *1. FC Kaiserslautern* | 16. | 1995/96 |
| 2003/04 | 5. | *VfL Bochum* | 16. | 2004/05 |
| 1975/76 | 8. | *Rot-Weiß Essen* | 18. | 1976/77 |
| 1996/97 | 6. | *Karlsruher SC* | 16. | 1997/98 |
| 2000/01 | 6. | *SC Freiburg* | 16. | 2001/02 |
| 1998/99 | 8. | *MSV Duisburg* | 16. | 1999/00 |

Alle hier genannten Klubs stiegen aus der Bundesliga ab.

**5. Januar 1995: Roland Wohlfarth (VfL Bochum)**
Der ehemalige Bundesliga-Torschützenkönig wird beim Hallenturnier in Leipzig positiv auf das Stimulansmittel Norephedrin getestet. Er räumt anschließend ein, ohne Wissen des Vereins den Appetitzügler Recatol/N eingenommen zu haben.
*Urteil: Zwei Monate Sperre für Wohlfarth.*

**11. März 1997: Holger Gehrke (MSV Duisburg)**
Dem Torwart wird nach dem Bundesligaspiel bei Schalke 04 (0:4) das Sympathikomimetikum Phenylephrin nachgewiesen. Gehrke hatte das Medikament nach einer Erkältung ohne Rücksprache mit dem Verein eingenommen, war in Schalke aber nicht eingesetzt worden.
*Urteil: Der DFB leitet kein Verfahren gegen Gehrke ein.*

**Februar 1998: Petr Kouba (1. FC Kaiserslautern)**
Dem Torhüter wird nach der Behandlung eines Knorpelschadens das Mittel Megagrisivit mono verabreicht, das als Bestandteil das anabole Steroid Closterbol aufweist. Kouba, der nie für Lautern spielen wird, erstattet daraufhin Selbstanzeige.
*Urteil: Vier Wochen Sperre für Kouba.*

**26. September 1998: Thomas Ernst (VfL Bochum)**
Vereinsarzt Dr. Schubert gibt dem Torwart in der Halbzeitpause des Bundesligaspiels beim 1. FC Kaiserslautern (3:2) ein kreislaufstabilisierendes Mittel, nachdem Ernst mit dem Dänen Michael Schjönberg zusammengeprallt ist. Das Medikament steht zwar nicht auf der Dopingliste, eine darin enthaltene Substanz schon. Das Spiel wäre aber ohnehin zugunsten Bochums gewertet worden, da Kaiserslautern zwischenzeitlich vier Nicht-EU-Ausländer eingesetzt hat.
*Urteil: Freispruch für Ernst und Geldstrafe in Höhe von 80.000 Mark für Bochum.*

**29. Mai 1999: Thomas Ziemer (1. FC Nürnberg)**
Nach dem letzten Bundesliga-Saisonspiel gegen den SC Freiburg (1:2) wird bei Ziemer ein erhöhter Testosteronwert auf Grund der Einnahme eines anabolen Steroids festgestellt.
*Urteil: Neun Monate Sperre für Ziemer.*

**15. Januar 2000: Quido Lanzaat (Borussia Mönchengladbach)**
Der Holländer wird nach dem Finale des Hallenmasters in München positiv auf Tetrahydrocannabinol (THC) getestet. Lanzaat gibt zu, in der Silvesternacht Haschisch konsumiert zu haben
*Urteil: Acht Wochen Sperre für Lanzaat und Aberkennung des Hallenmasters-Titels für Gladbach.*

**25. August 2000: Manuel Cornelius (Tennis Borussia Berlin)**
Beim Regionalligaspieler weist eine Dopingprobe nach dem DFB-Pokalspiel gegen Arminia Bielefeld (1:3) Spuren von Nandrolon auf. Das DFB-Sportgericht sieht es nach den Ergebnissen des Doping-Labors Kreischa als erwiesen an, dass Cornelius Opfer eines kontaminierten Nahrungsergänzungsmittels geworden ist.
*Urteil: Freispruch für Cornelius.*

**29. November 2000: Ibrahim Tanko (Borussia Dortmund)**
Der Stürmer wird nach dem DFB-Pokalspiel von Borussia Dortmund bei Schalke 04 (1:2) positiv auf Tetrahydrocannabinol getestet. Der Ghanaer gesteht den Konsum von Marihuana.
*Urteil: Vier Monate Sperre und eine Geldstrafe in Höhe von 15.000 Mark für Tanko. (Nach Ablauf seiner Sperre wird er von Borussia Dortmund ablösefrei zum SC Freiburg transferiert.)*

**27. September 2003: Christian Schmid (SC Pfullendorf)**
Beim Regionalligaspieler wird nach der Partie gegen den SV Wehen (0:0) die Einnahme der Substanz Pseudoephedrin festgestellt. Schmid räumt im Nachhinein ein, das Grippemittel »Aspirin Complex« eingenommen zu haben. Das Eingeständnis sowie die Tatsache, dass es sich bei Pseudoephedrin um eine Dopingsubstanz von untergeordnetem Rang handelt, wirken sich mildernd auf das Strafmaß aus.
*Urteil: Fünf Monate Sperre für Schmid und 7.500 Euro Geldstrafe für Pfullendorf.*

**19. Oktober 2003: Raymond Kalla (VfL Bochum)**
Beim Kameruner wird nach dem Bundesligaspiel bei Schalke 04 (2:0) die Einnahme des entzündungshemmenden Mittels Triamcinolon festgestellt. Das Mittel ist zwar nicht verboten, muss aber 72 Stunden vor einem Spiel angemeldet werden.
*Urteil: Drei Spiele Sperre für Kalla.*

9. November 2003: Daniel Gomez (Alemannia Aachen)
Der Franzose wird nach der Zweitligapartie gegen Arminia Bielefeld (2:0) positiv auf Methylprednisolon getestet. Er hatte die Anwendung des Kortison-Präparats nicht angegeben.
*Urteil: Zwölf Spiele Sperre für Gomez.*

11. April 2004: Kai-Uwe Jendrossek (Erzgebirge Aue)
Die Dopingprobe nach dem Zweitligaspiel beim FSV Mainz 05 (1:1) weist ein meldepflichtiges kortisonhaltiges Medikament auf, das der Abwehrspieler nicht angegeben hatte.
*Urteil: Sechs Spiele Sperre für Jendrossek.*

15. Mai 2004: Marko Rehmer (Hertha BSC Berlin)
Dem ehemaligen Nationalspieler wird nach dem Bundesligaspiel bei 1860 München (1:1) die Einnahme des Glukokortikosteroids Betamethason nachgewiesen. Rehmer hatte die Einnahme des Medikaments nach einer Kieferverletzung nicht angegeben.
*Urteil: Neun Spiele Sperre für Rehmer.*

6. April 2005: Senad Tiganj (Rot-Weiss Erfurt)
Der Stürmer wird nach dem Zweitligaspiel gegen die SpVgg Unterhaching (2:0) positiv auf die verbotene Substanz Fenoterol getestet. Er erklärt, dass er seinem an Asthma leidenden sechsjährigen Sohn Erwin ein neues Spray vorführen wollte.
*Urteil: Zehn Wochen Sperre für Tiganj und Umwandlung der Spielwertung in eine 0:2-Niederlage von Erfurt gegen Unterhaching.*

## Trainer, die mit mehr als zwei Teams bei der WM waren

Bora Milutinovic
1986 Mexiko, 1990 Costa Rica, 1994 USA, 1998 Nigeria, 2002 China

Carlos Alberto Parreira
1982 Kuwait, 1990 Verein. Arab. Emirate, 1994 Brasilien, 1998 Saudi-Arabien

Henri Michel
1986 Frankreich, 1994 Kamerun, 1998 Marokko

## PRÄMIEN FÜR DEUTSCHE NATIONALSPIELER

EM 2004, Vorrunde: keine Prämie
WM 2002, Finale: 71.500 €
EM 2000, Vorrunde: keine Prämie
WM 1998, Viertelfinale: 65.000 DM
EM 1996, Titelgewinn: 100.000 DM
WM 1994, Viertelfinale: 35.000 DM
EM 1992, Finale: 60.000 DM
WM 1990, Titelgewinn: 135.000 DM
EM 1988, Halbfinale: 25.000 DM
WM 1986, Finale: 70.000 DM
WM 1974, Titelgewinn: 60.000 DM
WM 1954, Titelgewinn: 1.000 DM*

*plus 100 DM pro Spiel (max. 6) sowie ein Fernseher

## MASKOTTCHEN MARILYN

Am 12. Mai 1957 war Marilyn Monroe Maskottchen von Hapoel Tel Aviv. Der israelische Fußballklub trat an jenem Tag in Brooklyn zur Feier des neunten Jahrestages der Gründung Israels gegen ein amerikanisches All-Star-Team an. Marilyn Monroe führte symbolisch den Anstoß aus. Sie war wohl auch deshalb Maskottchen der Gastmannschaft, weil sie anlässlich ihrer Heirat mit dem Schriftsteller Arthur Miller im Vorjahr zum Judentum übergetreten war. Hapoel gewann mit 6:4.

## TRAGISCHE TODESFÄLLE VON FUSSBALLSPIELERN

CASSIO BARROS DA SILVA, der 1995 vom Präsidenten des nordbrasilianischen Klubs CSE Palmeira dos Indios erschossen wird, als er um den Wechsel zu einem anderen Klub bittet.

MISTAR, indonesischer Nationalspieler, der 1995 zu Tode kommt, als Wildschweine den Trainingsplatz überrennen.

## KLINSMANNS TORREKORD

Sehr glücklich wurde Jürgen Klinsmann beim FC Bayern nicht, aber mit 15 Treffern in den 12 Spielen bis zum Gewinn des Uefa-Cups stellte er 1995/96 einen im Europapokal noch immer gültigen Torrekord auf.

| | | |
|---|---|---|
| *1. Runde Rückspiel* | 5:0 bei Lokomotive Moskau | ZWEI TORE |
| *2. Runde Hinspiel* | 2:0 bei Raith Rovers | ZWEI TORE |
| *2. Runde Rückspiel* | 2:1 gegen Raith Rovers | EIN TOR |
| *3. Runde Hinspiel* | 4:1 über Benfica Lissabon | VIER TORE |
| *3. Runde Rückspiel* | 3:1 bei Benfica Lissabon | ZWEI TORE |
| *Viertelfinale Hinspiel* | 2:1 gegen Nottingham Forest | EIN TOR |
| *Viertelfinale Rückspiel* | 5:1 bei Nottingham Forest | ZWEI TORE |
| *Finale Rückspiel* | 3:1 bei Girondins Bordeaux | EIN TOR |

## VÄTER UND SÖHNE

| VATER | KLUB | SOHN | KLUB |
|---|---|---|---|
| Bum-Kun Cha | Bayer Leverkusen | Du-Ri Cha | Eintracht Frankfurt |
| Johan Cruyff | Ajax Amsterdam | Jordi Cruyff | FC Barcelona |
| Jean Djorkaeff | Olympique Lyon | Youri Djorkaeff | Inter Mailand |
| Pablo Forlan | Peñarol Montevideo | Diego Forlan | Manch. United |
| Rolf Kahn | Karlsruher SC | Oliver Kahn | FC Bayern |
| Cesare Maldini | AC Mailand | Paolo Maldini | AC Mailand |
| Terry Owen | FC Everton | Michel Owen | Real Madrid |
| Klaus Sammer | Dynamo Dresden | Matthias Sammer | Borussia Dortmund |
| Erwin Seeler | Hamburger SV | Uwe Seeler | Hamburger SV |
| Juan Ramon Verón | Panathinaikos Athen | Juan Sebastian Verón | Inter Mailand |
| Roberto Vieri | Juventus Turin | Christian Vieri | Inter Mailand |
| Dieter Zorc | Borussia Dortmund | Michael Zorc | Borussia Dortmund |

## ICH BIN EIN STAR, HOLT MICH HIER RAUS

Bei verschiedenen internationalen Versionen des Showformats wurden Fußballspieler eingesetzt:
JIMMY HARTWIG (Deutschland), FAUSTINO ASPRILLA (Kolumbien), RENE HIGUITA (Kolumbien), NEIL RUDDOCK (England)

## REPLIKANTEN

Historische Erfolge, eifrige Reisetätigkeit der Vorbilder und die Geschichte des Kolonialismus haben dazu geführt, dass neue Klubs sich die Namen großer Vereine ausgeborgt haben und heute mitunter selbst in den höchsten Ligen ihres Landes spielen. Sogar in Brasilien selbst nannten sich Klubs nach dem Verein, in dem Pelé seine Karriere begann, dem Futebol Clube aus Santos.

| | |
|---|---|
| **Arsenal London** | Arsenal Football Club, Maseru, *Lesotho* |
| | Arsenal Football Club, Petit Bourg, *Guadeloupe* |
| | Arsenal Football Club, Port-au-Prince, *Haiti* |
| | Arsenal Fútbol Club, Buenos Aires, *Argentinien* |
| | Arsenal, New Amsterdam, *Guayana* |
| | Arsenal, *Surinam* |
| | FC Arsenali Tiflis, *Georgien* |
| | Berekum Arsenals, Berekum, *Ghana* |
| **Chelsea London** | Chelsea FC, Gootfontein, *Namibia* |
| | Chelsea FC, *Lesotho* |
| | Chelsea FC, Lowmans, *St. Vincent and Grenadines* |
| **FC Santos** | Santos Football Club, Kapstadt, *Südafrika* |
| | Santos Football Club, Georgetown, *Guayana* |
| | Santos Fútbol Club, Guabo, *Ecuador* |
| | Santos, Kingston, *Jamaika* |
| | Santos, *Surinam* |

## TASMANIA DES OSTENS

Die schaurigste Bilanz in der Geschichte der DDR-Oberliga erspielte sich MOTOR SUHL in der Spielzeit 1984/85. Es war die einzige Saison des Klubs in der höchsten Spielklasse, der in 26 Spielen nur fünf Punkte (nach der Zwei-Punkte-Regel) gewinnen konnte. Der einzige Sieg, ein 3:1 über Wismut Aue, gelang erst am 16. Spieltag, auswärts punktete das Team überhaupt nicht. Das 0:8 gegen den BFC Dynamo Berlin war die höchste Heimniederlage, auswärts war es das 0:7 bei Vorwärts Frankfurt. Motor Suhl verabschiedete sich mit 92 Gegentoren bei nur 16 eigenen Treffern aus der Oberliga.

Im April 1999 war Robbie Fowler im Merseyside-Derby von den Fans des FC Everton verspottet worden, nachdem Boulevardzeitungen über den angeblichen Kokainkonsum des Stürmers vom FC Liverpool berichtet hatten. Als Fowler schließlich einen Elfmeter verwandelt hatte, kniete er an der Außenlinie nieder und tat so, als würde er sie wie Kokain schnupfen. Der englische Fußballverband sperrte Fowler wegen dieser Geste für sechs Spiele.

Der Vertrag des französischen Stürmers Pascal Nouma mit Beşiktaş Istanbul wurde im März 2003 aufgelöst, nachdem er seinen 1:0-Siegtreffer gegen den Lokalrivalen Fenerbahçe mit einem tiefen Griff in seine Hose gefeiert hatte. Die Geste sei jenseits aller türkischen Bräuche und Traditionen, begründete die Vereinsführung den Rauswurf.

Als Junior Agogo im Januar 2005 für die Bristol Rovers gegen Lincoln City traf, machte er seinem Ärger über den Trainer Luft. Ian Atkins hatte den Stürmer aus Personalnot ins Mittelfeld gestellt. Das missfiel Agogo jedoch so, dass er nach seinem Treffer zum 1:1 in Richtung Trainerbank »Wichser« rief und eine dazu passende Handbewegungen machte. Schiedsrichter Fred Graham zeigte Agogo umgehend die Rote Karte.

Torhüter Volkan Demirel von Fenerbahçe Istanbul bejubelte im Frühjahr 2004 einen 2:1-Sieg über den Lokalrivalen Galatasaray und die Tabellenführung. Er warf sein Trikot in die Kurve und verletzte sich am Arm. Drei Wochen Pause...

Im Dezember 2004 sprang Paulo Diogo von Servette Genf auf den Zaun, um sich von den mitgereisten Fans feiern zu lassen, nachdem er das 4:1 beim FC Schaffhausen vorbereitet hatte. Dabei bemerkte der Stürmer nicht, der erst kurz zuvor geheiratet hatte, dass sich sein Ehering verhakt hatte. Als Diogo vom Zaun sprang, riss er sich zwei Glieder des Fingers ab. Vom Schiedsrichter wurde er trotzdem vewarnt, und die abgerissenen Fingerglieder waren im Krankenhaus nicht zu retten.

Der argentinische Stürmer Martin Palermo brach sich im November 2001 nach einem Treffer für den spanischen Erstligisten Villareal das Schien- und Wadenbein. Als er im Pokalspiel gegen UD Levante getroffen hatte, ließ sich Palermo vor der Fankurve feiern. Dabei stürzte eine Betonwand um, die auf die Beine des 28-Jährigen kippte. Wegen der Beinbrüche konnte er nicht an der Weltmeisterschaft in Japan und Südkorea teilnehmen.

## PETER MÜLLER, FUSSBALLGOTT

Zum 40. Geburtstag der Bundesliga ermittelte der *Kicker* aus den Daten aller Bundesligaspieler einen idealen Gesamtspieler. Er hat die deutsche Staatsangehörigkeit, heißt Müller (häufigster Familienname) und Peter mit Vornamen (häufigster Vorname). Geboren wurde er im Spätsommer, und zwar im Tierkreiszeichen der Jungfrau.
PETER MÜLLER ist 1,81 m groß und 77 kg schwer, wurde in insgesamt 77 Bundesligaspielen eingesetzt und erzielte dabei 9 Tore. 28 seiner Spiele hat er gewonnen und genauso viele Spiele verloren, 21 Mal erlebte er ein Unentschieden.
Zwei Mal wurde er in Nachholspielen eingesetzt, weil das Spiel wegen ungünstigen Wetters verlegt werden musste.
Peter Müller spielte im Schnitt bei 1,43 Vereinen und sah sechs Mal die Gelbe Karte.
Er wurde statistisch gesehen 0,32 Mal des Feldes verwiesen, hat 0,86 Elfmeter geschossen und davon 0,64 verwandelt.
Es gibt auch einen wirklichen Peter Müller, der in der Saison 1991/92 für den 1. FC Köln zwei Spiele machte und auf den das statistische Profil damit nicht zutrifft.

## ROTSÜNDER DER BUNDESLIGA

| Name | Klubs | Rot | Gelb-Rot | Gesamt |
|---|---|---|---|---|
| 1. Jens Nowotny* | Karlsruhe, Leverkusen | 3 | 5 | 8 |
| 2. Sergej Barbarez* | Rostock, Dortmund, HSV | 3 | 4 | 7 |
| Stefan Effenberg | Gladbach, Bayern | 4 | 3 | 7 |
| Torsten Kracht | Stuttgart, Leipzig, Bochum, Frankfurt | 4 | 3 | 7 |
| 3. Torsten Wohlert | Homburg, Duisburg | 1 | 5 | 6 |
| Samuel Kuffour | FC Bayern | 2 | 4 | 6 |
| Thomas Rath | Dresden, Freiburg | 3 | 3 | 6 |
| Marco Haber | Lautern, Stuttgart, Haching | 3 | 3 | 6 |
| Stefan Emmerling | Lautern, Wattenscheid, Duisburg | 3 | 3 | 6 |
| Bernhard Trares | München 60, Bremen | 5 | 1 | 6 |
| Martin Wagner | Nürnberg, Lautern | 0 | 6 | 6 |

*noch aktiv

## ENDSPIELE UM DEN INTERNATIONALEN FUSSBALL-CUP

Der Internationale Fußball-Cup (IFC) war ein Vorläufer des Uefa Intertoto-Cups und wurde ins Leben gerufen, um auch während der Sommerpause ausreichend Spiele für Fußball-Toto anbieten zu können. Allerdings erstreckten sich die Partien bis zum Finale über die ganze Saison. Erst mit dem Jahr 1967 beschränkten sie sich auf den Sommer, sodass es nur noch Gruppensieger gab.

1961/62
Ajax Amsterdam – Feyenoord Rotterdam 4:2 (in Amsterdam)
(dt. Teilnehmer: Vorwärts Berlin, Motor Jena, VfL Osnabrück, Dynamo Berlin, Lokomotive Leipzig, Kickers Offenbach, Schalke 04, FK Pirmasens, Borussia Neunkirchen, Tasmania Berlin)

1962/63
Slovnaft Bratislava – AC Padua 1:0 (in Padua)
(dt. Teilnehmer: 1. FC Kaiserslautern, Bayern München, Rot-Weiß Oberhausen, VfV Hildesheim)

1963/64
Slovnaft Bratislava – Polonia Bytom 1:0 (in Wien)
(dt. Teilnehmer: VfR Neumünster, Bayern München, FK Pirmasens, Tasmania Berlin, Empor Rostock, Vorwärts Berlin, Motor Zwickau)

1964/65
SC Leipzig – Polonia Bytom 3:0, 1:5
(weitere dt. Teilnehmer: Hertha BSC Berlin, Eintracht Braunschweig, 1. FC Kaiserslautern, 1. FC Saarbrücken, Empor Rostock, Vorwärts Berlin, FC Karl-Marx-Stadt, Schalke 04)

1965/66
IFK Norrköping – Lokomotive Leipzig 1:0, 0:4
(weitere dt. Teilnehmer: Borussia Neunkirchen, 1. FC Kaiserslautern, Eintracht Frankfurt, Eintracht Braunschweig, Motor Jena, Empor Rostock)

1966/67
Inter Bratislava – Eintracht Frankfurt 2:3, 1:1 n.V.
(weitere dt. Teilnehmer: Hansa Rostock, Karlsruher SC, Lokomotive Leipzig, Eintracht Braunschweig, Carl Zeiss Jena, 1. FC Kaiserslautern, Vorwärts Berlin, Borussia Neunkirchen, Dynamo Dresden)

## DIE ZEHN BESTEN AUSLÄNDISCHEN STÜRMER IN DER BUNDESLIGA

1. Giovane Elber (Brasilien)* ..........133 TORE ..................(VfB Stuttgart/Bayern München)
2. Stephane Chapuisat (Schweiz)..106 TORE.......(Bayer Uerdingen/Borussia Dortmund)
3. Ailton (Brasilien)..........................102 TORE .........................(Werder Bremen/Schalke 04)
4. Bum-Kun Cha (Südkorea) ............98 TORE .....(Eintracht Frankfurt/Bayer Leverkusen)
5. Anthony Yeboah (Ghana) .............96 TORE...........(Eintracht Frankfurt/Hamburger SV)
6. Willi Lippens (Niederlande)......92 TORE.......(Rot-Weiß Essen/Borussia Dortmund)
7. Toni Polster (Österreich) ..............90 TORE .............(1. FC Köln/Bor. Mönchengladbach)
8. Claudio Pizarro (Peru)*.................81 TORE..............(Werder Bremen/Bayern München)
9. Allan Simonsen (Dänemark) .......76 TORE .........................(Borussia Mönchengladbach)
10. Sergej Barbarez (Bosnien)*........75 TORE ...(Rostock/Bor. Dortmund/Hamburger SV)

*noch aktiv

## GEOGRAPHIEUNTERRICHT

*»Wir alle leben auf der Erde, aber eben auf verschiedenen Spielhälften.«*
Klaus Augenthaler, Trainer

*»Sarajevo ist nicht Hawaii.«*
Bobby Robson, englischer Trainer

*»Alles, was ich bisher über Gelsenkirchen gehört habe, ist ein Desaster.«*
Ailton, brasilianischer Fußballprofi

*»Argentinien wird bei der Euro 2000 nicht dabei sein, weil sie aus Südamerika sind.«* Kevin Keegan, englischer Trainer

*»Mailand oder Madrid, Hauptsache Italien.«*
Andreas Möller, deutscher Fußballprofi

*»Ich konnte mich in Italien einfach nicht heimisch fühlen, es war, wie in einem fremden Land zu leben.«* Ian Rush, walisischer Stürmer

*»St. Pauli war für mich das Haiti Deutschlands.«*
Sepp Piontek, Trainer

## ZWILLINGE IN EINEM TEAM

Bislang absolvierten drei Zwillingspaare gemeinsam Bundesligaspiele.

| | |
|---|---|
| HELMUT UND ERWIN KREMERS | 1967–1969 Borussia Mönchengladbach<br>1970/71 Offenbacher Kickers<br>1971–1979 Schalke 04 |
| ERNST UND HEINZ TRASER | 1972/73 Offenbacher Kickers<br>1976–78 1. FC Saarbrücken |
| NILS UND OLAF SCHMÄLER | 1988–1991 VfB Stuttgart |

ANDREAS UND MICHAEL ZEYER, HAMIT UND HALIL ALTINTOP spielten bzw. spielen bislang nicht im selben Bundesligaklub.

## KLINGENDE STADIONNAMEN

Es gab in Deutschland traditionell leider immer zu viele Waldstadien, Jahnstadien und Stadien an der Soundso-Straße. In den letzten Jahren wurden zudem etliche Stadien nach Sponsoren benannt, sodass die Freude über ein Fußballstadion mit klingendem Namen noch größer geworden ist.

| | |
|---|---|
| *Sportplatz der Hüttenwerker* | Stahl Eisenhüttenstadt |
| *Bornheimer Hang* | FSV Frankfurt |
| *Grotenburg Kampfbahn* | KFC Uerdingen |
| *Uhlenkrug* | Schwarz-Weiß Essen |
| *Kampfbahn Rote Erde* | Borussia Dortmund |
| *Königreich-Stadion* | Buchonia Flieden |
| *Römerkampfbahn* | SpVgg Beckum |
| *Großer Sand* | SV Fraulautern |
| *Stadion an der Flutbrücke* | 1. FC Haßfurt |
| *Erbsenberg* | VfR Kaiserslautern |
| *Kinderlehre* | SV Alsenborn |
| *Grüne Au* | Bayern Hof |
| *Kampfbahn Katzenbusch* | SpVgg Herten |
| *Am Hallo* | Sportfreunde Katernberg (Essen) |

## DIE SCHÖNSTEN RÜCKENNUMMERN

Zusammengestellt wurde diese Hitliste im Sommer 2004 von den Redakteuren der Musikzeitschrift *Spex*, bei der leider die 2 und die 6 keine Berücksichtigung fanden, dafür aber die völlig überschätzte 24.

1. ....... **7**
2. ...... **10**
3. ....... **5**
4. ...... **11**
5. ...... **13**
6. ....... **9**
7. ....... **8**
8. ....... **1**
9. .... **24**
10. ...... **4**

## EIN UNGEREGELTER SCHIEDSRICHTER

Man kann nicht sagen, dass die Spieler von Glasgow Rangers am 3. November 1971 besonders treffsicher waren. Vier Mal hatten sie beim Elfmeterschießen vergeben, und die Fans in Lissabon jubelten darüber, dass Sporting sich fürs Viertelfinale im Europapokal der Pokalsieger qualifiziert hatte. Nur: In der nächsten Runde traten doch die Schotten an (und gewannen den Wettbewerb schließlich sogar), denn der holländische Schiedsrichter van Ravens hatte in Lissabon ein Elfmeterschießen angesetzt, das gar nicht nötig gewesen wäre. 3:2 hatten die Rangers in Glasgow gewonnen, 3:2 führte Sporting im Rückspiel nach 90 Minuten. In der Verlängerung trafen beide Mannschaften, sodass es 4:3 stand und damit alles für die Schotten entschieden war. Doch die Auswärtstorregel war damals neu, und der Schiedsrichter hatte geglaubt, dass Tore in der Verlängerung nicht zählen würden.

## Südamerika

| | | | |
|---|---|---|---|
| *1971* | Tostão | Brasilien | Cruzeiro Belo Horizonte |
| *1972* | Teófilo Cubillas | Peru | Alianza Lima |
| *1973* | Pelé | Brasilien | FC Santos |
| *1974* | Elías Figueroa | Chile | Internacional Porto Allegre |
| *1975* | Elías Figueroa | Chile | Internacional Porto Allegre |
| *1976* | Elías Figueroa | Chile | Internacional Porto Allegre |
| *1977* | Zico | Brasilien | Flamengo |
| *1978* | Mario Kempes | Argentinien | FC Valencia |
| *1979* | Diego Maradona | Argentinien | Argentinos Juniors |
| *1980* | Diego Maradona | Argentinien | Boca Juniors Buenos Aires |
| *1981* | Zico | Brasilien | Flamengo Rio de Janeiro |
| *1982* | Zico | Brasilien | Flamengo Rio de Janeiro |
| *1983* | Socrates | Brasilien | Corinthians São Paulo |
| *1984* | Enzo Francescoli | Uruguay | River Plate Buenos Aires |
| *1985* | Julio César Romero | Paraguay | Fluminense Rio de Janeiro |
| *1986* | Antonio Alzamend | Uruguay | River Plate Buenos Aires |
| *1987* | Carlos Valderrama | Kolumbien | Deportivo Cali |
| *1988* | Rubén Paz | Uruguay | Racing Club |
| *1989* | Bebeto | Brasilien | Vasco da Gama Rio |
| *1990* | Raúl Amarilla | Paraguay | Olimpia Asuncion |
| *1991* | Oscar Ruggeri | Argentinien | Vélez Sarsfield |
| *1992* | Raí | Brasilien | FC São Paulo |
| *1993* | Carlos Valderrama | Kolumbien | Atlético Junior Barranquilla |
| *1994* | Cafú | Brasilien | FC São Paulo |
| *1995* | Enzo Francescoli | Uruguay | River Plate Buenos Aires |
| *1996* | José Luis Chilavert | Paraguay | Vélez Sarsfield |
| *1997* | Marcelo Salas | Chile | River Plate Buenos Aires |
| *1998* | Martín Palermo | Argentinien | Boca Juniors Buenos Aires |
| *1999* | Javier Saviola | Argentinien | River Plate Buenos Aires |
| *2000* | Romário | Brasilien | Vasco da Gama Rio de Janeiro |
| *2001* | Juan Román Riquelme | Argentinien | Boca Juniors Buenos Aires |
| *2002* | José Saturnino Cardozo | Paraguay | Toluca |
| *2003* | Carlos Tévez | Argentinien | Boca Juniors Buenos Aires |
| *2004* | Carlos Tévez | Argentinien | Boca Juniors Buenos Aires |

Von 1971 bis 1992 wurde die Wahl zu Südamerikas Fußballspieler des Jahres von der venezolanischen Zeitung *El Mundo* ausgerichtet. Gewinnen konnte den Titel jeder südamerikanische Spieler, also auch Auslandsprofis, die in Übersee spielten. Bis 1985 galt der Titel als verbindlich, dann ermittelte die Zeitung *El País* aus Uruguay den »Rey del Futból de Americá«. König des südamerikanischen Fußballs konnten fortan nur Spieler werden, die noch in Südamerika spielten.
1986, 1989 und 1990 gewann Diego Maradona (SSC Neapel) noch dreimal den Titel nach dem alten Format von *El Mundo* und 1991 der Argentinier Gabriel Batistuta (AC Florenz). In den Jahren 1987 und 1988 fiel die Wahl der beiden Zeitungen identisch aus.

## Afrika

| | | | |
|---|---|---|---|
| *1970* | Salif Keita | Mali | AS Saint-Etienne |
| *1971* | Ibrahim Sunday | Ghana | Asante Kotoko |
| *1972* | Chérif Souleymane | Guinea | Hafia Conakry |
| *1973* | Tshimimu Bwanga | Zaire | TP Mazembe |
| *1974* | Paul Moukila | Congo | CARA Brazzaville |
| *1975* | Ahmed Faras | Marokko | SC Chabab Mohammedia |
| *1976* | Roger Milla | Kamerun | Canon Yaoundé |
| *1977* | Tarak Dhiab | Tunesien | Espérance Tunis |
| *1978* | Abdul Razak | Ghana | Asante Kotoko |
| *1979* | Thomas N'Kono | Kamerun | Canon Yaoundé |
| *1980* | Jean Manga-Onguene | Kamerun | Canon Yaoundé |
| *1981* | Lakhdar Belloumi | Algerien | GCR Mascara |
| *1982* | Thomas N'Kono | Kamerun | Español Barcelona |
| *1983* | Mahmmoud Al-Khatib | Ägypten | Al-Ahly Kairo |
| *1984* | Téophile Abega | Kamerun | FC Toulouse |
| *1985* | Mohammed Timoumi | Marokko | FAR Rabat |
| *1986* | Badou Zaki | Marokko | RCD Mallorca |
| *1987* | Rabah Madjer | Algerien | FC Porto |
| *1988* | Kalusha Bwalya | Zambia | Cercle Brügge |
| *1989* | George Weah | Liberia | AS Monaco |
| *1990* | Roger Milla | Kamerun | CS Saint Denis, Reunion |
| *1991* | Abedi Pelé | Ghana | Olympique Marseille |
| *1992* | Abedi Pelé | Ghana | Olympique Marseille |
| *1993* | Abedi Pelé | Ghana | Olympique Marseille |
| *1994* | George Weah | Liberia | Paris Saint-Germain |
| *1995* | George Weah | Liberia | AC Mailand |
| *1996* | Nwankwo Kanu | Nigeria | Inter Mailand |
| *1997* | Victor Ikpeba | Nigeria | AS Monaco |
| *1998* | Mustapha Hadji | Marokko | Deportivo La Coruña |
| *1999* | Nwankwo Kanu | Nigeria | Arsenal London |
| *2000* | Patrick Mboma | Kamerun | AC Parma |
| *2001* | El-Hadji Diouf | Senegal | RC Lens |
| *2002* | El-Hadji Diouf | Senegal | RC Lens/FC Liverpool |
| *2003* | Samuel Eto'o | Kamerun | Real Mallorca |
| *2004* | Samuel Eto'o | Kamerun | Real Mallorca/FC Barcelona |

Afrikas Fußballspieler des Jahres wurde von 1970 bis 1994 von der französischen Fußballzeitung *France Football* gewählt. Sie hörte damit auf, als im Jahr 1995 die Wahl zu Europas Fußballer des Jahres für alle Spieler geöffnet wurde, die in europäischen Ligen spielen. Bereits 1991 hatte die in Paris erscheinende Zeitschrift *Afrique Football* begonnen, eine mit *France Football* konkurrierende Wahl durchzuführen, deren Ergebnisse jedoch 1991 und 1992 übereinstimmten. Ab 1992 ließ auch der afrikanische Fußballverband CAF Afrikas Fußballer des Jahres wählen. Im ersten Jahr war die Wahl nach allen drei Versionen gleich. 1993 siegten bei CAF und *Afrique Football* der Nigerianer Rashidi Yekini (Vitória Setúbal). 1994 war es der Nigerianer Emmanuel Amunike (Sporting Lissabon). Seit dem Ausstieg von *France Football* gab es auch in den folgenden Jahren keine Unterschiede bei den Wahlen von CAF und *Afrique Football*. Das Magazin zog sich 2004 zurück, so dass heute nur noch der afrikanische Verband einen Sieger ermittelt.

## POPULÄRE FANGESÄNGE

Was in den Stadien gesungen wird und woher es kommt

*»Finale, oho«*
Volare – Domenico Modugno

*»Steht auf, wenn ihr Schalker seid«*
Go West – Village People

*»Und ihr wollt Deutscher Meister sein«*
Over in the Gloryland, Traditional; Deutsch: Ja, mia san mi'm Radl do

*»Zieht den Bayern die Lederhosen aus«*
*»Schade Dortmund, alles ist vorbei«*
Yellow Submarine – Beatles

*»Ihr werdet nie Deutscher Meister«*
*»Es gibt nur einen Rudi Völler«*
Guantanamera, Traditional

*»Ihr seid Bremer, asoziale Bremer, ihr schlaft unter Brücken oder in der Bahnhofsmission«*
It's a heartache – Bonnie Tyler

*»Ihr habt bezahlt, ihr könnt jetzt gehen«*
*»Die Nummer 1 im Pott sind wir«*
*»Der VfB ist wieder da«*
When The Saints Go Marching In, Traditional

*»Von der Elbe der bis zur Isar, immer wieder FCB«*
My Darling Clementine, Traditional

*»Und schon wieder keine Stimmung, BVB«*
She'll be coming round the mountain, Traditional;
Deutsch: Von den blauen Bergen kommen wir

*»Wir singen Wolfsburg, Wolfsburg, zweite Liga«*
Titelmelodie der Fernsehserie Flipper

## ANGST BEIM ELFMETERSCHIESSEN 6

Viermal in nur acht Jahren schied die HOLLÄNDISCHE NATIONALMANNSCHAFT bei den großen Turnieren im Elfmeterschießen aus.

22.6.1992
EM-Halbfinale gegen DÄNEMARK in Göteborg 4:5, nach 120 Minuten 2:2

22.6.1996
EM-Viertelfinale gegen FRANKREICH in Liverpool 3:4, nach 120 Min. 0:0

7.7.1998
WM-Halbfinale gegen BRASILIEN in Marseille 2:4, nach 120 Minuten 1:1

29.6.2000
EM-Halbfinale gegen ITALIEN in Amsterdam 1:3, nach 120 Minuten 0:0

## DEUTSCHE TRAINER IN DER TÜRKEI

Horst Buhtz - *Beşiktaş Istanbul* 1975/76
Friedel Rausch - *Fenerbahçe Istanbul* 1980
Jupp Derwall - *Galatasaray Istanbul* 1984-88
Jürgen Sundermann - *Trabzonspor* 1986
Sepp Piontek - *Nationaltrainer Türkei* 1990-93, *Bursaspor* 1993
Karlheinz Feldkamp - *Galatasaray Istanbul* 1992-94, *Beşiktaş Istanbul* 1999
Holger Osieck - *Fenerbahçe Istanbul* 1993-94, *Kocaelispor* 1997
Rainer Hollmann - *Galatasaray Istanbul* 1994
Reinhard Saftig - *Kocaelispor* 1994, *Galatasaray Istanbul* 1994/95
Christoph Daum - *Beşiktaş Istanbul* 1994-96 und 2001/02, *Fenerbahçe Istanbul* seit 2003
Herbert Neumann - *Istanbulspor* 1995/96
Horst Hrubesch - *Samsunspor* 1997
Joachim Löw - *Fenerbahçe Istanbul* 1998/99, *Adanaspor* 2001
Jürgen Wähling - *Trabzonspor* 1999
Rüdiger Abramczik - *Antalyaspor* 1999/00
Hans-Peter Briegel - *Beşiktaş Istanbul* 1999/00, *Trabzonspor* 2001/02
Jörg Berger - *Bursaspor* 2000
Werner Lorant - *Fenerbahçe Istanbul* 2002/03

## THEY NEVER CAME BACK

Absteiger aus der ersten Bundesliga, die bislang noch nicht wieder aufgestiegen sind:

| | |
|---|---|
| Alemannia Aachen 1970 | Waldhof Mannheim 1990 |
| Blau-Weiß 90 Berlin 1987 | TSV München 1860 2004 |
| Tasmania Berlin 1966 | Preußen Münster 1964 |
| Tennis Borussia Berlin 1977 | Borussia Neunkirchen 1968 |
| Eintracht Braunschweig 1985 | Rot-Weiß Oberhausen 1973 |
| Energie Cottbus 2003 | Kickers Offenbach 1984 |
| Darmstadt 98 1982 | 1. FC Saarbrücken 1993 |
| Dynamo Dresden 1995 | FC St. Pauli 2002 |
| Fortuna Düsseldorf 1997 | Stuttgarter Kickers 1992 |
| Rot-Weiß Essen 1977 | KFC Uerdingen 1996 |
| FC Homburg 1990 | SSV Ulm 2000 |
| Karlsruher SC 1998 | SpVgg Unterhaching 2001 |
| Fortuna Köln 1974 | Wattenscheid 09 1994 |
| VfB Leipzig 1994 | Wuppertaler SV 1975 |

## DER EINZIGE SPIELER IN ALLEN FÜNF EUROPÄISCHEN TOP-LIGEN

Besonders in Erinnerung geblieben ist er nicht in seinen 19 Spielen für den VfB Stuttgart während der Saison 1997/98, in denen der rumänische Nationalstürmer vier Tore erzielte. Aber das ist Florin Raducioiu an wenigen Orten. Denn kaum hatte man sich an ihn gewöhnt, war er auch schon weitergezogen. So wurde er zum bislang einzigen Profi, der in allen fünf europäischen Topligen gespielt hat, in England, Italien, Spanien, Deutschland und Frankreich.

### Stationen der Karriere

| | |
|---|---|
| 1985-90 Dinamo Bukarest | 1996/97 West Ham United |
| 1990/91 AS Bari | 1997/98 VfB Stuttgart |
| 1991/92 Hellas Verona | 1998-00 Brescia Calcio |
| 1992/93 Brescia Calcio | 2000/01 Dinamo Bukarest |
| 1993/94 AC Mailand | 2001/02 AS Monaco |
| 1994-96 Espanyol Barcelona | |

## RÜCKENNUMMERN

Als die Rückennummern 1939 in England erstmals eingesetzt wurden, war 2-3-5 das vorherrschende Spielsystem. Die zwei Verteidiger, drei Mittelfeldspieler und fünf Stürmer wurden jeweils von rechts nach links durchnummeriert. Daraus ergibt sich zunächst einmal die 2 für den rechten und die 3 für den linken Verteidiger, die 7 und 11 für den Rechts- bzw. Linksaußen sowie die 9 für den Mittelstürmer. Mit der Veränderung der Spielsysteme verschoben sich auch die Positionen und die Bedeutung der Nummern. Die 10 rückte als offensiver Mittelfeldspieler oder Regisseur aus dem Sturm nach hinten. Die 8 ging ebenfalls zurück ins Mittelfeld, während die 5 zum zentralen Abwehrspieler und später zum Libero wurde. Die 4 ging ebenfalls zurück und wurde zum Vorstopper. Heute haben die Nummern meist keine Bedeutung mehr, allenfalls die 9 oder 10 werden bewusst dem zentralen Stürmer oder dem kreativsten Mittelfeldspieler gegeben.

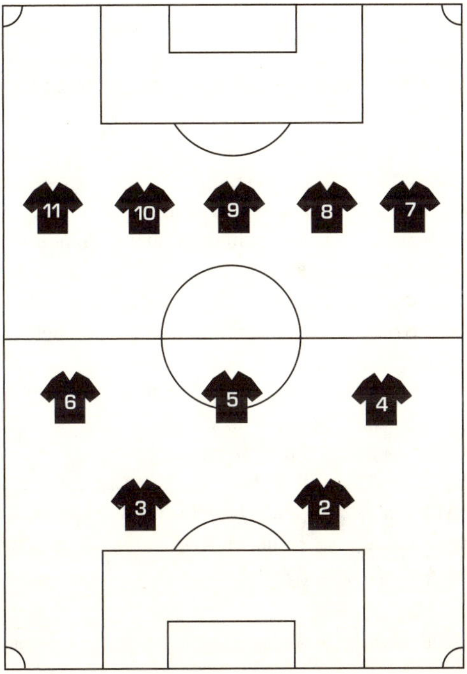

## DER LAKTATTEST

Der Laktattest dient der genaueren Bestimmung von Trainingsbelastungen für unterschiedliche Spieler, die heutzutage immer wichtiger wird. Der Test besteht aus mehreren Läufen, bei denen die Belastung kontinuierlich gesteigert wird. Gemessen wird die gesteigerte Belastung mit einer Pulsuhr. Jeder Lauf wird mit einer höheren Herzfrequenz absolviert. Jeweils am Ende wird Blut abgenommen, sodass die Bildung von Milchsäure und deren Anhäufung im Blut ermittelt werden kann. Milchsäure, auch Laktat genannt, ist das Endprodukt des anaeroben, also sauerstoffarmen Stoffwechsels. Die Bildung von Milchsäure zeigt an, dass die Energie in der Muskulatur knapp wird. Es kommt zu einer Übersäuerung durch das Laktat, der Muskel muss seine Arbeit einstellen. Anhand der verschiedenen Ergebnisse werden den Spielern unterschiedliche Vorgaben gemacht, die einen müssen nämlich mehr, die anderen weniger laufen, um im Training richtig belastet zu sein.

## EINGEBÜRGERTE DEUTSCHE NATIONALSPIELER

| Name | Geboren in | Länderspiele |
|---|---|---|
| Gerald Asamoah* | Ghana | 36 |
| Fredi Bobic* | Slowenien | 29 |
| Rainer Bonhof | Deutschland (Vater Holländer) | 53 |
| Mustafa Dogan* | Türkei | 2 |
| Paul Freier* | Polen | 18 |
| Maurizio Gaudino | Deutschland (Eltern Italiener) | 5 |
| Miroslav Klose* | Polen | 46 |
| Bruno Labbadia | Deutschland (Eltern Italiener) | 2 |
| Martin Max | Polen | 1 |
| Jupp Posipal | Rumänien | 32 |
| Paulo Rink | Brasilien | 13 |
| Zoltan Sebescen | Deutschland (Eltern Ungarn) | 1 |
| Mirko Votava | Tschechien | 5 |
| Dariusz Wosz* | Polen | 17 (+7 DDR) |

*Noch aktiv
Der gebürtige Südafrikaner Sean Dundee nahm die deutsche Staatsbürgerschaft an, wurde aber nie eingesetzt.

**14. Mai 1949** Auf der Rückreise von einem Freundschaftsspiel bei Benfica Lissabon stürzt die Mannschaft des AC Turin auf dem Berg Superga in der Nähe von Turin im Nebel ab. Alle 18 Mitglieder der Mannschaft, acht von ihnen italienische Nationalspieler, sterben. 13 weitere Menschen, darunter Trainer, Journalisten und Mitglieder der Flugzeugbesatzung, kommen ebenfalls um. Damit gab es die bis dato beste Mannschaft in der Geschichte des italienischen Fußballs nicht mehr. Vier italienische Meistertitel hatte sie bereits gewonnen, in den restlichen Spielen der Saison retten Jugendspieler den fünften Titel hintereinander.

**6. Februar 1958** Auf der Rückreise von einem Europapokalspiel in Belgrad, wo sich Manchester United fürs Halbfinale qualifiziert hat, landet die Mannschaft in München zwischen. Auf vereister Fahrbahn und im Nebel stürzt das Flugzeug nach dem Start Richtung England ab. 23 Menschen sterben, unter ihnen acht »Busby Babes«, wie die Spieler von Trainer Matt Busby genannt werden.

**3. April 1961** Auf der Reise zum Pokalspiel in die Provinzstadt Osorno stürzt ein Flugzeug mit der Mannschaft von Green Cross aus Santiago de Chile in den Berg Las Lastimas. 24 Mitglieder von Mannschaft und Klub sterben.

**26. September 1969** In der Nähe von La Paz rast ein Flugzeug mit der Mannschaft des bolivianischen Traditionsklubs The Strongest in einen Berg, alle 74 Passagiere sterben.

**11. August 1979** 14 Spieler und drei Betreuer des sowjetrussischen Erstligisten Pachtakor Taschkent aus Usbekistan sterben auf der Reise zu einem Auswärtsspiel, als ihre Tupolev 134 A nahe der ukrainischen Stadt Djnepropetrowsk in der Luft mit einem Flugzeug gleicher Bauart kollidiert.

**8. Dezember 1987** Auf dem Rückflug nach einem 1:0-Sieg bei Deportivo Pucallpa stürzt ein Flugzeug mit der Mannschaft des vielfachen peruanischen Meisters Alianza Lima in einen See. 42 von 43 Passagieren überleben nicht.

**28. April 1993** Nach Zwischenlandung in Libreville stürzt eine sambische Militärmaschine vor der Küste Gabuns ins Meer. An Bord sind 30 Passagiere, unter ihnen 18 Spieler und fünf Betreuer der Nationalmannschaft Sambias, die auf dem Rückweg von einem WM-Qualifikationsspiel in Senegal sind. Niemand überlebt.

## DIE ZEHN BESTEN SAISON-BESUCHERZAHLEN DER BUNDESLIGA

| | | |
|---|---|---|
| 1. Borussia Dortmund | 1.339.700 | 2003/04 |
| 2. Borussia Dortmund | 1.315.008 | 2004/05 |
| 3. Borussia Dortmund | 1.153.600 | 2002/03 |
| 4. Borussia Dortmund | 1.070.900 | 1998/99 |
| 5. Borussia Dortmund | 1.057.800 | 2001/02 |
| 6. Schalke 04 | 1.042.791 | 2004/05 |
| 7. Borussia Dortmund | 1.042.400 | 2000/01 |
| 8. Schalke 04 | 1.039.417 | 2003/04 |
| 9. Schalke 04 | 1.029.918 | 2002/03 |
| 10. Schalke 04 | 1.027.482 | 2001/02 |

## UNTERKLASSIG IM EUROPACUP

In der Saison 2004/05 faszinierte der Zweitligist ALEMANNIA AACHEN durch tolle Spiele im Uefa-Cup und überstand nicht nur die erste Runde, sondern auch die erstmals ausgespielte Zwischenrunde mit vier Spielen. Damit war die Alemannia die erfolgreichste unterklassige Mannschaft in der Geschichte des Uefa-Cups. Ähnliche Leistungen gab es zuvor nur im inzwischen eingestellten Europapokal der Pokalsieger.

*Bis ins Halbfinale (vierte Runde):*

1967/68 Cardiff City (Wales) gegen den Hamburger SV ausgeschieden
1987/88 Atalanta Bergamo (Italien) gegen KV Mechelen ausgeschieden

*Bis ins Viertelfinale (dritte Runde):*

1964/65 Cardiff City (Wales) gegen Real Saragossa ausgeschieden
1968/69 Randers Freja (Dänemark) gegen den 1. FC Köln ausgeschieden
1970/71 Cardiff City (Wales) gegen Real Madrid ausgeschieden
1975/76 Wrexham (Wales, als Drittligist!) gegen Anderlecht ausgeschieden
1976/77 FC Southampton (England) gegen Anderlecht ausgeschieden
1980/81 Newport County (Wales; als Drittligist!) gegen Carl Zeiss Jena ausgeschieden
1980/81 West Ham United (England) gegen Dinamo Tiflis ausgeschieden

## DAS EMBLEM DES HSV

Nicht eindeutig geklärt ist bis heute, wer das Emblem des Hamburger SV gestaltete, das einzigartig im deutschen Profifußball ist. Die »Salmi« genannte weiß-schwarz-weiße Raute im blauen Rechteck ist nämlich das einzige streng abstrakte Vereinswappen. 1919 war es zum ersten Mal auf den Trikots zu sehen und fand auch deshalb beim norddeutschen Publikum gleich Anklang, weil es an etwas Heimatliches erinnerte: Reedereifahnen.

## WM-MASKOTTCHEN

| Jahr | Name | Figur |
|---|---|---|
| 1966 | *World Cup Willy* | Löwe |
| 1970 | *Juanito* | Junge |
| 1974 | *Tip und Tap* | Jungen |
| 1978 | *Gauchito* | Junge |
| 1982 | *Naranjito* | Orange |
| 1986 | *Pique* | Mexikaner |
| 1990 | *Ciao* | Stabmännchen |
| 1994 | *Striker* | Hund |
| 1998 | *Footix* | Hahn |
| 2002 | *Ato, Kaz, Nik* | Spheriks* |
| 2006 | *Goleo* | Löwe |

*Energiepartikel in der Atmosphäre

## DREI WICHTIGE INFORMATIONEN ÜBER DEN VFL BOCHUM

1 Der VfL Bochum schaffte als bislang einziger Klub vier Mal den direkten Wiederaufstieg in die Bundesliga.

2 Bochums Rekordspieler Michael Lameck ist der einzige Bundesligaprofi mit mehr als 500 Spielen, der nie in der deutschen Nationalmannschaft spielte.

3 Kein Klub hat in der Bundesliga mehr Heimniederlagen kassiert (133).

## FRÜHE DEUTSCHE FRANKREICHPROFIS

Mit Beginn des Profifußballs in Frankreich kam eine bemerkenswert große Zahl von ausländischen Profis ins Land. Zwischen 1932 und 1939, dem Jahr des Kriegsbeginns, hatte jeder Erstligist im Schnitt zwischen sechs und sieben Ausländer unter Vertrag. Besonders populär beim französischen Publikum waren Briten (132), Österreicher (108) und Ungarn (84). Es spielten aber auch einige Deutsche in Frankreich, denen im eigenen Land Berufsfußball untersagt war, unter ihnen mit Oskar Rohr sogar ein Nationalspieler, der vor seinem Wechsel nach Frankreich mit dem FC Bayern München bereits Deutscher Meister geworden war.

| | | |
|---|---|---|
| Ackermann* | Roubaix | 1936-38 |
| Becker* | FC Metz | 1932/33 |
| Buhrer* | FC Metz | 1932-36 |
| Dahlmeier* | Fivois Lille | 1933-38 |
| Hanke, Walter | AC Le Havre | 1933/34 |
| | Roubaix | 1934/35 |
| | FC Metz | 1936/37 |
| | Stade Rennes | 1937-39 |
| Heidelberger, Wilhelm | Valenciennes | 1936-38 |
| | RC Lens | 1938/39 |
| Heil, Mathias | Valenciennes | 1934-37 |
| | Longwy | 1937-39 |
| Heis, Wilhelm | Olympique Marseille | 1937-39 |
| Hoffman, Johann | RC Straßburg | 1935-37 |
| | FC Sochaux | 1937/38 |
| Kaiser, Walter | Stade Rennes | 1932-38 |
| Raab, Anton | CA Paris | 1937-39 |
| Raemer, Fritz | Stade Rennes | 1932/33 |
| Rohr, Oskar | RC Straßburg | 1934-39 |
| Schnoek, Paul | Olympique Marseille | 1932/33 |
| | Nîmes | 1933-35 |
| Weingartner* | FC Metz | 1935/36 |
| Westermann* | RC Paris | 1937/38 |
| Wollweiler, Walter | Stade Rennes | 1933-36 |
| | Charleville | 1936/37 |

*Vorname unbekannt

## TIPPKICK VS. SUBBUTEO

Bereits mehr als 80 Jahre alt ist das Tischfußballspiel Tippkick, das von einem schwäbischen Tüftler erfunden wurde und seit 1934 vom Familienunternehmen Mieg in Villingen-Schwenningen hergestellt wird. Insgesamt sind rund fünf Millionen Spiele verkauft worden. Eine Mannschaft besteht aus zwei Spielern: ein Feldspieler aus Zink, dessen Schussbein auf Knopfdruck auf den Kopf in Bewegung gesetzt wird, und der Torwart, der seit 1954 per Knopfdruck nach rechts oder links zu bewegen ist.
Subbuteo wurde kurz nach dem Ende des Zweiten Weltkriegs vom Engländer Peter A. Adolph auf den Markt gebracht. Es wird auf einer Filzunterlage mit je elf Miniaturkickern, die auf Halbkugeln stehen, gespielt. Dazu werden die Figuren gegen einen hohlen Ball geschnipst. Subbuteo ist seit 1947 im Handel, setzte sich im Laufe der 1960er Jahre gegen das ähnliche Newfooty durch und ist in England immer noch das populärste Tischfußballspiel.

## ERSTE SIEGE

AFGHANISTAN: 2:1 gegen Nepal am 18. März 2003 im 26. Länderspiel
ANDORRA: 2:0 gegen Weißrussland am 26. April 2000 im 24. Länderspiel
ANGUILLA: 4:3 gegen die Brit. Virgin Islands am 25. Februar 2000 im 19. Länderspiel
BHUTAN: 4:0 gegen Montserrat am 30. Juni 2002 im 17. Länderspiel
DEUTSCHLAND: 1:0 gegen die Schweiz am 4. April 1909 im 6. Länderspiel
ECUADOR: 3:2 gegen Kolumbien am 3. Mai 1949 im 39. Länderspiel
LIECHTENSTEIN: 2:0 gegen China am 6. Juni 1982 im 2. Länderspiel
MAURETANIEN: 2:0 gegen Mali am 12. Februar 1980 im 24. Länderspiel
MONGOLEI: 2:0 gegen Guam am 24. Februar 2003 im 17. Länderspiel
SAN MARINO: 1:0 gegen Liechtenstein am 28. April 2004 im 65. Länderspiel
USA: 3:2 gegen Kanada am 25. November 1885 im 2. Länderspiel

## TESTOSTERON

Fußballsiege lassen die Produktion des männlichen Sexualhormons Testosteron steigen. Während des WM-Endspiels zwischen Brasilien und Italien 1994 stieg der Testosteronwert brasilianischer Fans nach dem Sieg um 27 Prozent, während er bei italienischen Anhängern um 26,7 Prozent sank. Das ermittelten Forscher der Georgia State University.

## 1. FC PHILOSOPHIE

Der englische Autor Mark Perrymann stellte 1997 einen imaginären 1. FC Philosophie zusammen und in einem Buch gleichen Titels vor. Sich selbst setzte er auf die Trainerbank, aufs Feld ließ er Künstler und Denker laufen, die sich durch ein schönes Zitat über Fußball (in einigen Fällen wird der Fußballbezug von Perryman weit gedehnt) für dieses Team qualifiziert haben.

1 ALBERT CAMUS (1913–1960)
*Schriftsteller, Philosoph, Nobelpreisträger*
»Was ich über Moral und Verpflichtungen auf lange Sicht am sichersten weiß, verdanke ich dem Fußball.« (in: *France Football 1957)*

2 SIMONE DE BEAUVOIR (1908–1986)
*Schriftstellerin, Feministin*
»Die Frau, die in der Welt herausragt und ihr Ziel sucht, erhält einen wunderbaren Besitz, nämlich das Absolute.« (in: *Das andere Geschlecht)*

3 JEAN BAUDRILLARD (GEB. 1929)
*Philosoph, Postmodernist*
»Nur allzu gern und aus durchsichtigen Gründen bürdet die Macht dem Fußball Verantwortung auf, bringt ihn sogar dazu, die diabolische Rolle dessen zu akzeptieren, der die Massen verdummt.«
(in: *Der Schatten der schweigenden Mehrheiten)*

4 WILLIAM SHAKESPEARE (1564–1616)
*Dramatiker*
»Fortrollen soll ich? Bin ich denn ein Ball, den man mit Füßen tritt
und vorwärts stößt?
Hin und rück nach Lust schlägt mich ein jeder;
Soll das noch lange währ'n, so näht mich erst in Leder.«
(in: *Komödie der Irrungen*)

5 FRIEDRICH NIETZSCHE (1844–1900)
*Philosoph*
»Formel meines Glücks: ein Ja, ein Nein, eine gerade Linie, ein Ziel.«
(in: *Götzen-Dämmerung, Sprüche und Pfeile* 44)

6 LUDWIG WITTGENSTEIN (1889–1951)
*Philosoph*
»Wir können uns doch sehr wohl denken, dass sich Menschen auf einer Wiese damit unterhielten, mit einem Ball zu spielen, so zwar, dass sie verschiedene Spiele anfingen, manche nicht zu Ende spielten,

dazwischen den Ball planlos in die Höhe würfen, einander im Scherz dem Ball nachjagen und bewerfen etc. Und dann sagt Einer: Die ganze Zeit hindurch spielen die Leute ein Ballspiel, und richten sich daher mit jedem Wurf nach bestimmten Regeln.
Und gibt es nicht auch den Fall, wo wir spielen und – ›make up the rules as we go along‹? Ja, auch den, in welchem wir sie abändern, as we go along.« (in: *Philosophische Untersuchungen §83*)

7 **Oscar Wilde (1854–1900)**
*Schriftsteller, Dandy*
»Fußball mag ein durchaus passendes Spiel für harte Mädels sein, als Spiel für feinsinnige Knaben ist es wohl kaum geeignet.«
(in: *Die Epigramme*)

8 **Sun Tsu (ca. 500 v. Chr.)**
*General und Militärstratege*
»Erkenne den Gegner und erkenne dich selbst: Einhundert Begegnungen ohne Gefahr. Verkenne den Gegner, erkenne dich selbst: Auf jeden Sieg wird eine Niederlage folgen. Erkenne den Gegner und verkenne dich selbst: Mit jedem Angriff riskierst du den Untergang.«
(in: *Die Kunst der Kriegsführung*)

9 **Umberto Eco (geb. 1932)**
*Semiotiker, Schriftsteller*
»Fußball ist im Rituale, bei dem die Erniedrigten und Beleidigten ihre kämpferische Energie und ihren Sinn für die Revolte verausgaben, um Zaubereien und Hexenkünste zu betreiben und durch Beschwörung der Götter aller möglichen Welten den Tod des gegnerischen Mittelverteidigers zu erreichen, uneingedenk der Herrschaft des Kapitals, das sie verzückt und schwärmerisch haben will, auf ewig dem Irrealen verfallen.« (in: *Das Foucaultsche Pendel*)

10 **Antonio Gramsci (1891–1937)**
*Schriftsteller, Marxist*
»Fußball ist ein Abbild der individualistischen Gesellschaft. Er verlangt Initiative, Konkurrenz und Kampf. Aber das Spiel wird auch durch das ungeschriebene Gesetz des Fairplay geregelt.«
(in: *Avanti, 27. August 1918*)

11 **Bob Marley (1945–1981)**
*Musiker, Rastafari*
»Fußball ist ein Teil von mir, er schützt vor Abwegen. Disziplin. Da muss man morgens laufen. Und wenn man läuft, bekommt man einen klaren Kopf. Die ganze Welt um einen herum wacht auf.« (in: *In His Own Words*)

## BUNDESLIGATRAINER, DIE RAUCHEN

Klaus Augenthaler · Werner Lorant*
Peter Neururer · Klaus Toppmöller

*warb für Nikotinpflaster

## DIE FÜNF FERTIGUNGSSCHRITTE EINES FUSSBALLS

90 Prozent der Fußbälle auf der Welt werden in der pakistanischen Stadt Sialkot hergestellt. Die Fertigung wird zum größten Teil per Hand erledigt, wobei noch nicht alle Hersteller die Standards des fairen Handels respektieren, die Kinderarbeit ausschließen.

1 PVC wird in einzelnen Bahnen auf der Rückseite mit einem mehrlagigen Futter aus Baumwoll- oder Polyesterstoff beklebt. Auf diese Weise wird der Ball stabilisiert, damit er auch bei intensivem Gebrauch seine Form behält. Als Klebstoff wird Latex benutzt, das aus Malaysia importiert wird.

2 Mit einer Stanzpresse werden die fünf- oder sechseckigen Einzelteile des Balles ausgestanzt und gleichzeitig mit Schlitzen für die Naht versehen. Pro Tag stanzt ein Arbeiter die Einzelteile für etwa 300 bis 400 Bälle aus.

3 Ein Fußball besteht in der Regel aus 20 Sechseckteilen und 12 Fünfeckteilen. Die ausgestanzten Einzelteile werden zu Sätzen sortiert. Dazu kommt eine Gummiblase, die aus Naturkautschuk besteht, und Garn zum Nähen. Von den Nähern wird Wachs auf die Fäden aufgetragen, um die Naht und damit den Ball insgesamt wasserdicht zu machen.

4 Das Zusammennähen der Einzelteile dauert ungefähr drei Stunden pro Ball. Ein Arbeiter näht im Durchschnitt drei Bälle am Tag.

5 Die fertig genähten Bälle werden einer Qualitätskontrolle unterzogen und auf Rundheit, Gewicht und einen möglichen Luftverlust hin überprüft. Danach kommen sie in die Lackierabteilung, in der das Design und das Markenlabel aufgetragen werden.

## WIE DIE TORE FIELEN

Gesamtzahl der Tore und der Durchschnitt pro Spiel
für jede Bundesligasaison

**1963/64*** 857 *3,571* **1964/65*** 796 *3,317* **1965/66** 987 *3,225* **1966/67** 895 *2,925* **1967/68** 993 *3,245* **1968/69** 873 *2,853* **1969/70** 951 *3,108* **1970/71** 926 *3,026* **1971/72** 1.006 *3,288* **1972/73** 1.045 *3,415* **1973/74** 1.085 *3,546* **1974/75** 1.056 *3,451* **1975/76** 1.009 *3,297* **1976/77** 1.084 *3,542* **1977/78** 1.014 *3,314* **1978/79** 963 *3,147* **1979/80** 1.023 *3,343* **1980/81** 1.039 *3,395* **1981/82** 1.081 *3,533* **1982/83** 1.036 *3,386* **1983/84** 1.097 (Rekord) *3,585* **1984/85** 1.074 *3,510* **1985/86** 992 *3,242* **1986/87** 990 *3,235* **1987/88** 962 *3,144* **1988/89** 852 *2,784* **1989/90** 790 (Minusrekord) *2,582* **1990/91** 886 *2,895* **1991/92**** 994 *2,616* **1992/93** 898 2,935 **1993/94** 895 *2,922* **1994/95** 923 *3,016* **1995/96** 831 *2,716* **1996/97** 911 *2,977* **1997/98** 883 *2,886* **1998/99** 866 *2,830* **1999/00** 885 *2,892* **2000/01** 897 *2,931* **2001/02** 893 *2,918* **2002/03** 821 *2,683* **2003/04** 909 *2,971* **2004/05** 890 *2,909*

Basis: 18 Teams, 306 Spiele *16 Teams, 240 Spiele **20 Teams, 380 Spiele

## DEUTSCHE MEISTER, DIE AUCH DEN POKAL GEWANNEN

1937: SCHALKE 04 ..................................2:1 gegen Fortuna Düsseldorf
1969: BAYERN MÜNCHEN.........................2:1 gegen Schalke 04
1978: 1. FC KÖLN......................................2:0 gegen Fortuna Düsseldorf
1986: BAYERN MÜNCHEN.........................5:2 gegen den VfB Stuttgart
2000: BAYERN MÜNCHEN.........................3:0 gegen Werder Bremen
2003: BAYERN MÜNCHEN.........................3:1 gegen den 1. FC Kaiserslautern
2004: WERDER BREMEN...........................3:2 gegen Alemannia Aachen
2005: BAYERN MÜNCHEN.........................2:1 gegen Schalke 04

## LETZTE WAHRHEIT

Der jugoslawischen Trainerlegende Vujadin Boskov verdanken wir die unabwendbar letzte Wahrheit: »Fußball ist Fußball.«

## DANKE

Abgesehen von all den Freunden und Kollegen, die stets hilfreiche Antworten auf meine bohrenden Frage gegeben haben, möchte ich mich wegen ihres besonderen Engagements oder Entgegenkommens ausdrücklich bedanken bei: Manuel Andrack für kölsches Vergessen, Javier Caceres für alles Hispanische auf den verschiedensten Kontinenten, Gerhard Fischer für Peking in Schweden, Ulrich Fuchs für solidarisch-kritische Lektüre, Matthias Greulich und das Magazin *Rund* für Schnauzbarterzählung, Uli Hesse-Lichtenberger für Dortmunder Preise, europäische Fernfahrten und die Anregung zur Katze, Peter auf der Heyde für Vorlagen aus Cork und einen ermordeten Ball, Günther Janssen für ein offenes Auge und einen spitzen Stift, Harald Kaiser für einen langen Gang durchs Archiv, Dr. Holger Noltze für bewahrte Lateinkenntnisse, Marcel Reif fürs Lesen und Staunen, Birgit Schönau für Steilpässe aus Rom, Jürgen Schwan für die Eröffnung von »Calmunds Eck«, Thomas Spiegel fürs Königsblaue, Norbert Thomma für Sprachkritik und Frank Willig fürs Sammelalbum aus der vierten Liga. Von all den Büchern und Homepages, die ich für dieses Buch durchforstet habe, waren mir die Seiten der rsssf.com ein besonders treuer Begleiter, sie seien hiermit ausdrücklich empfohlen. Diesem Buch optisch eine Form gegeben haben Barbara Thoben, Ute Lübbeke und als Zeichnerin Stefanie Naumann, die nun mehr über Fußball wissen, als sie je befürchtet haben. Ich weiß das zu schätzen, danke! Für die nun schon ein Jahrzehnt dauernde prima Zusammenarbeit mit dem Verlag Kiepenheuer & Witsch möchte ich mich bei allen Mitarbeitern bedanken, besonders aber bei Ulla Brümmer, Gabi Callenberg, Gudrun Fähndrich, Reinhold Joppich, Monika König sowie Cheftrainer Helge Malchow.

# GLOSSAR

Christoph Biermann

# Wenn du am Spieltag beerdigt wirst, kann ich leider nicht kommen

Die Welt der Fußballfans
KiWi 383
Originalausgabe

Christoph Biermann, selbst bekennender Fan eines Bundesligavereins, ist der geheimnisvollen Faszination nachgegangen, die der Fußball für ihn selbst und den harten Kern der Fußballfans besitzt.

»Was Sie schon immer über Fußballfans wissen wollten und nie zu fragen wagten.« *Kölner Stadt-Anzeiger*

»Das Buch ist klasse – witzig und seelenvoll.«
*Süddeutsche Zeitung*

»Ein Buch, das mit Leidenschaft geschrieben und von ihr handelt.« *Stadtrevue Köln*

»Klug und ballaballa« *taz*

»Die endgültige Argumentationsunterlage für den Fußball – klug und sachkundig.« *Allegra*

Christoph Biermann / Ulrich Fuchs
Der Ball ist rund, damit das Spiel die Richtung ändern kann

Wie moderner Fußball funktioniert
KiWi 702
Überarbeitete und erweiterte Neuausgabe mit einem Vorwort von Ottmar Hitzfeld

»Wer so tiefgründig und kenntnisreich über Fußball schreibt, muss das Spiel wirklich lieben.« *Hans Meyer*

»Dieses Buch beschreibt auf eindrucksvolle Weise, wie der Fußball sich zu einem aggressiven, spannenden Kleinfeldspiel entwickelt hat, dessen Felder sich ständig auf einem großen Fußballplatz verschieben – wenn das Spiel die Richtung ändert.« *Ralf Rangnick*

»Um Entwicklungen und Veränderungen im modernen Fußball zu verstehen, ist dieses Buch ein Muss.«
*Christoph Daum*

»Im Fußball von heute geht es nicht nur um Systeme, sondern um viel mehr. Warum das so ist, und wie es so kam, erzählt dieses Buch.« *Huub Stevens*

»Man muss ein Spiel nicht lesen können, um Spaß am Fußball zu haben. Die Autoren zeigen, wie beides zusammen geht.« *Volker Finke*

Paperbacks bei Kiepenheuer & Witsch KiWi PAPERBACK www.kiwi-koeln.de

Birgit Schönau
Calcio

Die Italiener und ihr Fußball
KiWi 911
Originalausgabe

Birgit Schönau berichtet seit Jahren aus Italien und gilt als exzellente Kennerin des Landes und des italienischen Fußballs. In diesem Buch schreibt sie über die großen Klubs wie Juventus Turin oder AC Mailand, legendäre Spieler wie Rivera oder Maldini und über einen Fußball zwischen grandiosen Triumphen und tragischem Scheitern.

Mit diesem Titel startet die Reihe »Ball und Welt«, herausgegeben von Christoph Biermann.

Paperbacks bei Kiepenheuer & Witsch KiWi PAPERBACK www.kiwi-koeln.de

# Marcel Reif
# Aus spitzem Winkel

Fußballreporter aus Leidenschaft
Gebunden
Mit Christoph Biermann

Am Anfang ist ein Fußballspiel im Stadion von Legia Warschau, zu dem der kleine Marcel mit seinem Vater geht. Dort beginnt der Traum, den Marcel Reif bis zum heutigen Tag als Fernsehreporter leidenschaftlich ausleben darf. »Aus spitzem Winkel« ist zugleich eine berührende Familiengeschichte, ein faszinierender Blick hinter die Kulissen des Traumberufs Fußballreporter und eine Liebeserklärung an den Fußball.

»Fundiert wie kaum ein Zweiter, elegant und bissig. Reif erzählt auf 220 Seiten 50 Jahre globalen Fußball wie aus einem Guss.« *die tageszeitung*

»Sympathisch selbstironisch und mit analytischer Nüchternheit erzählt.« Neue Presse

»Reifs Biographie ist mehr als ein Vademecum für angehende Sportreporter. Es ist eine Liebeserklärung an den Vater. Und dabei verliert auch der sprachgewandte und sprachkritische Reif die Distanz. Erfreulicherweise.«
*Tagesanzeiger*

Ronald Reng
Der Traumhüter

Die unglaubliche Geschichte eines Torwarts
KiWi 685
Originalausgabe

»Ein grandioses Buch ... Nick Hornby hat einen Nachfolger gefunden.« *Financial Times Deutschland*

»›Der Traumhüter‹, daran besteht kein Zweifel, spielt in derselben Liga wie ›Fever Pitch‹ von Nick Hornby.«
*Welt am Sonntag*

»Etwas Besonderes in der deutschen Fußball-Literatur.«
FAZ

# Nick Hornby
# Fever Pitch

Ballfieber – Die Geschichte eines Fans
Deutsch von Marcus Geiss und Henning Stegelmann
KiWi 409

Die verrückte Geschichte einer lebenslangen Liebe. Ein Fußballfan und sein Verein. Der Fan heißt Nick Hornby, sein Verein Arsenal London. Mit wunderbarer Leichtigkeit und sprühendem Witz schildert Hornby die Spiele und sein Leben: In zahlreichen mal amüsanten, mal nachdenklichen Anekdoten erzählt er von der Scheidung der Eltern, dem Alltag in der Vorstadt, dem lustlos absolvierten Studium in Cambridge und den ersten Freundinnen.

»Das beste Fußballbuch, das jemals geschrieben wurde, und das ist noch maßlos untertrieben.« *taz*

»Selbst Fußballhasser werden entzückt sein.« *Elle*

»Hornby hat zwei Begabungen: Er ist ein gnadenloser, lebenskluger Beobachter und ein charmanter Plauderer zugleich.« *Vogue*